Das Buch

Der arrogante Felix von Gunten ist Finanzchef der Palm Oil Gesellschaft in Zürich. Wegen einer Unachtsamkeit seiner Sekretärin reist er in der Economy-Class nach Indonesien. Dort findet eine Konferenz der Palm Oil Holding statt. Felix leidet an schweren Depressionen, die auf seinen inneren Konflikt zurückzuführen sind. Einerseits will er seinen lohnenden Posten nicht aufgeben, andererseits weiß er, dass seine Arbeit dazu beiträgt, den Urwald zu vernichten und mit ihm die Lebensgrundlage für Mensch und Tier. Er versucht seinen Zwiespalt mit zahlreichen Affären erträglicher zu machen. Seine Ehe mit Verena befindet sich in einer tiefen Krise. Auf dem Flug von Zürich nach Singapur sitzt er neben Christian Goldinger. Sein verschrobener Sitznachbar heitert ihn auf. Als die Maschine in Mumbai notlanden muss und Christian beschließt in Indien zu bleiben, bleibt auch Felix. Ihnen schließt sich der Flugkapitän an, der während des Fluges eine Herzschwäche erlitten hat. In Mumbai gelingt es den drei Männern auf abenteuerliche Weise, einer Gruppe von Menschen, die zu den Ärmsten unter den Armen gehören, zu einem besseren Leben zu verhelfen. Felix lässt seine Frau über seinen Aufenthalt in Unkenntnis, die daraufhin für einige Tage nach Portugal fährt, wo sie einem abenteuerlustigen Schriftsteller aus Zürich begegnet. In Indien geraten Felix und Christian immer wieder aneinander. Trotzdem folgt Felix ihm nach Rom, wo er endlich erfährt mit wem er es zu tun hat. Nach einigen Tagen in der Heiligen Stadt kehrt Felix nach Zürich zurück. Er will mit seiner Frau einen Neuanfang versuchen. Dazu verlangt sie von ihm, dass er ihr erzählt, was auf seiner Reise in Indien geschehen ist und warum er seinen Aufenthalt so lange verschwiegen hat. Felix erzählt ihr alles doch seine Frau glaubt ihm nicht.

Die Autorin

Patricia Anderegg wurde 1949 in Lugano in der Schweiz geboren. Bis zu ihrem 19. Lebensjahr wuchs sie in Portugal als Tochter eines portugiesischen Vaters und einer deutschen Mutter auf. Nach dem Abitur, welches sie an der Deutschen Schule Lissabon abschloss, ging sie nach Zürich, wo sie Sprachen studierte. Nach ihrem Studium lebte sie einige Jahre in Brasilien. In ihrem dritten Buch, «Notlandung in Mumbai» verarbeitet Patricia Anderegg Eindrücke ihrer Reisen und Aufenthalten in verschiedenen Ländern und nimmt den Leser an abwechslungsreiche Schauplätze mit.

Bibliografische Information der Deutschen Nationalbibliothek
Die deutsche Nationalbibliothek verzeichnet diese Publikation
In der Deutschen Nationalbibliografie, detaillierte bibliografi-
sche Daten sind im Internet über http.//dnb.dnb.de abrufbar.

@ 2020 Patricia Anderegg
Notlandung in Mumbai
BoD – Books on Demand, Norderstedt
ISBN 978-3-7504-8738-3

Notlandung in Mumbai

Patricia Anderegg

Für Philip

PROLOG

Ende Juli, irgendwo im Nahen Osten.

Mit unbarmherziger Beharrlichkeit feuerte die Sonne ihre glühenden Lanzen auf die Erde ab, wo sie sich in den aufgeplatzten Boden bohrten. Die niedrigen Sträucher, die sich am Abhang festkrallten, waren nur noch Gerippe aus fahlem Stroh, die ihre ausgedörrten Äste in einem letzten, verzweifelten Aufbäumen gen Himmel streckten.

Stille hatte sich über das Land gelegt. Das Zwitschern der Vögel war verklungen, sie hatten jene ungastliche Stätte seit langem verlassen. Und sogar die stets bis zuletzt ausharrenden Grillen zirpten nicht mehr.

Inmitten der Einöde trotzte ein Feigenbaum der mörderischen Glut. Er trug keine Früchte, aber seine Blätter waren fleischig und von einem unerklärlichen, satten Grün.

Zwei Männer hatten sich in seinem Schatten niedergelassen und blickten auf das tief unter ihnen liegende Meer. Sie nahmen die Schönheit des türkisfunkelnden Wassers jedoch nicht wahr, zu sehr hingen sie ihren eigenen Gedanken nach.

Von Ferne hätte man sie für Beduinen halten können. Bei näherem Hinschauen erwies sich die *Kufiya* jedoch als ein Tuch, das sie zum Schutz vor der Sonne lose um ihr Haupt geschlungen hatten.

Der ältere der beiden Männer richtete seinen Blick auf den jüngeren. Dieser hielt seine Augen gesenkt. Geduldig streichelte der Alte seinen Bart. Er ließ seinem Gegenüber genügend Zeit für eine Antwort. Er war sich der Tragweite seiner Handlung bewusst. Die Entscheidung würde dem anderen nicht leichtfallen, vielleicht ihn sogar das Leben kosten, so er gewillt war, die Herausforderung anzunehmen. Immer wieder ließ er eine hervorrutschende Haarsträhne durch die Finger seiner rechten Hand gleiten und wischte sich mit dem ausladenden, linken Ärmel seines knöchellangen Gewandes den Schweiß von der Stirn.

Endlich schaute er zu dem Älteren auf und nickte. Der Greis musste seinen Blick von diesen unendlich traurigen und von Demut erfüllten Augen abwenden, wollte er nicht rückfällig werden und den Gefährten zurückhalten, der auf eine Regung von ihm wartete. Als sie ausblieb, erhob er sich schwerfällig und ergriff seinen Wanderstab.

Da drückte ihm der Alte einen abgegriffenen, ledernen Beutel in die Hand. «Zu gegebener Zeit wirst Du wissen, was du mit dem Inhalt anfangen sollst».

Wortlos verstaute der Jüngere den Beutel in einer Falte seines *Thawbs* und begab sich auf den holprigen Pfad, der zum Meer führte. Er hatte ihn noch nicht erreicht, als der Alte ihm zurief: «Aber mach' es diesmal anders!»

Erstes Kapitel

Der beschwerliche Abstieg zum Meer hatte ihn angestrengt. Er setzte sich in den Sand und sah der untergehenden Sonne nach, deren letzte Strahlen ein kupfernes Band auf das Wasser warfen.

Als der Himmel sich rosa färbte und Venus das Hereinbrechen der Nacht ankündigte, begann er über seinen Auftrag nachzudenken: Er wusste noch nicht, wie er die schwierige Aufgabe bewerkstelligen sollte. Der Alte hatte ihm lediglich geraten, es anders zu machen. Er nahm das Kopftuch ab, faltete es zusammen, legte sich in den Sand und bettete sein Haupt auf das improvisierte Kopfkissen. Lange blickte er zum Himmel hinauf und suchte in den Sternen nach einem Hinweis für die Herausforderung, der er sich gestellt hatte. Sie waren jedoch zu weit weg, als dass ihr schwaches Licht ihm ein Anzeichen hätte geben können. Aber ihr millionenfaches Funkeln nahm ihm die Anspannung, und das Geräusch der sich sanft brechenden Wellen wiegten ihn in einen traumlosen Schlaf.

Er erwachte im Morgengrauen. Ihn fröstelte es, aber schon bald würde die Sonne die Kühle der Nacht aufsaugen und den Tag in eine unerträgliche Glut verwandeln.

Er erhob sich und schlang die *Kufiya* um seine Schultern. Er tastete nach der Innentasche seines Gewandes. Der Beutel mit seinem Inhalt war noch da. Erst dann nahm er seinen Wanderstab und machte sich auf den Weg in Richtung Landstraße, die in die nächste Stadt führte.

Er hatte Glück. Der zweite Lastwagen, der zu so früher Stunde unterwegs war, nahm ihn mit. Beim Besteigen der Kabine musste er hungrig ausgesehen haben, denn der Fahrer reichte ihm unaufgefordert die Hälfte seines noch warmen Mazza Brotes.

Der Camion setzte ihn in der Nähe des Suks ab. In einem

der Läden tauschte er sein Gewand, den *Thawb,* gegen ein Paar abgewetzte Jeans und einen weiten Pullover ein. Der Händler wollte ihm unbedingt die schwarzen Schnürschuhe aufschwatzen. Er aber konnte sich nicht vorstellen, in einer anderen Fußbekleidung als seinen Riemensandalen unterwegs zu sein.

In der Nähe des Marktes fand er eine Imbissstube, vor der im Schatten einiger Palmen, zwei rostige Metalltische und vier klapprige Stühle standen. Der Inhaber bot ihm ein Glas süßen Tees an. Er trank in kleinen durstigen Schlucken und bat gleich danach um ein zweites. Der Duft von frischem Brot und dampfendem *Tscholent* stieg ihm in die Nase. Der Wirt bedachte ihn mit einer großzügigen Portion des Eintopfes, die er heißhungrig verzehrte.

Gestärkt, blieb er noch lange vor der Gaststätte sitzen und sah dem Treiben auf dem Platz vor dem Souk zu. Er hatte seine Jugend in dieser Gegend verbracht, die er heute nicht mehr wiedererkannte.

Sein Magen war gesättigt, nicht aber sein Geist und schon gar nicht seine Seele. Eine innere Unruhe befiel ihn. Er musste Kraft tanken für die Aufgabe, die ihm bevorstand. In diesem, von Feindseligkeiten zerrissenen Raum war er jedoch außer Stande, sie zu erlangen.

Der Alte hat ihm keine Zeitvorgabe gegeben, er hatte ihm nur gesagt, er solle es anders machen. Er hatte von den Kraftorten in schneebedeckten Bergen und grünen Tälern gehört. Es würde eine lange Reise werden, aber dort zog es ihn hin. Dort wollte er genügend Reserven aufbauen, um für seinen Auftrag gewappnet zu sein.

***

Seit einer halben Stunde überflogen sie die Plantagen. Palmen, Palmen, nichts als Ölpalmen, und nirgends war der

Urwald in Sicht. Endlich erblickte er am Horizont einen dunklen, sattgrünen Streifen. «Ist er das?»

«Ja, das ist er, oder zumindest das, was von ihm übriggeblieben ist», rief der Pilot.

«Und das da?», fragte er und zeigte auf die Rauchschwaden, die aus dem kahlgeschlagenen Boden aufstiegen.

«Das ist Brandrodung. Hier in Indonesien ist sie verboten, weshalb die geschlagenen Bäume nachts abgefackelt werden.»

Der Hubschrauber drehte ab und nahm Kurs auf das, was vor kurzem unberührter Wald gewesen und jetzt nur noch vertrockneter Torfboden war.

«Da, schauen Sie,» schrie der Pilot, bemüht, das Geräusch des Rotors zu übertönen und senkte den Heli, bis dieser nur noch wenige Meter über dem Boden schwebte. «Ein Orang-Utan auf einem Baum, der vom Kahlschlag verschont geblieben ist. Er wird verhungern, wie die anderen vor ihm.»

Sie flogen eine Weile schweigend über die trügerische, grüne Weite, bis der Pilot mit seinem Finger auf braune Bäche zeigte, die sich durch die Landschaft schlängelten. «Sie sind mit dem Abfall aus dem Palmöl verseucht. Die Pflanzen brauchen viel Dünger und Insektizide, damit sie ertragreich sind. An die dreihundert Kilo Früchte gibt jede Palme pro Jahr. Das ist braunes Gold, mit dem sich viel Geld machen lässt.»

«Bringen Sie mich zurück zum Flughafen», befahl er dem Piloten.

«Und was ist mit *Bungku*? Da wollten Sie doch hin und sich vom Landraub an dem Stamm der *Batin Sembilan* selbst ein Bild machen.»

«Ich habe gesagt, Sie sollen mich zum Flughafen nach Jambi bringen», schrie er ungehalten. Er schloss die Augen. Er wollte die kahlgeschlagenen Böden und den Affen auf dem einzelnen Baum nicht mehr sehen. Und schon gar nicht den aufsteigenden Rauch.

«Wach auf Felix, wach endlich auf.»

Er blickte verständnislos in die besorgten Augen seiner Frau. «Was ist Verena, warum weckst du mich mitten in der Nacht?»

«Du hattest wieder einen Alptraum. Du hast wild um dich geschlagen und geschrien.»

«Hatte ich nicht», murmelte er und kehrte ihr den Rücken zu.

Dieser entsetzliche Traum; auch diese Nacht hatte er ihn heimgesucht, so wie er es seit drei Jahren in regelmäßigen Abständen tat. Er hatte gehofft, der wilde Sex mit seiner Assistentin würde seine Sinne ausschalten und ihm einige Stunden traumlosen Schlafs bescheren. Das Gegenteil war jedoch der Fall gewesen. Noch nie hatte er den Rauch aus den Torfböden so intensiv gerochen und das Stöhnen des Urwaldes so deutlich vernommen, wie in dieser Nacht. Und in der leichten Brise Indonesiens hatten die Palmblätter seine Wangen liebkost.

Er verfiel in einen unruhigen Schlaf, bis sein altmodischer Wecker ein nerviges Rasseln von sich gab.

Übernächtigt stieg er aus dem Bett. Auf dem Weg in die Dusche, fiel ihm ein, dass er seine Aktenmappe mit den Reiseunterlagen im Büro vergessen hatte. Er kehrte ins Schlafzimmer zurück und zog sich an.

«Ich muss nochmal kurz ins Büro», rief er seiner Frau zu, die ihn kopfschüttelnd ansah.

***

Marga Vogt stand um halb acht Uhr früh vor dem Büro ihres Vorgesetzten. Sobald sie sich anschickte zu klopfen, durchfuhren sie entsetzliche Krämpfe, die ihr den Atem abschnürten. Sie fürchtete sich vor dem Donnerwetter, das über sie hereinbrechen würde, sobald Felix von Gunten die

Reiseunterlagen gesichtet hätte. Daran änderte auch die Tatsache nichts, dass sie am Vorabend mit ihm im Bett gewesen war und seine erfahrenen und fordernden Hände noch immer auf ihrem Körper spürte.

Sie hätte es ihm gestern Nacht sagen sollen. Dann hätte er im Rausch der Leidenschaft vielleicht für ihr Vergehen Nachsicht gehabt. Sie hatte jedoch die von Trance geschwängerten Stunden nicht trüben wollen und aus diesem Grunde geschwiegen.

Als sie vor vier Jahren die Stelle als Assistentin des Finanzvorstehers der *Palm Oil GmbH* angetreten hatte, hatte für sie die Devise gegolten: Fange nie etwas mit deinem Chef an, möge er auch noch so gut aussehen.

Bis noch vor drei Monaten war es ihr leichtgefallen, sich an diesen Grundsatz zu halten. Auch schon deshalb, weil Felix von Gunten in ihr nicht die attraktive Frau von zweiunddreißig Jahren gesehen hatte, sondern lediglich ein geschlechtsloses Wesen, das verpflichtet war, eine Fülle von Aufträgen pünktlich und effizient zu erledigen.

Doch eines Tages hatte er sie anders als sonst angesehen. Seine leuchtenden, blauen Augen hatten für eine Zeitlang auf ihrem ebenmäßigen Gesicht mit den braunen Augen, der Stupsnase und dem vollen Mund verweilt, bevor sie zu ihrem wohlgeformten Busen, der schlanken Taille und den langen, in schwarzen Leggins steckenden Beinen hinab gewandert waren. Seine Blicke hatten ihr die Röte ins Gesicht getrieben, und sie hatte sich für das leichte Prickeln geschämt, das von ihrem Unterleib ausgegangen war.

Felix von Gunten war sich der Wirkung seiner eindringlichen Betrachtung bewusst gewesen, denn ein wissendes und genugtuendes Lächeln hatte seinen schmalen und fein geschwungenen Mund umspielt. Von da an hatten ihre Hände sich immer öfter wie durch Zufall berührt: Bei der Übergabe der Unterschriftenmappe, beim Servieren der Kaffeetasse, die er ihr neuerdings aus der Hand nahm, statt zu warten, bis sie sie auf seinen Schreibtisch stellte, oder bei der Tageszeitung, die sie ihm, nicht wie gewohnt, auf den Besprechungstisch legen, sondern ihm persönlich überreichen musste.

Die Vorbereitung auf das Unausweichliche, das von Marga als Produkt ihrer Fantasie abgetan und mehr oder weniger erfolgreich verdrängt worden war, hatte sich über mehrere Wochen hingezogen, bis er sie eines Tages nach Büroschluss gefragt hatte, ob sie mit ihm zu Abend essen wollte. Sie war verwirrt gewesen, weil das in ihrem Unterbewusstsein Ersehnte so schnell eingetreten war. Sie hatte ihn verlegen angeschaut und kein Wort herausgebracht. Er hatte ihren Blick mit einem Lächeln erwidert, dem sie nicht hatte widerstehen können.

«Ja, gerne», hatte sie geflüstert und rasch ihren Mantel und ihre Handtasche aus dem Garderobenschrank genommen, bevor sie ihm in die Tiefgarage gefolgt war.

Weltmännisch hatte er ihr die Beifahrertür geöffnet und gewartet, bis sie in dem tiefliegenden Sitz seines Sportwagens Platz genommen hatte, und für kurze Zeit hatte sie das berauschende Gefühl gehabt, zu den Schönen und Reichen zu gehören.

Das Restaurant, in das er sie geführt hatte, war ein kleines, aber feines Lokal, abseits vom Trubel der Großstadt.

Nachdem sie ihre Bestellungen aufgegeben hatten – auf Empfehlung des Chefs hatte Marga das Simmentaler Kalbssteak mit Morchel-Rahmsauce genommen – waren Felix Finger über ihren Handrücken gestrichen, und sein Blick hatte ihr den kläglichen Rest an Widerstand geraubt, den sie sich während der Fahrt geschworen hatte, nicht aufzugeben.

Nach dem Essen und einigen Gläsern Rotwein waren sie zu ihr gefahren, und von Gunten hatte die Flasche *Veuve Clicquot* entkorkt, die er aus seiner Manteltasche hervorgezaubert hatte.

13

Vielleicht war es der Alkohol gewesen, vielleicht aber auch der imponierende Mann im maßgeschneiderten Anzug, der auf ihrem Sofa saß und sein Glas lässig in der Hand hielt, oder beides zusammen, das sie hatte schwach werden lassen. Hatte sie vorher noch versucht, sich seinen Küssen zu entziehen, erwiderte sie diese zunehmend mit immer stärker werdender Leidenschaft. Gleichzeitig hatten sie sich die Kleider vom Leib gerissen und begonnen, sich gegenseitig zu erforschen.

Für Felix war Marga lediglich ein Objekt der Begierde, das ihm seine verlorengegangene Jugend zurückgab. Neben seiner gleichaltrigen Frau fühlte er sich alt und verbraucht. Mit ihrem ergrauten und bieder geschnittenen Haar, ihrem Teint, der durch vernachlässigte Pflege stumpf geworden war, hielt sie ihm den Spiegel des Alterns vor Augen, das bald auch vor ihm nicht Halt machen würde.

Für Marga, hingegen, verkörperte dieser fünfundfünfzigjährige, attraktive Geschäftsmann den Inbegriff eines für unmöglich geglaubten Höhenfluges.

Sie, eine einfache Assistentin wurde plötzlich von einem Mann begehrt, der Erfahrung, Geld, Ansehen und Allüre auf sich vereinte. Neben ihm verblassten ihre vergangenen Beziehungen, in denen bis zu diesem Zeitpunkt immer nur geisttötende Begleiter die Hauptrolle gespielt hatten. Dass Felix von Gunten etwas für sie empfand, auch wenn es letztlich nur Begierde war, erzeugte in Marga eine trügerische Hochstimmung, die sie entgegen ihrer sonstigen Gewissenhaftigkeit fahrig und unkonzentriert werden ließ.

Aus diesem Zustand heraus, hatte sie die Vorbereitungen für seine Reise nach Jakarta und Jambi auf Sumatra nach Bekanntgabe seiner Pläne erst zwei Tage später in Angriff genommen.

Ihr Müßiggang wurde ihr zum Verhängnis: Keine der angefragten Airlines verfügte für das bestimmte Reisedatum über freie Plätze in der First- oder Businessklasse. Sie hatte jede Flugverbindung nach Jakarta überprüft, mit allen Reisebüros telefoniert und erklärt, dass es sich bei Felix von Gunten um den angesehenen und bekannten Finanzvorsteher der Palm Oil GmbH handelte. Aber es hatte alles nichts geholfen. Sämtliche Plätze in First- und Businessclass waren ausgebucht.

Für den Vortag hätte Marga für ihn noch einen Platz in beiden Klassen bekommen. Aber da hatte der Vorstandsvorsitzende zu einem Abendessen eingeladen. Dieser Einladung musste Felix Folge leisten. Er würde also erst einen Tag nach dem Essen seine Reise nach Jakarta antreten können, und diese musste ihr Chef, ob es ihm nun passte oder nicht, in der Economyclass bewältigen, wollte er die für die Palm Oil GmbH wichtige Konferenz nicht versäumen.

Sie nahm all ihren Mut zusammen und wollte gerade anklopfen, als die Bürotür aufgerissen wurde und ein ungeduldiger und übelgelaunter Felix von Gunten vor ihr stand.

Der Alptraum, der verdrängte Zweifel und Vorbehalte erneut an die Oberfläche gespült hatte und die wenigen Stunden Schlaf, die keine Erholung gebracht hatten, widerspiegelten sich in den dunklen Rändern unter seinen Augen. Auch ärgerte er sich, dass er am Vorabend seine Reise- und Konferenzunterlagen im Büro vergessen hatte, die ihm Marga Vogt pflichtbewusst in den Terminator gelegt hatte. So war ihm nichts anderes übriggeblieben, als am Morgen vor dem Abflug nochmals in die Firma zu fahren. Natürlich hätte er Marga bitten können, ihm die Unterlagen nach Hause zu bringen. Aber dann wäre sie vielleicht Verena begegnet, und das hatte er unter allen Umständen vermeiden wollen.

«Wo sind meine Reiseunterlagen?», fragte er barsch.

Sie zuckte zusammen und streckte ihm wortlos die Mappe mit den Papieren entgegen.

Er drehte sich um und machte die Tür hinter sich zu.

Marga stand noch immer wie angewurzelt da, als die Tür

wieder aufflog und Felix ihr den Ausdruck seines E-Tickets unter die Nase hielt. «Hat sich die Airline verschrieben oder hat sie mir allen Ernstes einen Platz in der Holzklasse zugeteilt?», fragte er.

Sie nickte.

«Wenn du mir nicht auf der Stelle einen Flug in First oder Businessclass besorgst, wird das für dich Konsequenzen haben. Glaubst du etwa, dass ein Felix von Gunten zusammen mit dem gewöhnlichen Volk reist?»

«Ich habe schon alles versucht, aber sämtliche Maschinen, die nach Asien fliegen, sind heute ausgebucht. Ich habe auch alle Umsteigemöglichkeiten überprüft, aber da ist nichts mehr zu machen.»

«Wie du meinst», entgegnete er kalt, «nach meiner Rückkehr werde ich mich persönlich um deine Entlassung kümmern», erklärte er mit Nachdruck und ging zurück in sein Büro.

Marga kehrte verstört an ihren Arbeitsplatz zurück. So also ging das bei den Mächtigen und Reichen dieser Welt zu und her. Sie glaubten, sie könnten sich alles erlauben. Gestern noch Leidenschaft, heute Gnadenlosigkeit und Kälte.

Sie hatte mit einer Maßregelung gerechnet, nicht aber mit einer Kündigung. Eine fristlose Entlassung würde Ihre Existenz bedrohen. Sie dachte an den Bankkredit, der nächsten Monat auslief und wurde erneut von Krämpfen heimgesucht. Über 8'000 Franken hatte sie in Designerhandtaschen, Markenkleidern und stylischen Accessoires ausgegeben. Und all dies, um Felix zu beeindrucken!

Wie sollte sie ihre teure Wohnung, ihr Auto und die bereits gebuchte Urlaubsreise in die Karibik – ein Geschenk zum sechzigsten Geburtstag an ihre Mutter – bezahlen? Es würde sicherlich nicht leicht werden, einen ebenso gut bezahlten Job zu finden, auch schon deshalb nicht, weil Felix von Gunten ihr sicherlich ein schlechtes Arbeitszeugnis aus stellen würde.

Sie dachte über die vergangenen Wochen nach, während derer sie wie auf Wolken geschwebt war, obwohl sie von Anfang an gewusst hatte, dass das Verhältnis mit ihrem Vorgesetzten nicht ewig halten konnte. Aber dass es so enden würde, hatte sie nicht für möglich gehalten.

In seinem Arbeitszimmer packte Felix die Reiseunterlagen in seine schwarze Aktentasche, steckte den Autoschlüssel ein und verließ sein Büro, ohne seine Assistentin eines einzigen Blickes zu würdigen.

Vor der Garage seiner Villa klappte er die Seitenspiegel seines *maserati granturismo s* ein, hielt den Wagen an und schloss das Tor auf. Er hätte Anrecht auf einen Firmenwagen mit Chauffeur gehabt, aber er bevorzugte es, selbst hinter dem Steuer zu sitzen.

Langsam fuhr er in die Garage und parkte neben dem *Golf* seiner Frau. Fluchend öffnete er die Fahrertür und zwängte sich aus dem Wagen.

Er ärgerte sich über Verenas Sparsamkeit. Wie oft hatte er ihr schon klarzumachen versucht, dass sie eine breitere Garage benötigten. Die Mittel für den Umbau und den dafür benötigten Platz hatten sie ja. Aber Verena hatte sich bis jetzt erfolgreich dagegen gesträubt, obwohl *er* für den Umbau aufkommen würde.

Verstimmt sperrte er die Eingangstür auf, stieg die Treppe zu dem Schlafgemach im oberen Stock hinauf und betrat den Raum.

Als sein Blick auf den halbgepackten Koffer auf dem Bett fiel, wurde er noch verdrießlicher. Er bereute seine harschen Worte, die er Marga gegenüber geäußert hatte. Sicher würde sie nach dem Donnerwetter von heute Morgen nichts mehr mit ihm zu tun haben wollen, und er brauchte den Sex mit ihr, wollte er die Stumpfsinnigkeit seines Daseins neben der verblühten Verena durchstehen.

Andererseits musste er sie entlassen, wollte er nicht als

Schwächling dastehen.

«Warum ist der Koffer noch nicht fertig gepackt? Du weißt doch, dass ich nur noch Zeit für eine schnelle Dusche habe, bevor ich zum Flughafen muss», fuhr er seine Frau an, die vor dem Kleiderschrank stand.

«Lass deine schlechte Laune bitte nicht an mir aus. Hättest du mir gesagt, wie lange du gedenkst fortzubleiben und welche Anzüge du mitnehmen willst, wäre er schon längst gepackt. Aber du hast es ja vorgezogen am Vortrag deiner Reise erst im Morgengrauen nach Hause zu kommen, wobei ich mir nicht denken kann, dass das Abendessen mit dem klapprigen Vorstandsvorsitzenden bis drei gegangen ist.»

Er fühlte sich ertappt. Dennoch hatte sie ihn nicht zu schulmeistern, obgleich sie recht hatte. Sein Ton wurde verbindlicher. «Du wirst es nicht glauben, aber meine törichte Assistentin hat mir bis Singapur einen Flug in der Holzklasse gebucht. Sie behauptet, alle Flüge in First und Business seien für heute ausgebucht, aber das nehme ich ihr nicht ab. Entsetzlich, zwölf Stunden lang neben einem ungebildeten, womöglich noch nach Schweiß stinkenden Tölpel verbringen zu müssen.»

«Du wirst es überleben», erwiderte seine Frau verächtlich und machte sich daran, fertig zu packen.

Als er aus der Dusche ins Schlafzimmer zurückkehrte, hatte Verena seine Reisebekleidung auf dem Bett ausgebreitet: Frische Unterwäsche, Socken, eine beige Cordhose, ein weißes Hemd, eine dunkelblaue Strickjacke und neben dem Bett auf dem Boden stehend, hellbraune Driver Mokassins von *Tod's*.

Felix starrte ungläubig auf die Kleidungsstücke. «Soll ich das hier anziehen? Mit diesen Klamotten geh' ich höchstens in den Garten oder mit dem Hund spazieren!»

«Selbstverständlich», entgegnete Verena scheinheilig. «Darin wirst du es in der Holzklasse bequemer haben und dich von den mitreisenden Tölpeln nicht groß abheben.»

Felix warf ihr einen finsteren Blick zu.

Verena drehte sich um, damit er ihre Schadenfreude nicht sah. Eine Schadenfreude, die sie ein kleines bisschen für seine Affären entschädigte, für die unzähligen Nächte, in denen sie sich einsam in dem breiten Ehebett hin und her gewälzt hatte, für die Unwahrheiten, mit denen er sie abgespeist hatte, für die ausbleibenden Anrufe, wenn er auf Geschäftsreise war.

Griesgrämig zog er die bereitgelegten Kleider an, schlüpfte in die Schuhe und griff nach dem gepackten Koffer. Die Tasche mit den Reise- und Geschäftsunterlagen hängte er sich um die Schulter.

Er ging auf sie zu und wollte ihre Wange mit einem flüchtigen Kuss streifen, so wie er es immer tat, wenn er sich von ihr verabschiedete.

Diesmal wehrte sie ihn abfällig ab. «Bemüh' dich nicht.»

Verdutzt blickte er seine Frau an. Er war sich solche Äußerungen aus ihrem Munde nicht gewohnt. Aber er war zu stolz, um den ersten Schritt zu machen.

Resigniert zuckte er mit den Schultern und stieg, den Koffer in der linken Hand und die Tasche über seiner rechten Schulter gehängt, die Treppe hinab.

Verena stand auf dem oberen Treppenabsatz und blickte ihm nach. Verstohlen wischte sie sich eine Träne aus den Augenwinkeln. Sie konnte nicht verstehen, warum er so ein Arschloch war, aber noch weniger konnte sie verstehen, warum sie dieses Arschloch immer noch liebte.

Zweites Kapitel

Obwohl es ein gewöhnlicher Arbeitstag war, kam Felix von Gunten gut durch den Verkehr. Die Baustelle an der Winterthurerstraße war nach Monaten endlich geräumt worden, und zudem hatten die Sommerferien begonnen. Während sich vor dem Gotthardtunnel Richtung Süden endlose Staus bildeten, waren auf Zürichs Straßen ein Drittel weniger Fahrzeuge unterwegs. Dank diesem Umstand brauchte er für die Fahrt zum Flughafen Kloten lediglich zwanzig, statt der üblichen fünfzig Minuten. Im Airportparking fand er auf Anhieb einen Abstellplatz, und da Marga für ihn das online Check-in bereits im Vorfeld besorgt und die Bordkarte für ihn ausgedruckt hatte, musste er am Drop-off-Schalter lediglich seinen Koffer abgeben. An der Passkontrolle warteten kaum Leute, und auch die Sicherheitskontrolle ging reibungslos über die Bühne.

Er warf einen Blick auf seine *Breitling*-Armbanduhr, die ihm anzeigte, dass er noch eine gute Stunde Zeit bis zum Boarding hatte.

Er schlenderte zur Anzeigetafel und stellte fest, dass «*Singapore Airlines* Flug 345» verspätet war. Das traf sich gut. Er hatte seit dem frühen Morgen nichts mehr gegessen, was sein Magen mit einem Knurren quittierte.

Er ging zur First- und Businessclass-Lounge und freute sich auf einen Snack und ein Glas Rotwein in ruhiger und entspannter Atmosphäre.

Der Eingang zur reservierten Oase der Ruhe und Gediegenheit wurde durch eine asiatische Angestellte streng bewacht.

«Darf ich Ihren Boardingpass sehen?»

Die kleinwüchsige Asiatin begutachtete die Einsteigekarte und gab sie Felix zurück. «Entschuldigen Sie, Sir», sagte sie in freundlichem, aber bestimmten Ton. «Sie fliegen

Eco und haben daher keinen Anspruch auf unsere Lounge.»

«Auch dann nicht, wenn ich Ihnen meine Senator Karte zeige?», fragte Felix von oben herab.

«Wenn Sie die Karte dabeihaben, ist es natürlich kein Problem, auch wenn Sie heute Eco fliegen», erwiderte die Angestellte.

Felix ging die vielen Kartenfächer seiner Brieftasche durch, konnte aber die Karte nirgends finden. «Ich muss sie wohl verlegt haben», brummte er und schämte sich vor der Frau, die in ihm, dem angesehenen CFO der Palm Oil GmbH, wahrscheinlich einen Betrüger sah, der mit einer fadenscheinigen Erklärung versucht hatte, sich Zutritt zu einer vornehmen und für ihn unerschwinglichen Welt zu verschaffen.

Eilig entfernte er sich vom Ort seiner Demütigung und begab sich zum Flugsteig von Singapore Airlines. Auf dem Weg dorthin kam er an einem Imbissstand vorbei, wo er ein belegtes Brötchen und einen Pappbecher mit Kaffee erstand. Die wenigen Tische und Stühle, die der Betreiber des Lokals in einem Anflug von Großzügigkeit für seine Gäste aufgestellt hatte, waren vollgepackt mit Plastiksäcken, Reisetaschen, Hüten und Jacken. Felix hätte einen Gast um die Räumung eines Stuhls bitten können, aber er verspürte keine Lust, sich mit dieser Gattung von Leuten abzugeben, mit denen er nie, außer vielleicht seinem Gärtner hie und da zu tun hatte. Aus diesem Grund ging er auf direktem Weg in die Wartehalle, in der rechten Hand den Pappbecher mit dampfendem Kaffee balancierend und mit der linken ein Schinkenbrötchen und die Aktentasche, deren Riemen ihm von der Schulter gerutscht war, krampfhaft festhaltend.

Nach einigem Suchen fand er eine Sitzgelegenheit und ließ sich neben einem dürren, weißhaarigen Asiaten in einem zu großen Anzug nieder, nicht ohne vorher etwas von der heißen Flüssigkeit auf seine beige Cordhose verschüttet zu haben.

Verdrossen biss er in sein Brötchen und ärgerte sich über Marga Vogt, die ihm diesen Schlamassel eingebrockt hatte.

Er überlegte, ob er ihre Kündigung – trotz des guten Sexes - nicht jetzt sofort mit einer E-Mail an das Personalbüro veranlassen sollte, ließ aber von seinem Vorhaben ab, weil er es zu umständlich fand, sein Mobiltelefon aus der Tasche hervorzukramen, während er gleichzeitig aufpassen musste, seinen Kaffee nicht noch einmal zu verschütten. Nun, in Singapur würde er dafür noch genügend Zeit haben.

Dabei war *er* selbst es gewesen, der seine ungültigen Karten vor kurzem aussortiert und dabei die Senator Karte mit in den Papierkorb geworfen hatte.

In die für Flug 345 zugeteilte Wartezone strömten immer mehr Passagiere. Mit wachsendem Unbehagen beobachtete Felix seine Mitreisenden.

Angewidert schüttelte er den Kopf beim Anblick einer gutgelaunten Reisegruppe, deren Mitglieder ihre Tour in Flipflops, kurzen Hosen und wild gemusterten Hemden angetreten hatten, um durch ihre Bekleidung der übrigen Welt anzuzeigen, dass sie Glückspilze auf dem Weg in ein ferngelegenes Urlaubsparadies waren.

Die dicke, schwitzende Frau mit roten Haaren und Doppelkinn verursachte ihm Übelkeit, ganz zu schweigen von einer liederlich gekleideten Frau mit strähnigem und schlecht blondiertem Haar. Oh Gott, fragte sich Felix, wie soll ich zwölf Stunden auf engstem Raum mit diesem Pöbel überstehen?!

Aus einem Lautsprecher erklang die ersehnte Durchsage, dass Flug 345 nach Singapur nun zum Einsteigen bereit sei. Augenblicklich erhoben sich die Wartenden und rollten gleich einer ungestümen Woge auf das Gate zu, in der Hoffnung, als Erste die Maschine betreten zu können. Ihre Hast war jedoch umsonst, wurden die Passagiere der Holzklasse doch gemäss ihren Sitzreihen aufgerufen.

Die in First- und Businessclass reisenden Fluggäste wurden zuerst aufgefordert, über die nur für sie bestimmte Rolltreppe in den oberen Teil des Airbus 380 zu gelangen.

Felix machte sich auf seinem Sitz klein, aus Furcht, einem Bekannten zu begegnen.

Auf der Rolltreppe erspähte er Manfred Schönried, den Aufsichtsratsvorsitzenden von *Rotor & Avonic,* der ihn glücklicherweise nicht gesehen hatte. Er wandte seinen Blick von der Rolltreppe ab und erblickte zu seinem Schrecken Enrico Scalfatti, CEO der *Banca del Ticino,* der mit eiligen Schritten auf ihn zugelaufen kam. Hinter dem korpulenten Ehepaar aus Kanada konnte Felix gerade noch rechtzeitig in Deckung gehen, bevor Enrico ihn gesichtet hätte.

Noch nie war sich Felix so erniedrigt vorgekommen wie heute. Er kam sich als Außenseiter einer Gesellschaftsschicht vor, die ihn an diesem Tag aus ihren Kreisen verbannt hatte, obwohl deren Zugehörigkeit für ihn selbstverständlich war. Von ihr ausgeschlossen zu sein, auch wenn es sich dabei nur um wenige Stunden handelte, war für ihn eine ganz neue, peinliche Erfahrung.

Das Boarding der First- und Businessclass Passagiere war abgeschlossen. Neidisch malte Felix sich aus, wie sie es sich auf ihren Plätzen bereits bequem gemacht hatten und an ihrem ersten Glas Champagner nippten, während der Pöbel immer noch darauf wartete, in die Maschine eingelassen zu werden.

Die Passagiere der Sitzreihen 32 bis 43 wurden nun zum Einsteigen gebeten. Felix schaute auf seine Bordkarte, stellte fest, dass sein Sitz der aufgerufenen Kategorie entsprach und begab sich zum Einstieg.

Er wurde mit einem monotonen «Guten Tag» durch die Flugbegleiterin am Eingang der Maschine begrüßt und mit einer flüchtigen Handbewegung, die er als abtuend empfand, zur linken Flügelseite geleitet.

Er ging den engen Gang entlang, bis er nach vier Sitzrei

hen seinen Platz fand. Ihm war der Mittelsitz 36 J in einer Dreierreihe zugeteilt worden. «Zu allem Unglück auch noch in der Mitte mit zwei womöglich unzumutbaren Nachbarn», stöhnte er und zwängte sich mühsam in seinen Sitz. Seine Aktentasche schob er unter den vorderen Stuhl, nachdem er in der Gepäckaufbewahrung über seinem Sitz keinen Platz mehr für sie gefunden hatte.

Er hoffte inbrünstig, dass die Maschine nicht voll werden und ein Platz neben ihm leer bleiben würde. Angesichts der vielen Passagiere, die unaufhörlich den Gang entlangkamen, wurde diese jedoch bald zunichtegemacht.

Hoffentlich nicht die, betete Felix, als er die liederliche Frau mit dem schlecht blondierten und strähnigen Haar erblickte. Er verspürte keine Lust, mit ihr Konversation machen zu müssen, auch wenn dies, wenn überhaupt, nur während des Abendessens geschehen wäre. Sie ging jedoch an seiner Sitzreihe vorbei, und Felix atmete erleichtert auf.

Jetzt folgte eine gutgekleidete, äußerst gepflegte und attraktive Frau Mitte vierzig. Wenn er *sie* als Sitznachbarin bekäme, hätte ihn dieser Umstand mit seiner misslichen Lage teilweise ausgesöhnt. Aber leider ging sie an ihm vorbei. Statt ihrer steuerte der Asiat in dem zu großen Anzug auf Reihe 36 zu und bat höflich, den Fensterplatz K belegen zu dürfen.

Felix hievte sich aus seinem Sitz heraus und ließ den Mann passieren, der, nachdem er seinen Sicherheitsgurt angelegt hatte, sofort einschlief.

Gespannt beobachtete er die immer noch nicht enden wollende Menschenschlange, die ins Innere des Flugzeuges kroch. Bald wurde sie spärlicher, und Felix von Gunten frohlockte bereits über den leergebliebenen Sitz neben ihm, als ein junger, schlaksiger Mann als letzter den Gang betrat.

Er trug einen hellbraunen, ausgeleierten Pullover, abgewetzte Jeans und an den Füßen Riemensandalen.

Zielbewusst steuerte er auf Reihe 36 zu, blieb vor ihr ste

hen und begutachtete seine Bordkarte. Dann schenkte er dem finster dreinblickenden Felix ein warmes Lächeln und setzte sich auf seinen Platz. Er schloss seinen Gurt, öffnete ihn aber sogleich wieder und tippte Felix auf die Schulter. «Wollen Sie den Platz mit mir tauschen? Auf diese Weise haben Sie nur auf einer Seite einen Ihnen unbehaglich anmutenden Nachbarn.»

Felix starrte den eigenartigen Fremden verdutzt und zugleich verärgert an. Für wen hielt sich dieser Mann? Etwa für den barmherzigen Samariter? Aber Felix von Gunten war nicht auf Barmherzigkeit angewiesen und schon gar nicht von diesem heruntergekommenen Möchtegern.

«Danke, aber ich behalte meinen Sitzplatz», antwortete er verstimmt.

«Selig ist, wer sich nicht an mir stößt», murmelte der Mann.

«Was haben Sie gesagt?»

«Ach, nichts, ich habe nur laut gedacht.»

Felix verzog den Mund. Er hatte nicht die Absicht, sich mit dem Unbekannten abzugeben. Er lehnte sich in seinem Sitz zurück und schloss demonstrativ die Augen.

Sogleich verfiel er in einen tiefen Schlaf und träumte von einem weißen Sandstrand, der von leuchtenden Weihnachtssternen übersät war. Er erwachte, als sein eigenartiger Nachbar ihm auf die Schulter tippte. «Möchten Sie etwas trinken? Die Flugbegleiterin ist schon einige Male vorbeigekommen.»

«Können Sie mich nicht in Ruhe lassen? Ich wusste, dass ein Flug in der Eco eine Tortur sein würde, aber dass ich gerade einen so lästigen Sitznachbarn haben würde wie Sie, habe ich nicht für möglich gehalten», entgegnete Felix entnervt.

«Warum fliegen Sie denn nicht ganz vorne, wo es die breiteren Sitze gibt?», fragte der Fremde arglos.

«Weil meine törichte Assistentin da vorne, für mich keinen Platz mehr bekommen hat, aber das wird sie mit ihrer

Kündigung büßen», bellte Felix.

Der Unbekannte sah ihn aus freundlichen und zugleich mitleidigen Augen an. Felix beruhigte sich augenblicklich. Er betrachtete den Fremden genauer und musste sich eingestehen, dass er noch nie einem Menschen begegnet war, der so viel Freundlichkeit und Wärme ausstrahlte, wie dieser sonderbare Mitreisende. Zudem fiel ihm auf, dass er nicht nur ein vornehmes, einfühlsames Gesicht, sondern auch sehr gepflegte, feingliedrige Hände besaß, die so gar nicht zu seiner fast schmuddeligen Kleidung passten. Auch umgab den Fremden ein seltsamer Geruch, den er nicht einzuordnen vermochte, der ihn aber an den Duft von Zedernholz erinnerte.

Die Flugbegleiterin kam erneut mit dem Getränkewagen vorbei und fragte Felix nach seinen Wünschen.

«Ein Glas Champagner bitte.»

«Gerne, aber ich muss den Betrag sofort einkassieren.»

Noch vor Beginn seiner Reise, wäre Felix vermutlich in die Luft gegangen. Auf keinem seiner bisherigen Flüge hatte er jemals für den an Bord ausgeschenkten Champagner bezahlen müssen, und dass er jetzt aufgefordert wurde, diesen sogleich zu begleichen, hätte er als eine weitere Demütigung im Verlauf seiner Reise aufgefasst. Aber eigenartigerweise machte ihm dies jetzt nichts aus. Er schenkte der Stewardess ein verschmitztes Lächeln, kramte aus seinem Portemonnaie einige Münzen heraus und streckte sie ihr entgegen.

«Und Sie, trinken Sie auch etwas?», fragte Felix in provozierendem Ton seinen Nachbarn, der auf dem Klapptisch vor sich nur ein Glas Wasser stehen hatte.

«Warum nicht?», erwiderte dieser angetan und bat die Flugbegleiterin um ein Glas Rotwein. Bevor er dieses jedoch an die Lippen setzte, streckte er seine Hand nach Felix aus. «Darf ich mich vorstellen? Ich heiße Christian Goldinger.»

«Felix von Gunten», brummte Felix und ergriff widerwil

lig die ausgestreckte Hand seines Mitreisenden.

Er hatte erwartet, dass der Handschlag in ihm Unbehagen auslösen würde, aber das Gegenteil war der Fall: Die trockene Wärme und die Kraft, die diese Hand ausstrahlte, durchströmten Felix' ganzen Körper und gaben ihm das Gefühl zu schweben. Gleichzeitig spürte er, wie alles Belastende der letzten Monate, vor allem die Spannungen, die er in Gegenwart seiner Frau immer öfter empfand, mit einem Mal von ihm abfielen und wie Sandkörner zwischen seinen Fingern zerrannen.

«Sind Sie geschäftlich oder ferienhalber unterwegs?»

«Neugierig sind Sie wohl gar nicht?» erwiderte Felix schnippisch und belustigt zugleich. Christian Goldinger begann, ihn zu amüsieren.

«Ein bisschen schon, aber die Menschen interessieren mich nun einmal, und ich habe in dieser Hinsicht eine Menge nachzuholen.»

«Wie meinen Sie das?»

«Ich weiß zu wenig über sie, insbesondere wie sie denken, wovor sie Angst haben und wurde in der Vergangenheit deshalb oft missverstanden.»

Felix starrte seinen Sitznachbar verständnislos an. Christian Goldinger sprach in Rätseln. Aber er hatte voller Demut gesprochen, weshalb Felix es bereute, ihn vorhin mit Hohn behandelt zu haben. Er wollte ihn aber auch nicht nach dem Sinn seiner Worte fragen und sich durch sein Unverständnis eine Blöße geben. Deshalb erzählte er ihm stattdessen, dass er geschäftlich unterwegs und sein Endziel Jambi auf Sumatra sei.

«Ach, dann haben Sie sicher mit Palmöl zu tun?»

Felix von Gunten verschlug es die Sprache. Ihm wurde plötzlich unheimlich zumute. Dieser etwas naiv anmutende Goldinger schien gar nicht so einfältig zu sein, wie er sich gab. Innerhalb weniger Sekunden hatte er nicht nur gespürt, dass Felix sich in Gegenwart seiner Sitznachbarn unwohl fühlte, sondern auch aufgrund der Erwähnung von Jambi sofort und richtigerweise auf seine Geschäftstätigkeit geschlossen. Dabei war Jambi ein nicht alltägliches Reiseziel und nur denjenigen bekannt, die mit Palmöl zu tun hatten.

«Wie kommen Sie darauf?», wollte er von Goldinger wissen.

«Nun, Sie sehen nicht aus, als ob Sie in diesem für Touristen doch recht unattraktiven Winkel der Welt Ferien machen wollen. Dazu sind Sie viel zu abgehoben. Die Stadt liegt am *Batang Hari*, dem längsten Fluss Sumatras und tief im Inland. Sie ist also nicht gerade ein erklärtes Urlaubsziel. Zudem hat sie kürzlich durch die brutalen Landkonflikte zwischen den Eingeborenen und einer gewissen *Palm Oil Gesellschaft* Schlagzeilen gemacht. Ich glaube deshalb nicht, dass Jambi für Sie das ideale Freizeitparadies ist. Eher kann ich mir vorstellen, dass Ihr Interesse um die ausgedehnten Palmölplantagen kreist.»

Einmal mehr war Felix von Gunten von Christian Goldinger tief beeindruckt.

«Ich habe in der Tat mit Palmöl zu tun», klärte Felix seinen Nachbarn auf. «In Jambi findet übermorgen eine Konferenz statt, die für das Fortbestehen der *Palm Oil Company* überaus wichtig ist. Als Finanzchef der Holding muss ich daran teilnehmen. In Jambi hat die indonesische Gesellschaft ihren Sitz, aber ich frage mich seit Bekanntwerden des Tagungsortes, warum man gerade diesen entlegenen Winkel gewählt hat, statt Jakarta. Die Anreise wäre um Einiges kürzer und nicht halb so umständlich gewesen.»

Christian schaute Felix von Gunten aus ernsten Augen an, wobei sein Antlitz Ehrfurcht, Trauer und Enttäuschung widerspiegelte, eine sich abwechselnde Abfolge von Gefühlen, die Felix nicht zu deuten verstand, und die deshalb in ihm Befremden auslösten.

Wie hatte er einem Unbekannten über seine Person nähere Auskunft erteilen und ihm sogar von der Konferenz auf Jambi erzählen können? Und wenn dieser komische Kauz nun nicht Christian Goldinger war, für den er sich ausgab, sondern jemand, der die Tagung in Jambi sabotieren wollte? Offenbar schien er über die Schwierigkeiten der Palmölkonzerne Bescheid zu wissen. Er hatte die Landkonflikte als brutal eingestuft, und seine Andeutung, dass Felix Interesse um die *ausgedehnten* Plantagen kreisen müsste, ließ darauf schließen, dass er keine Sympathien für diese Geschäften hegte.

Einmal mehr schien Christian die besorgten Reflexionen von Felix erraten zu haben. «*Was seid Ihr so erschrocken, und warum kommen solche Gedanken*?»

Obwohl Felix noch nie zuvor jemandem begegnet war, der eine so altertümliche und irgendwie nicht ganz unbekannte Wortwahl benutzte, war er von ihr weder verblüfft noch verunsichert. Nein, er erschrak nicht, und auf unerklärliche Weise vertraute er jetzt diesem Fremden, von dem eine außergewöhnliche Kraft ausging, und in dessen Nähe er sich geborgen fühlte.

Er blickte Christian an und sah in seinem Antlitz ein ungeheures Maß an Güte und Reinheit, wie er es bis jetzt noch bei keinem anderen Menschen gesehen hatte. Beschämt senkte er für einen Augenblick die Augen. Christian Goldinger schien zu wissen, was in Felix vor sich ging und ließ ihm Zeit, seine Gedanken zu ordnen. Und dann, nicht ohne vorher einen missbilligenden Blick auf die Riemensandalen geworfen zu haben, stellte Felix die Frage, die Christian erwartet hatte: «Aber *Sie*, *Sie* fahren doch wohl in den Urlaub?»

«Nein, obwohl meine Fußbekleidung diese Vermutung zulässt», lachte Christian. «Ich bin im Auftrag meines Vaters unterwegs», fügte er hinzu, wobei sein Gesicht augenblicklich einen bekümmerten Ausdruck annahm.

«Ach, dann müssen Sie wohl umfangreiche Projekte umsetzen», bemerkte Felix, nun ganz Geschäftsmann.

«So könnte man es nennen».

Felix hätte gerne mehr über die Tätigkeit von Christians Vater erfahren, aber die Flugbegleiterin, die ihren «Catering Wagen» neben ihrer Sitzreihe zum Stehen gebracht hatte, unterbrach die Unterhaltung. «Pasta oder Huhn?»

Der Asiat neben Felix wachte auf und blinzelte die Stewardess verständnislos an. «Pasta or chicken?» wiederholte sie geduldig.

«Chicken», antwortete dieser und nahm das Tablett, das die Flugangestellte an Felix vorbeibalancierte, dankend in Empfang.

Felix bevorzugte Pasta und betrachtete interessiert das vor ihm platzierte Servierbrett: Die Aluminiumschale, in der sich die Nudeln befanden, erinnerte ihn an die Essensbehälter, die in manchen Gangsterfilmen an die Insassen von Strafanstalten abgegeben wurden und das Küchlein in dem plissierten Papierförmchen an den kürzlichen Kindergeburtstag seines Neffen. Welch ein Unterschied zu den auf gestärkten, weißen Servietten und Porzellantellern servierten Speisen in der Businessklasse. Aber seltsamerweise machte der Vergleich Felix nichts aus. Im Gegenteil, er musste sogar darüber lachen.

Das Nudelgericht schmeckte vorzüglich, und das belächelte Küchlein entpuppte sich als Köstlichkeit, die es mit jeder Süßspeise in der Businessklasse aufnehmen konnte. Und dort wiederum hätte er nicht Christian Goldinger kennengelernt, dessen Bekanntschaft für ihn immer interessanter wurde.

«Schmeckt es Ihnen?», fragte Goldinger.

«Ausgezeichnet», antwortete Felix, während er sich das letzte Stück Kuchen in den Mund schob.

Nachdem das Essen abgeräumt worden war, flaute die Betriebsamkeit in der Kabine ab. Die obere Beleuchtung wurde ausgeschaltet, Gespräche verstummten, und zahlreiche Passagiere hatten sich bereits in ihre Decken gehüllt und versuchten zu schlafen. Nur hier und dort erleuchtete ein Leselämpchen das spannende Buch eines Fluggastes. Auch Christian Goldinger war eingenickt. Felix hätte das Gespräch mit ihm gerne fortgesetzt und die letzten Korrekturen an seiner Präsentation hinausgeschoben. Aber sein Sitznachbar schlief tief und fest.

Seufzend nahm er den Laptop aus seiner unter dem Vordersitz verstauten Aktenmappe heraus und lud das Dokument herunter, das er für die Konferenz in Jambi vorbereitet hatte. Der Landkauf in Indonesien war eine Herausforderung gewesen. *Palm Oil GmbH* hatte dafür einen hohen Preis bezahlt. Entgegen der übrigen Mitglieder der Geschäftsleitung hatte Felix von Gunten als einziger die Kaufsumme für das ausgedehnte Urwaldstück befürwortet. Aber auf lange Sicht würde sich der kostspielige Erwerb auszahlen, denn die zukünftige Raffinerie zur Verarbeitung des Öls vor Ort, würde die Unabhängigkeit der Firma von den einheimischen Konzernen und den Fortbestand von *Palm Oil GmbH* sichern. Die sorgfältig ausgearbeitete Präsentation würde die letzten Zweifel der Konferenzteilnehmer ausräumen und sein gut durchdachter Finanzplan sie dem Vorhaben zustimmen lassen. Er hätte auf seine Arbeit stolz sein können, stattdessen entwich ein tiefer Seufzer seiner Brust. Er hatte nur im Interesse der Firma gehandelt, versuchte er sich zu trösten. Es gelang ihm jedoch nicht. Der Rauch der abgebrannten Böden stieg ihm in die Nase, das Weinen der Kinder, die kein Zuhause mehr hatten und das Brüllen der verhungernden Menschenaffen dröhnte in seinen Ohren. «Ich habe nur im Interesse der Firma gehandelt», versuchte er sich zu beruhigen. «Ich konnte nicht anders. Ich habe eine Verantwortung gegenüber meinen Angestellten und deren Familien. Ich habe nur im Interesse der Firma gehandelt», murmelte er fortwährend vor sich hin, obwohl er wusste, dass die Vernichtung des Urwaldes mit der Vernichtung der Menschheit einherging.

Warum hatte er sich diesem Wahnsinn nicht widersetzt und stattdessen in Kauf genommen, dass Depressionen, Schlaflosigkeit, Angstzustände sein Leben beherrschten? War es das Jahresgehalt von 700'000 Franken, das ihn davon abhielt, der *Palm Oil* den Rücken zu kehren? Oder das mit seinem Posten als CFO verbundene Gefühl von Macht, welches ihn berauschte? Oder war er einfach zu feige, um mit seinen 55 Jahren sein bisheriges Leben auf den Kopf zu stellen und noch einmal von vorne anzufangen?

Mit zitternden Fingern schloss er die Präsentation und fuhr den Laptop herunter. Dann kramte er aus der Aktentasche eine Schachtel mit Beruhigungstabletten hervor, löste zwei aus der Verpackungsfolie heraus und ließ sie auf der Zunge zergehen. Er schloss die Augen und verfiel kurz darauf in einen unruhigen Schlaf.

Den besorgten Blick, mit dem Christian Goldinger ihn schon seit einiger Zeit beobachtete, nahm er nicht mehr wahr.

Drittes Kapitel

Reges Stimmengewirr riss Felix aus dem Schlaf. Einige Passagiere waren unruhig, andere sprachen aufgeregt mit ihren Sitznachbarn oder versuchten, von den vorbeieilenden Flugbegleitern eine Auskunft zu erhalten. Nur Christian Goldinger saß gefasst in seinem Sitz.

«Ist etwas geschehen?», fragte Felix seinen flüchtigen Bekannten.

«Sie suchen einen Arzt für den Piloten. Er soll einen Herzinfarkt erlitten haben, aber bis jetzt hat sich unter den Passagieren noch keiner gemeldet.»

«Das ist ja schrecklich. Hoffentlich befindet sich doch noch jemand an Bord, der dem Mann helfen kann», meinte Felix beunruhigt.

Der *maître de cabine* stürmte den Gang entlang. Seine Gesichtszüge drückten tiefe Besorgnis, ja sogar Angst aus, die er jetzt nicht mehr zu verbergen versuchte. «Wir brauchen dringend einen Arzt», rief er beim Abschreiten der Sitzreihen, wobei seine Stimme eine immer stärker werdende Hoffnungslosigkeit ausdrückte.

«Ich kann vielleicht helfen», rief Christian Goldinger und erhob sich.

«Vielleicht?», fragte der *Purser* aufgebracht. «Mit vielleicht kann ich nichts anfangen», fügte er nervös hinzu.

«Nun, dann versichere ich Ihnen, dass ich helfen kann,» entgegnete Christian mit Demut in der Stimme. «Ich wollte mich aber nicht vordrängen und zunächst einem anderen den Vortritt lassen, der sein Handwerk besser versteht als ich.»

Der *Purser* sah Christian ungläubig an. Er wurde nicht schlau aus seinen Worten. Offensichtlich befand sich außer diesem komischen Kauz aber kein weiterer Arzt an Bord, weshalb er nach kurzem Zögern beschloss, ihm eine Chance zu geben. Sehr wohl war ihm bei dieser Entscheidung jedoch nicht. Er versuchte seine Bedenklichkeit durch Barschheit zu überspielen. «Auf was warten Sie noch, Mann, gehen wir», rief er und schob Christian in Richtung Cockpit eilig vor sich her.

So, so, dieser Christian Goldinger war also Arzt, überlegte Felix von Gunten. Vielleicht war er in einem Hilfsprojekt seines Vaters eingebunden, oder unterwegs zu den Eingeborenen Papuas, die wegen der zunehmenden Rodung ihres Habitats in erbärmlichen Zuständen lebten und von Krankheiten befallen waren. Vielleicht war er auch für die Organisation «*Ärzte ohne Grenzen*» tätig?! Aber warum nicht gleich? Nun, er hatte ja gesagt, dass er sich nicht vordrängen wollte, und Felix wollte ihm unbedingt glauben.

Christian blieb lange weg, und Felix begann, sich unwohl zu fühlen. Er versuchte sein Missbehagen zu ergründen: War es Furcht vor einem nunmehr unsicher gewordenen Flug, die ihn beschlich? Oder nun doch Nervosität vor der nahenden Konferenz? Er überlegte eine ganze Weile lang hin und her, bis ihm bewusstwurde, dass es Christians Abwesenheit war, die ihm zu schaffen machte. In seiner Gegenwart fühlte er sich geborgen, befreit von den Lasten des Alltags und seiner Umwelt gegenüber versöhnlicher gestimmt. Und jetzt, da sein Sitznachbar den Platz neben ihm verlassen hatte, wurde er wieder von Beklemmungszuständen heimgesucht, die ihn seit jeher beschlichen. Was hatte es mit diesem so andersartigen Menschen nur auf sich, der eine solch erquickende Wirkung auf ihn ausübte?

***

Flugkapitän Fred Holliger saß zusammengesunken in seinem Pilotensessel, seinen rechten Arm um die Brust und den linken Arm geklammert. Sein Gesicht war aschfahl und von Schweißtropfen überzogen. Obwohl man ihm die Kra watte gelockert hatte, atmete er stoßweise.

Der Copilot reichte ihm ein Glas Wasser, aber Holliger schüttelte den Kopf. Er verspürte heftigen Brechreiz, den er krampfhaft unterdrückte.

Christian Goldinger betrat das Cockpit, dicht gefolgt von dem verunsicherten *Purser*.

«Dieser Mann hat gesagt, er sei Arzt und könne dem Captain helfen», sagte er zu dem Kopiloten, der seinen Sitz nicht verlassen hatte und den Piloten bekümmert anstarrte.

«Kann das Flugzeug für einige Zeit automatisch fliegen?»

«Der Autopilot ist auf dieser Höhe immer eingeschaltet», antwortete der Copilot.

«Dann lassen Sie mich mit dem Piloten für eine Weile allein.»

Der *maître de cabine* bereute bereits seinen Entschluss, den sonderbaren Passagier ins Cockpit geführt zu haben und fasste ihn am Ärmel. «Das verstößt gegen die Vorschriften, kommen Sie, es ist wohl besser, wenn Sie an Ihren Platz zurückkehren.»

«Der Meinung bin ich nicht. Habe ich Ihnen nicht versichert, dass ich dem Kapitän helfen kann?», widersprach Christian und riss sich vom Flugbegleiter los.

Christians bestimmte Worte überzeugten den Kopiloten nur dahingehend, den Autopilot zu kontrollieren, nicht aber die Führerkabine zu verlassen. Er war sich unschlüssig, ob er den Fremden mit dem Piloten allein lassen sollte. In der heutigen Zeit wusste man nie, auf was für ausgefallene Ideen Terroristen kamen. Andererseits hatte der Mann zu Beginn des Fluges nichts von Fred Holligers Herzinfarkt wissen können.

«Nun machen Sie schon, oder wollen Sie das Leben des Kapitäns riskieren?»

Widerwillig erhob sich der Kopilot aus seinem Sitz und verließ das Cockpit.

«Und machen Sie bitte die Tür zu».

Christian Goldinger löste die verkrampften Arme des Captains und legte die Hand behutsam auf seine Brust. «Bleiben Sie ganz ruhig und versuchen Sie, sich zu entspannen.»

Nach einigen Minuten besserte sich sein Zustand. Er wurde ruhiger, und auch die Schmerzen in der Brust ließen nach. Christians Hand lag noch immer auf seiner linken Brustseite. Mit der anderen Hand trocknete er die Schweißtropfen auf der Stirn des Piloten.

Langsam kehrte etwas Farbe in sein Gesicht. Er hob den Kopf und starrte Goldinger an. «Wer sind Sie und was haben Sie mit mir gemacht?»

«Sie hatten eine leichte Herzinsuffizienz, aber in ein paar Minuten sollten Sie wieder ganz der Alte sein. Hatten sie schon einmal Beschwerden dieser Art?»

Der Kapitän zögerte. «Schon einige Male, aber sie waren immer nur ganz schwach, weshalb ich sie der Fluggesellschaft nicht gemeldet habe.»

Christian blickte Holliger besorgt an.

«Wissen Sie», sagte der Captain, «vor zwei Jahren hat mich meine Frau für einen erfolgreichen Geschäftsmann verlassen. Er konnte ihr mehr bieten, als ich mit meinem Pilotengehalt dazu in der Lage war. Sie wollte schon immer in *Emerald Hills* wohnen, aber die Objekte dort waren für uns einfach unerschwinglich. Sie wurde mit jedem Tag unzufriedener, und aus Angst, sie zu verlieren, habe ich mich dazu überreden lassen, ein hübsches Kondo in Singapurs begehrtestem Viertel zu kaufen. Die Anzahlung habe ich gerade noch auf die Reihe gebracht. Aber die von ihr verlangten Renovierungsarbeiten, die eine zeitgemäße Küche und zwei neue Bäder umfassten, sowie die happigen Hypotheken, drohten mir das Genick zu brechen. Am Anfang habe ich nebst meinem Job bei Singapore Airlines zusätzlich Privatunterricht an einer Flight Academy gegeben, aber es reichte immer noch nicht. Da habe ich mich zu halsbrecherischen Spekulationen verleiten lassen und meine ganzen Ersparnisse in einen vielversprechenden Fonds angelegt. Während der ersten sechs Monate warf er stattliche Erträge ab, aber dann blieben sie plötzlich aus. Ich hätte mir denken können, dass eine Rendite von 12.5% unrealistisch ist, aber da war es schon zu spät und mein Notgroschen weg. Zu dieser Zeit fing das Herzflimmern an, das ich jedoch verdrängt habe. Ich musste aber weitermachen, wollte ich meinen Job nicht verlieren.»

Es klopfte an der Cockpittür und der Kopilot schaute nervös hinein.

«Noch einen Moment», beschwichtigte Christian ihn. «Es dauert nur noch ein paar Minuten», und als die Tür wieder zuging, wandte er sich erneut dem Kapitän zu. «Die ganze Plackerei scheint aber nichts gefruchtet zu haben. Ihre Frau ist nicht zu Ihnen zurückgekehrt, oder?»

«Nein, aber soll ich jetzt zu allem Unglück auch noch mein Haus verlieren? Ich bin drei Raten in Verzug, und wenn ich diese bis Monatsende nicht bezahle, kommt das Haus unter den Hammer. Aber..., wie komme ich dazu, Ihnen dies alles zu erzählen!», rief der Kapitän und schlug sich mit der Hand gegen die Stirn.

Wie hatte er diesem Fremden gegenüber nur so arglos sein können? Er hatte keinem Menschen etwas von seinen Schwierigkeiten erzählt. Aber ausgerechnet diesem Unbekannten hatte er sich anvertraut. Zugegeben, er hatte ihm geholfen, aber was wäre, wenn dieser sein Geheimnis preisgeben würde?

«Warum zweifeln Sie an mir?» fragte Christian ruhig.

Holliger erschrak zu tiefst über die Worte seines Heilkundigers. Wie hatte er seine Gedanken so schnell erraten und seine innersten Ängste enträtseln können? Er blickte den Fremden an, erkannte in seinem Gesichtsausdruck jedoch nichts als Güte und Barmherzigkeit.

Augenblicklich beruhigte er sich wieder, und mit der Ruhe kehrten auch seine Kräfte zurück. Er fühlte sich wieder so frisch, wie vor dem Anfall.

Die Tür des Cockpits wurde erneut geöffnet. Es war der Kopilot, der nicht schlecht staunte, als er einen vollkommen wiederhergestellten Flugkapitän erblickte.

«Kommen Sie rein, die Arbeit geht weiter», rief ihm der Captain zu. «Wir müssen uns auf das Wetterradar konzentrieren. Da braut sich etwas zusammen.» Er wandte seinen Blick von den Instrumenten ab und sagte zu Christian. «Ich weiß nicht, wie ich Ihnen danken soll, Sie werden mich doch nicht…»

«Nicht der Rede wert», antwortete Christian und warf ihm einen warnenden Blick zu. Das Herzflimmern hatte es nie gegeben. Dann streckte er dem Captain die Hand entgegen. Dieser ergriff sie voller Dankbarkeit und Demut und spürte wie von diesem Händedruck eine ungeheure Kraft ausging, die sich augenblicklich auf ihn übertrug. Der Händedruck währte nur einen Moment, aber er genügte, alle seine bisherigen Sorgen von ihm abfallen und ihn schweben zu lassen…

***

«Da sind Sie ja endlich», rief Felix, als Christian Goldinger an seinen Platz zurückkehrte. «Ich habe mir schon Sorgen um Sie gemacht. Geht es dem Captain besser?»

«Ja, es war nur eine leichte Herzschwäche. Es besteht kein Grund mehr zur Besorgnis.»

«Sie sind Arzt, nicht wahr?»

«So ungefähr», antwortete Christian, während ein vieldeutiges Lächeln seine Lippen umspielte.

Felix sah ihn erstaunt und zugleich neugierig an. Doch bevor er ihm weitere Fragen stellen konnte, ertönte eine Durchsage aus den Lautsprechern unter der Gepäckablage: «Meine Damen und Herren, wir freuen uns, Ihnen mitteilen zu können, dass der Flugkapitän wieder wohlauf ist. Gleichzeitig bitten wir Sie, sich wieder anzuschnallen. Wir müssen südlich von unserer Flugroute ein Sturmtief umfliegen und könnten leichten Turbulenzen ausgesetzt sein.»

Felix erschrak. Er litt unter Flugangst, die er bisher weder sich selbst noch einem anderen eingestanden hatte.

«Haben Sie keine Angst», beruhigte Christian ihn. «Uns wird nichts passieren.»

«Woher wollen Sie das wissen?», fragte Felix.

«Ich weiß es eben», antwortete Christian gelassen.

Eigenartigerweise glaubte Felix seinem Sitznachbarn und entspannte sich. Wer immer auch dieser Christian Goldinger war, von ihm ging eine tiefe Ruhe und Sicherheit aus, die sich auch auf Felix von Gunten übertrugen. In Christians Nähe fühlte er sich beschützt. Er begann über sein bisheriges Leben nachzudenken, etwas, das er in dieser Intensität noch nie getan hatte. Zum ersten Mal fragte er sich, was gewesen wäre, wenn er damals, den Mut aufgebracht hätte, sich dem Willen des Vaters zu widersetzen und an die Akademie der Bildenden Künste in München gegangen wäre. Wäre er heute zufriedener? Mit Sicherheit. Er hatte das Malen nie ganz aufgegeben, seine Bilder aber niemandem gezeigt, aus Angst sich mit seiner bescheidenen Kunst lächerlich zu machen. Wie sehr beneidete er dagegen seine Frau Verena, die ihr Hobby zum Beruf gemacht hatte. Im Erdgeschoss ihres gemeinsamen Hauses hatte sie sich ein kleines Atelier eingerichtet, in welchem sie Couture-Kleider nähte. Sie war eine talentierte Schneiderin, und in der Vergangenheit hatte er ihr oft über die Schulter geschaut. Sie hatte ihm über ihr Metier viel erzählt, und hin und wieder hatte er sie sogar an Modeschauen begleitet. Wie lange war das schon her? Und wie war es zur Zerrüttung seiner Ehe gekommen? War der ständige Druck, dem er Tag für Tag ausgesetzt war, daran schuld? Ja, wenn er ehrlich sein wollte, hatte es keinen Tag gegeben, in dem er einmal nicht unter Druck gestanden hatte, mit Ausnahme der heutigen Stunden, während denen er neben Christian Goldinger saß...

An der Primarschule hatte er den Vater ständig sagen hören, dass seine Noten besser werden müssten. «Dein Bruder Markus hat sogar die dritte Klasse übersprungen, und das Lesen hat er sich auch selbst beigebracht, aber du schaffst gerade mal mit Ach und Krach die vierte.»

Während der Schulzeit war Felix keinmal sitzen geblieben. Das Gymnasium hatte er jedoch nur mit Hilfe äußerster Anstrengung und regelmäßiger Nachhilfestunden bewältigt. Markus hatte alle Erwartungen des Vaters nicht nur erfüllt, sondern auch übertroffen. Nach einem erfolgreichen Studium an der *Eidgenössischen Technischen Hochschule Zürich*, hatte er einen Lehrstuhl für angewandte Informatik an der Universität Heidelberg bekommen. Und Felix? Wie hatte *er* sich durchs Leben geschlagen?

Nach Abschluss der Schulzeit war er der Ansicht gewesen, dem Vater keine Rechenschaft mehr schuldig zu sein. Er hatte geschafft, was man ihm befohlen hatte. Keiner konnte von ihm verlangen, in die Fußstapfen seines Bruders zu treten. Er hätte es mit ihm ohnehin nicht aufnehmen können. Deshalb wollte er nicht an die *ETH* und schon gar nicht an die Uni. Er wollte etwas völlig anderes. Und noch bevor der Vater darauf bestand, dass er sich für ein Wirtschafts- oder Jusstudium einschrieb, verkündet Felix ihm, dass er Malerei und Grafik an der *Akademie der Bildenden Künste* in München studieren wollte.

«Bist Du noch ganz bei Trost?», hatte der Vater in aufgebrachtem Ton gefragt. «Du glaubst doch wohl nicht im Ernst, dass ich dir die unzähligen Nachhilfestunden bezahlt habe, damit du jetzt einem brotlosen Studium nachgehst. Du wirst eine Wirtschaftsausbildung machen. Ich habe dich bereits an der entsprechenden Kaderschule angemeldet.»

Felix hatte nicht den Mut aufgebracht, dem Patriarchen zu

widersprechen und seine unterwürfige Mutter ebenfalls nicht. Nächtelang hatte er sich ausgemalt, wie es in München hätte sein können, bis er sich mit seinem Schicksal abgefunden und aus der untersten Schreibtischschublade seinen Mahlblock hervorgekramt hatte. Lange hatte er wehmütig auf die Blätter mit den vielversprechenden Entwürfen gestarrt, bevor er sie in den Papierkorb warf und mit ihnen das keimende Pflänzchen Talent, aus dem ein starker Baum hätte werden können.

Erstaunlicherweise hatte ihm die Ausbildung an der Kaderschule Spaß gemacht. Insbesondere die Betriebswirtschaftslehre und das Rechnungswesen hatten es ihm angetan. Er schloss erfolgreich ab und kam, vielleicht dank der Verbindungen seines Vaters, vielleicht aber auch dank seiner eigenen Leistungen, in einer Großbank unter.

Der Druck, dem die Belegschaft, im Bestreben große Gewinne zu erzielen, Tag für Tag ausgesetzt war, missfiel ihm zutiefst. Doch er wollte nach oben, ganz nach oben. Dann hätte der Vater nichts mehr an ihm auszusetzen, und seinem Bruder Markus wäre er endlich ebenbürtig.

Mit unendlicher Beharrlichkeit durchlief er die wichtigsten Stationen im Bankwesen: Er erwarb sich ein solides Wissen im Private Banking, Rechnungswesen, Controlling und Asset Management. Er besuchte Seminare und erweiterte seine Kenntnisse in der Vermögensstrukturierung und Finanzmathematik. Und als dann die Palmoil Holding GmbH an ihn herantrat und ihm den Posten des Finanzvorstehers anbot, hatte er ohne zu zögern angenommen.

Er wusste, was bei so einem Posten alles auf ihn zukommen würde. Der Druck, dem er in einem immer schwierigeren Umfeld ausgesetzt war und die enorme Verantwortung, die er schultern musste, verlangten ihm alles ab, bis er an seinem Job keinen Gefallen mehr fand. Er kam sich wie in einer Tretmühle vor, aus der es kein Entrinnen gab. Nicht einmal mehr das Malen konnte seine Ängste und Depres sionen lindern. Sich diesen Umstand einzugestehen fiel ihm schwer. Dann hätte alles, wofür er so hart gekämpft hatte, keinen Sinn ergeben. Und übermorgen musste er an der bevorstehenden Konferenz der unaufhaltsamen Vernichtung des Urwaldes und seiner Bewohner zustimmen, nur damit alles einen Sinn ergab!

Das Flugzeug verlor in einem heftigen Abwind so schnell an Höhe, dass Felix das bedrohliche Gefühl hatte, in ein Luftloch zu fallen. Er stieß einen Angstschrei aus und krallte sich an den Armlehnen fest. Sein asiatischer Nachbar, der die ganze Reise über geschlafen hatte, war von den Turbulenzen wach geworden und stöhnte erbärmlich. Felix drehte sich zu Christian um, der jedoch zusammengesunken in seinem Sitz saß und die Augen geschlossen hatte.

Er überlegte, ob er ihn schlafen lassen sollte, aber seine Angst wurde immer stärker. Er rüttelte an seinem Arm, ohne ihn wach zu bekommen. Schließlich öffnete Christian die Augen.

«Warum lassen Sie mich nicht schlafen?»

«Ich habe Angst.»

«Sie Kleingläubiger, warum zweifeln Sie an mir?»

Felix starrte Christian verdutzt an.

«Das ist heute das zweite Mal, dass ich diese Frage stelle, ohne darauf eine befriedigende Antwort zu bekommen. Warum haben Sie Angst? Habe ich Ihnen vor ein paar Minuten nicht schon gesagt, dass uns nichts passieren wird? So glauben Sie mir doch endlich und lassen Sie mich jetzt ein wenig ausruhen. Ich werde in den nächsten Stunden viel Kraft benötigen.»

Felix konnte sich auf die Worte Christians keinen Reim machen und fürchtete sich noch mehr.

Die Maschine wurde erneut heftig hin und her geschüttelt. Felix wollte schreien, unterdrückte jedoch seine Regung. Er umklammerte Christians Arm und lehnte sich mit versteinerter Miene in seinem Sitz zurück. Das Flugzeug wurde noch einige Male von Turbulenzen erfasst, bevor der Flug wieder ruhig verlief.

Felix schlief ein. Er träumte abermals von dem Strand mit den Weihnachtssternen und befand sich in einer unwirklichen und paradiesischen Welt, als ein Zupfen an seiner Jacke ihn aus der karibischen Idylle in die Beengtheit der Kabine zurückholte. Unwirsch und noch etwas verschlafen, blickte er sich um und ließ dabei den Arm Christian Goldingers los.

Es war jedoch sein asiatischer Sitznachbar, der in radebrechendem Englisch versuchte, ihm etwas mitzuteilen. Felix blickte ihn verständnislos an, bis der Asiat das Wort «descending» herausbrachte, welches er mit einer abwärts zeigenden Handbewegung untermalte. Er war noch zu benommen, um zu begreifen, auf was sein Sitznachbar hinauswollte. Doch nach einer Weile begann er ebenfalls zu spüren, dass das Flugzeug sich im Sinkflug befand.

Er blickte auf seine Armbanduhr: Sie waren seit knapp acht Stunden unterwegs. Bis Singapur betrug die Flugzeit jedoch zwölfeinhalb. Etwas musste geschehen sein. Felix blickte zu Christian hinüber, der immer noch in der gleichen Position verharrte und jetzt sogar ein sanftes Schnarchen von sich gab.

Mist, sagte sich Felix, warum musste sein eigenartiger Reisegefährte gerade jetzt schlafen? Er war sich sicher, dass, wenn er sich mit Christian unterhalten könnte, die Anspannung von ihm abfallen würde, auch wenn dieser zuweilen eine seltsame Art der Kommunikation pflegte.

«Meine Damen und Herren», ertönte es aus den Lautsprechern. «Hier spricht der Kapitän. Wir haben leider einen Triebwerkschaden und sehen uns gezwungen, den nächstgelegenen Flughafen anzusteuern. Es besteht jedoch keinerlei Gefahr für Ihre Sicherheit. Weitere Informationen folgen in Kürze.»

Jetzt würden sie auch noch zwischenlanden, sagte Felix

sich und überlegte was im Laufe dieser Reise noch alles geschehen würde.

Viertes Kapitel

Flug 345 der Singapore Airlines befand sich im Anflug auf Mumbai. In wenigen Minuten würde das Flugzeug in der größten Metropole Indiens und in einer der bevölkerungsreichsten Städte der Erde landen.

Felix stöhnte. Die Crew hatte den Passagieren versichert, dass sie schnellstmöglich auf andere Maschinen umgebucht und noch im Laufe des Vormittags Singapur erreichen würden. Eine happige Verspätung ließ sich dennoch nicht vermeiden, und übermorgen fand die Konferenz statt! Den Anschlussflug nach Jakarta und den Weiterflug nach Jambi würde er sich ans Bein streichen müssen. Er konnte von Glück sagen, wenn er am Folgetag den Flug nach Jambi um 19.00 Uhr erreichte, nachdem er über zwanzig Stunden unterwegs gewesen war. Und wofür? Um Menschen von einer Strategie zu überzeugen, von der er selbst nicht mehr ganz überzeugt war? Warum hatte er den Landkauf in Indonesien befürwortet? Um seinem Umfeld zu beweisen, dass nur er, der erfolgreiche Manager, in der Lage war, die schwierigen Verhandlungen mit den indonesischen Behörden zu einem erfolgreichen Abschluss zu führen?

Ein tiefer Seufzer entfuhr seiner Brust, und kleine Schweißperlen standen auf seiner Stirn.

«Geht es Ihnen nicht gut?», fragte Christian Goldinger.

«Es geht», antwortete von Gunten und hing seinen eigenen Gedanken nach: Er war jetzt fünfundfünfzig Jahre alt. Bis zum Ruhestand waren es noch gute zehn Jahre. Zehn lange Jahre auf der obersten Sprosse der Karriereleiter, von der er von einem Moment zum anderen hinuntergestoßen werden konnte, wenn es ihm nicht gelang, die verlangten Leistungen zu erbringen. Zehn Jahre, die von der Verwaltung von Geldmitteln, von Liquiditätsplanung, Rentabilität, unzähligen Sitzungen, randvollen Terminkalendern und ermüdenden Reisen beherrscht waren. Hatte er diesen Irrsinn eigentlich noch nötig? Er hatte alles erreicht, was er hatte erreichen wollen, und dem Vater noch vor dessen Tod bewiesen, dass aus dem nicht sehr vielversprechenden Sohn doch noch ein erfolgreicher Geschäftsmann geworden war. Nebst Ansehen, Macht und Reichtum, war die Anerkennung des Vaters die größte Genugtuung für ihn gewesen. Aber zu welchem Preis? Plötzlich musste er an die Kunstakademie in München denken. Was wäre gewesen, wenn...

Die Maschine landete auf dem *Chhatrapati Shivaji International Airport* und gelangte vor dem Flugsteig zum Stillstand. Sogleich machte sich in der Kabine ein geschäftiges Treiben bemerkbar. Die Gepäckablagen wurden aufgeklappt, Jacken, Taschen und Trolleys herausgezerrt und die Gänge bereits von Passagieren verstopft, die ungeduldig darauf warteten, die Kabine zu verlassen.

«Hoffentlich bekommen wir bald einen Anschluss nach Singapur», sagte Felix zu Christian, der sich aus seinem Sitz erhoben hatte und den aussteigenden Fluggästen, die langsam in Bewegung kamen, folgte. Felix nahm seine Aktentasche und reihte sich hinter Christian in den Strom der Reisenden ein. Als sie den Flugsteig erreichten und nun nebeneinander gingen, drehte Christian sich zu Felix um. «War nett, Sie kennengelernt zu haben. Hoffentlich gelingt es Ihnen, einen baldigen Anschlussflug zu bekommen».

«Wie meinen Sie das, Sie müssen doch auch weiter nach Singapur fliegen?», fragte Felix beunruhigt.

«Nun, ich habe beschlossen, in Indien zu bleiben. In Indien gibt es viel zu vollbringen. Eigentlich wollte ich erst später hierherkommen, aber wissen Sie, die Reihenfolge, in der ich meine Aufgaben zu bewältigen habe, spielt nur eine untergeordnete Rolle.»

Felix hielt ihn an seinem Pullover fest. «So warten Sie doch», Sie können sich doch nicht einfach aus dem Staub machen, ohne mir Ihre Adresse und Telefonnummer zu geben, damit wir ein späteres Treffen vereinbaren können».

Christian war endlich stehen geblieben, wodurch Felix die Gelegenheit bekam, eine Visitenkarte aus seiner Aktentasche hervorzukramen.

«Hier, nehmen Sie meine Karte und sagen Sie mir, wo ich Sie später erreichen kann.»

«Das wird leider nicht möglich sein», antwortete Christian und blickte Felix aus traurigen Augen an.

«Warum nicht?», wo sind Sie überhaupt daheim?»

«Nirgends und überall», antwortete Christian ausweichend.

Die Aussicht Christian Goldinger nie mehr wiederzusehen und auch nicht mehr die von ihm ausgehenden Kräfte zu spüren, ließen Felix von Gunten alles Bisherige über Bord werfen und den einen, in diesem Augenblick unabwendbaren Entschluss fassen. «Dann werde ich mich Ihnen anschließen. Haben Sie etwas dagegen, wenn ich mit Ihnen gehe?»

«Ich werde keinen abweisen, der zu mir kommt, aber wieso wollen Sie mich begleiten, einen Fremden, den Sie erst seit ein paar Stunden kennen? Was ist mit Ihrer Konferenz, und werden die Teilnehmer ohne Sie auskommen?»

Felix ließ jetzt endlich den Pullover seines flüchtigen Bekannten los, der seinen Gang verlangsamt hatte, wodurch er mit ihm Schritt halten konnte. «Eine innere Stimme sagt mir, dass ich Sie begleiten muss. Ich kann nicht an die Konferenz fahren und eine Präsentation halten, in der ich aufzeige, dass die Kosten für das von uns erworbene Stück Urwald und die darauf zu errichtende Raffinerie sich für die Gesellschaft in Zukunft auszahlen werden.»

«Und warum nicht?»

Felix blickte Christian verzweifelt an. «Weil ich seit drei Jahren Alpträume habe, in denen ich den Urwald brennen sehe und das Weinen der aus ihren Dörfern vertriebenen

Menschen und das Brüllen der verendenen Oran-Gutans höre.»

«Diese Alpträume haben Sie aber vor zehn Stunden nicht davon abgehalten, an die Konferenz zu reisen. Was hat Sie dazu bewogen so plötzlich Ihre Meinung zu ändern?

«Vielleicht die Bekanntschaft mit Ihnen?!»

Christian lächelte. «Nun, wenn Sie es so wollen, heiße ich Sie bei mir willkommen».

Felix blickte den flüchtigen Bekannten etwas erstaunt an. In seinen Augen war dieser zweifelsohne ein besonderer und liebenswürdiger Mensch, aber er könnte sich ruhig etwas weniger geschwollen ausdrücken. Das würde ihn greifbarer, anschaulicher, lebensnaher machen, dachte er und sah sich zum ersten Mal seine Umgebung etwas genauer an.

In der riesigen Halle mit der hohen Decke, in die regionale Muster und Strukturen eingebaut waren, wimmelte es von Menschen jeder Rasse und Hautfarbe: Dunkle und helle Inder mit Turbanen auf dem Kopf, Frauen in leuchtenden Saris, Chinesen, Japaner und hellhäutige, blasse Europäer, die in diesem bunten Schmelztiegel fremd und deplatziert wirkten.

Christian und Felix folgten dem Schild mit der Aufschrift «Immigration», wobei letzterer seinen Augen nicht traute, als er wenig später die langen Menschenschlangen vor den Abfertigungsschaltern erblickte.

In den vergangenen vierzig Minuten waren nicht weniger als zwanzig Maschinen gelandet, deren Fluggäste nun gleichzeitig durch den Zoll wollten.

«Na, das kann ja heiter werden», murmelte Felix. «Haben Sie überhaupt ein Visum für Indien?» fragte er seinen Begleiter.

«Meine Mission führt mich auch nach Indien, weshalb ich mir vor Antritt meiner Reise eines besorgt habe, aber was ist mit Ihnen?»

«Vor zwei Wochen sollte ich im Auftrag der Firma nach

Delhi fliegen, aber die Reise musste kurzfristig abgesagt werden. Das Visum, das meine Sekretärin für mich eingeholt hatte, ist immer noch gültig, aber wissen Sie was? Unser Gepäck ist nach Singapur durchgecheckt. Wir werden wohl ohne unsere Koffer auskommen müssen, wobei ich gerne wüsste, wie lange sie auf dem Förderband in *Changi* ihre einsamen Runden drehen werden?»

«*Meine Last ist leicht*», ich brauche fast nichts».

Schon wieder diese wulstige Sprache, ärgerte Felix sich. Konnte der Mann nicht wie alle anderen Leute reden?

Die beiden Männer schwiegen eine Weile, als Felix plötzlich über die Absurdität seiner Situation kichern musste: Da stand er nun in einer endlosen Menschenschlange neben einem höchst eigenartigen Reisegefährten und wartete wahrscheinlich eine Ewigkeit, bis er den Zoll würde passieren können. Sein Gepäck war flöten gegangen, ebenso sein Job, von seiner Frau ganz zu schweigen, und trotzdem fühlte er, dass die Last, die er bis jetzt geschultert hatte, plötzlich von ihm abfiel.

«Lachen Sie über mich?», fragte Christian.

Felix blickte ihn belustigt an. «Wo denken Sie hin. Ich lache wohl zum ersten Mal über mich selbst. Ich habe gerade meinen Job und mein Gepäck verloren, und die Chance, die Beziehung mit meiner Frau zu kitten, habe ich schon vor meiner Abreise zunichtegemacht, und trotz allem habe ich mich noch nie so frei, so sorglos und erheitert gefühlt wie jetzt.»

«Lieben Sie Ihre Frau noch?»

«Als ich von zu Hause wegfuhr, glaubte ich, sie nicht mehr zu lieben, aber jetzt?», Felix zog die Schultern hoch. «Aber eins weiß ich ganz bestimmt, Verena liebt *mich* nicht mehr.»

«Was macht Sie da so sicher?»

«Wie sie mich vor meiner Abreise behandelt hat. Sie war über meinen Trip in der Eco richtig belustigt, und als ich ihr einen Abschiedskuss geben wollte, hat sie zu mir gesagt, ich solle mich nicht bemühen. Aber … ich bin ja auch ein gottverdammtes Arschloch zu ihr gewesen.»

Felix starrte finster vor sich hin, weshalb ihm Christians leichte Bestürzung über die verwendeten Kraftausdrücke entging.

Sie hatten schon über einer Stunde in der Schlange gestanden, als jemand von hinten Christian auf die Schulter klopfte. «Da sind Sie ja», rief Kapitän Holliger. «Ich habe Sie überall in der Transitzone gesucht, bis mir der Kopilot sagte, dass er Sie in Richtung «Immigration» gehen sah.»

«Ja, ich habe beschlossen, hier in Indien meine Reise zu unterbrechen», und zu Felix gewandt, fügte er hinzu, «das ist Felix von Gunten, er fliegt ebenfalls nicht weiter nach Singapur und begleitet mich für eine Weile.»

«Und was möchten Sie in Indien machen?»

«Helfen, die Armut zu lindern und für Gerechtigkeit sorgen», strahlte Christian ihn an.

«Das dürfte nicht so einfach sein», sagte Holliger und sah Christian zweifelnd an.

«Wer Gott vertraut, dem ist alles möglich»!

«Ganz schön selbstherrlich, finden Sie nicht?», entgegnete Holliger mit einem spöttischen Grinsen.

Christian blickte ihn traurig an.

«So war es nicht gemeint», entschuldigte sich der Flugkapitän und legte einen Arm um Christian. «Ich wollte mit meinen Worten nur zum Ausdruck bringen, wie ungemein schwierig die Verhältnisse in Indien sind.»

Christian sagte noch immer kein Wort, aber er bedachte Holliger mit einem gütigen Lächeln.

«Wissen Sie, mir ist soeben eine Idee gekommen, wie wir im kleinen Rahmen vielleicht etwas bewirken könnten. Meine Mutter stammt aus Mumbai, weshalb ich in dieser Stadt aufgewachsen bin. Vielleicht könnte ich Ihnen ein klein wenig helfen, Ihr Vorhaben in die Tat umzusetzen», fügte Holliger hinzu und blickte Christian erwartungsvoll an.

«Ich werde keinen abweisen, der zu mir kommt», antwortete Christian zum zweiten Mal an diesem Abend, «aber was ist mit Ihrer Anstellung bei Singapore Airlines?»

«Die werde ich wohl verlieren, aber jetzt wo ich allein bin, kann ich auch für eine private Airline fliegen. Ich werde sicherlich weniger verdienen, aber das Abenteuer mit Ihnen, ist es mir wert».

«Nun gut, wenn dem so ist, kommen Sie mit uns.»

Die drei Männer warteten noch eine weitere Stunde, bis sie an die Reihe kamen. Sie nutzten die Zeit, um näheres über sich in Erfahrung zu bringen.

Von Gunten und Holliger waren sich auf Anhieb sympathisch. Zwischen ihnen entwickelte sich sogleich ein lebhafter Austausch, weshalb sie nicht bemerkten, dass Goldinger fast nichts von sich preisgab.

Fünftes Kapitel

Seit von Guntens Abreise lebte Marga Vogt in panischer Angst vor einer Kündigung. Ihr Chef hatte zwar gesagt, er würde sich um ihre Entlassung *nach* seiner Rückkehr kümmern, aber so wütend wie er gewesen war, war es durchaus möglich, dass er diese bereits per SMS veranlasst hatte.

Sie hatte die beiden letzten Nächte kaum geschlafen. Wie lange würde es dauern, bis sie wieder einen Job fand? Und wovon sollte sie die Miete, die bereits gebuchte Geburtstagsreise ihrer Mutter und den ausstehenden Bankkredit bezahlen? Sie hatte angefangen, sich vor dem Schlafengehen einen Beruhigungstee zu kochen, aber der hatte bis jetzt kein bisschen geholfen und ihr nicht den ersehnten Schlaf gebracht.

Nun saß sie mit geröteten Augen an ihrem Schreibtisch und starrte in den Computer.

Als persönliche Assistentin von Felix hatte sie Zugang zu seinen Mails, die sie in regelmäßigen Abständen durchsah und bearbeitete. Sie blickte erneut auf seine Nachrichten. Eigenartigerweise hatte ihr Vorgesetzter in den vergangenen achtundvierzig Stunden keine der Mitteilungen abgerufen. Denn sie waren alle noch in fetter Schrift dargestellt.

Marga rieb sich die übermüdeten Augen. Konnte es sein, dass diese ihr einen Streich spielten? Aber nein, Felix hatte seit seiner Abreise keine einzige Mail gelesen. Nicht einmal die mit einem Ausrufungszeichen gekennzeichnete Mitteilung von Hannes Koch, dem Direktor der Palm Oil in Jambi, in der er Felix um ein dringendes Treffen noch vor Beginn der Konferenz bat, war gelesen worden.

Das Schnarren des Telefonapparates ließ Marga Vogt zusammenfahren und riss sie aus ihren Grübeleien heraus.

«Marga Vogt», meldete sie sich mit brüchiger Stimme.

«Guten Morgen, Frau Vogt, hier ist Martin Keller. Könn

ten Sie bitte gleich in mein Büro kommen?»

«Ist etwas passiert?», fragte Marga.

«Ich erwarte Sie in fünf Minuten in meinem Büro», sagte der Personalchef und beendete die Verbindung.

Marga Vogt legte mit zitternder Hand den Hörer auf. Dieser verdammte Felix von Gunten hatte seine Drohung also noch vor Ende seiner Reise wahrgemacht und den Personalchef beauftragt, ihr zu kündigen. Wahrscheinlich würde Keller sie nun fristlos entlassen. Was sollte jetzt nur aus ihr werden? Ohne ein gutes Arbeitszeugnis würde sie so schnell keine neue Anstellung finden, und den Mietvertrag konnte sie erst in sechs Monaten kündigen!

Tränen der Verzweiflung rannen ihr die Wangen hinunter. Jedem Menschen konnte doch einmal ein Versehen unterlaufen! In den vier Jahren, in denen sie für Felix arbeitete, war ihr noch nie ein einziger Fehler passiert. Sie hatte bis jetzt immer einwandfreie Leistung erbracht und sich auch nie über die vielen Überstunden beklagt, die von ihr verlangt wurden. Und jetzt musste sie wegen einer Unbedachtsamkeit gehen. Zugegeben, es war eine schlimme Nachlässigkeit gewesen, die für Felix von Gunten eine höchst unbequeme Reise zur Folge gehabt hatte. Aber diese gleich mit einer Kündigung zu bestrafen?!

Sie trocknete die Tränen ab und machte sich schweren Herzens auf den Weg in Martin Kellers Büro.

Einige Minuten lang stand sie unschlüssig vor dem Arbeitszimmer des Personalchefs, um das Unvermeidliche noch etwas hinauszuzögern. Schließlich überwand sie sich und klopfte an.

Nach wenigen Augenblicken wurde die Tür geöffnet.

«Bitte treten Sie ein. Haben Sie vielen Dank, dass Sie so schnell gekommen sind», begrüßte Keller sie.

Marga starrte den großen, korpulenten Mann mit dem kantigen Gesicht und dem Bürstenhaarschnitt verdattert an. So sprach man nicht mit jemandem, den man innerhalb der nächsten fünf Minuten feuern wollte. Sie schöpfte Hoffnung.

Sie folgte Kellers Aufforderung und setzte sich an den runden Besprechungstisch, der neben dem großen Schreibtisch stand.

Keller nahm ebenfalls Platz und bot ihr einen Kaffee an, den Marga dankend ablehnte. Sie wollte das unangenehme Gespräch schnellstmöglich hinter sich bringen.

«Haben Sie die gesamte Reise Ihres Chefs persönlich organisiert?», überraschte Keller sie mit seiner Frage.

«Ja», hauchte Marga unglücklich.

«Ich meine die Flüge, das Hotel und alle Termine während der gesamten Reise?»

«Ja, bis auf den kurz angesagten Termin mit Herrn Hannes Koch, dem regionalen Direktor in Jambi.»

«Und warum diesen nicht?»

«Herr Koch hat Herrn von Gunten eine Mail geschickt, in welcher er ihn bat, ihn kurz vor der Konferenz aufzusuchen. Aber obwohl Herr Koch in der Mail betont hat, dass es sich um einen dringenden Termin handelte, glaube ich nicht, dass Herr von Gunten diese Mitteilung gelesen hat.»

«Und warum nicht?»

«Ich bearbeite seine Mails, und seitdem er abgereist ist, hat er noch keine Mitteilung von seinem Handy aus abgerufen. Das hätte ich gemerkt.»

Martin Keller strich sich über seinen Kinnbart und blickte Marga nachdenklich an. «Was ich Ihnen jetzt sage, ist streng vertraulich, weshalb ich Sie um absolute Verschwiegenheit bitte.»

Marga beschlich jetzt nicht nur Furcht, sondern auch ein tiefes Missbehagen. Was hatte das alles zu bedeuten?

«Felix von Gunten ist nicht zu der Konferenz erschienen», erklärte Martin Keller.

«Nicht erschienen?», fragte Marga verdattert.

«Es ist so, wie ich Ihnen sage. Und im Aston Jambi Hotel

and Conference Center hat er auch nicht eingecheckt. Herr Hannes Koch hat unseren Generaldirektor telefonisch davon in Kenntnis gesetzt. Und Herr Manfred Rinderknecht hat mich wiederum gebeten, erste Erkundigungen einzuziehen.»

Marga schwieg betroffen. Sie konnte sich auf die merkwürdigen Ereignisse keinen Reim machen und deshalb auch nicht dazu beitragen, Licht ins Dunkle zu bringen.

Sie und Martin Koch saßen noch einen Moment schweigend am Besprechungstisch, bis der Personalchef sie dankend verabschiedete.

Nachdenklich und etwas erleichtert ging Marga an ihren Arbeitsplatz zurück. Als sie in ihr Büro kam, schloss sie die Tür, setzte sich an ihren Schreibtisch und nahm eine Kopie der Reiseroute, die sie für Felix angefertigt hatte, aus der untersten Schublade heraus: Die erste Reiseetappe war mit Singapore Airlines, Flug 345 non stop nach Singapur erfolgt. In Singapur hatte sie den Weiterflug mit Tigerair um 08.25 Uhr nach Jakarta und von dort aus, einen Anschluss um 11.05 Uhr mit Ankunft in Jambi um 12.30 Uhr gebucht.

Sie starrte auf die Flugangaben, die sie aber nicht weiterbrachten.

Sie legte das Blatt beiseite und war im Begriff die Unterlagen der letzten Finanzsitzung abzulegen, als der interne Kurier mit der Tagespost ihr Büro betrat.

«Danke, Leo», sagte sie und nahm den Stapel Couverts entgegen, auf dem zuoberst die gefaltete Tageszeitung lag. Sie klappte sie auf und warf einen flüchtigen Blick auf die Schlagzeilen der ersten Seite, als ihr im unteren Drittel des Blattes die Überschrift «Notlandung in Mumbai» auffiel.

Der Untertitel, in dem es hieß, dass ein Flugzeug der Singapore Airlines in Indien notgelandet sei, bestand lediglich aus einer Zeile und verwies auf den gesamten Artikel auf Seite 12. Marga schlug die Seite auf, auf der die Meldung in voller Länge abgedruckt war und traute ihren Augen nicht:

Am Mittwoch ist eine Maschine der Singapore Airlines, die von Zürich nach Singapur unterwegs war, in Mumbai notgelandet. Nachdem das Flugzeug ein Sturmtief umflogen hatte, fiel ein Triebwerk aus, was den Kapitän veranlasste, in Mumbai, dem nächstgelegenen Ausweichflughafen, zu landen. Für die Passagiere bestand jedoch zu keiner Zeit Gefahr.

Marga las den Artikel nicht zu Ende. Was sie erfahren hatte, reichte ihr. Trotzdem las sie die ersten Zeilen mehrere Male durch. Dann ging sie ins Internet und checkte sämtliche Flüge, die täglich von Mumbai nach Singapur gingen.

Felix war tatsächlich mit der notgelandeten Maschine unterwegs gewesen und nach ihren Berechnungen vermutlich gegen 22.00 Uhr in Mumbai angekommen. Mit großer Wahrscheinlichkeit war er auf Jet Airways oder Garuda, abfliegend um 01.45 Uhr von *Chhatrapati Shivaji International Airport* umgebucht worden. Dies waren die nächst besten Verbindungen, die ein rechtzeitiges Eintreffen in Jambi noch ermöglicht hatten.

Sie nahm den Hörer ihres Tischtelefons auf und wählte die Nummer

des Reisebüros, mit dem sie seit Jahren zusammenarbeitete. «Hallo Louisa», begrüße sie ihre Kollegin am anderen Ende der Leitung. «Kannst Du bitte herausfinden, ob Felix von Gunten auf einer dieser Maschinen von Mumbai nach Singapur gewesen ist?», bat sie die Mitarbeiterin des Reisebüros und gab ihr die notwendigen Angaben durch.

«Das kann ich doch nicht. Wie soll ich denn an die Passagierlisten kommen?»

«Bitte Louisa, versuch es! Es ist sehr wichtig und du hast doch Beziehungen.»

Marga vernahm ein Seufzen am Ende der Leitung.

«Nun gut, ich werde mein Bestes tun», antwortete Louisa nach einer Weile. «Es kann aber etwas dauern. Ich melde mich, sobald ich etwas herausgefunden habe.»

Louisa rief am frühen Nachmittag zurück. «Von Gunten

ist in der Tat auf den Flug von *Garuda Indonesia* um 01.45 Uhr umgebucht worden.»

«Danke Dir für die Info», sagte Marga. Sie wollte gerade das Gespräch beenden, als Louisa in den Hörer rief. «Halt, da ist noch etwas, was dich interessieren dürfte.»

Marga wurde neugierig. «Was ist es?»

«Herr von Gunten hat den Flug nach Singapur nicht angetreten.»

«Wie, nicht angetreten?»

«Er ist nicht erschienen, war ein *Noshow*.»

«Hast Du auch den Flug der *Jet Airways* gecheckt, der um die gleiche Zeit abgeflogen ist?»

«Habe ich, aber auf dem war er auch nicht.»

«Vielen Dank für Deine Bemühungen, das war es auch schon», sagte Marga, bemüht, sich ihre Aufregung nicht anmerken zu lassen. Sie legte rasch auf, um Louisa keine Gelegenheit für unbequeme Rückfragen zu geben.

Felix war also in Indien! Was trieb er wohl dort? Warum hatte er seinen Weiterflug nach Singapur nicht angetreten? Marga versuchte sich zu erinnern, ob Felix jemals etwas mit Indien zu tun gehabt hatte, aber da war nichts, ausser der abgesagten Konferenz in Delhi, die zwei Wochen später nach Jambi verlegt worden war.

Gab es in Indien vielleicht eine Frau, mit der er sich unbemerkt hatte treffen wollen und die für ihn so bedeutsam war, dass er ihretwegen sogar eine wichtige Konferenz verpasste? Der Gedanke traf sie wie einen Stich ins Herz. Felix hatte sie tief verletzt, aber wenn sie an die Stunden in seinen Armen zurückdachte, spürte sie noch immer seine Hände, die es verstanden hatten, ihren Körper an den Stellen zu liebkosen, wo er zu explodieren drohte und sie zu ungeahnten und nicht für möglich erachteten Höhepunkten zu führen.

Sie verstaute die Kopie der Reiseroute in ihrer Schreibtischschublade und ging dem Tagesgeschäft nach. Sie konnte sich jedoch nicht konzentrieren. Immer wieder kreisten ihre Gedanken um Felix von Gunten und seinem merkwürdigen und unplanmäßigen Aufenthalt in Indien.

Es schmerzte sie, ihn zusammen mit einer anderen Frau zu wissen, aber etwas Positives konnte sie der ungewöhnlichen Situation dennoch abgewinnen: Solange Felix in Indien weilte, hing er sicherlich nicht geschäftlichen Dingen nach, am wenigsten wohl ihrer Kündigung, und vielleicht würde er diese nach seiner Rückkehr sogar vergessen! Seit Felix Abreise ging es Marga zum ersten Mal besser, und sie konnte wieder klarer denken.

Sie hob den Telefonhörer ab und hatte bereits die beiden ersten Ziffern von Kochs Kurzwahl gewählt, als sie den Höher wieder auf die Gabel legte. Nein, sie würde dem Personalchef nicht verraten, wo sich der Finanzvorsteher aufhielt. Diese Trumpfkarte wollte sie vorläufig nicht ausspielen.

Sechstes Kapitel

Verena von Gunten zog sich gerade den zweiten Socken an, als es an der Haustür klingelte. Verena hatte für diesen Tag keine Verabredung getroffen, und die Post war auch schon da gewesen. Sie öffnete eines der Schlafzimmerfenster, das zur Straße ging und schaute hinaus. Unten stand ein weißhaariger Mann in einem dunkelblauen Regenmantel, unter dem hellgraue Hosen und blitzblank geputzte, schwarze Schuhe hervorschauten.

«Ja, bitte?», rief sie hinunter. Der Mann hob den Kopf und blickte zu Verena herauf, die in dem unangemeldeten Besucher, Manfred Rinderknecht, Generaldirektor der Palmoil und Vorgesetzter ihres Mannes erkannte.

«Ich komme sofort», rief sie, schloss das Fenster, verließ das Zimmer und stieg flink die Treppe hinab. Auf Strümpfen öffnete sie die Tür und begrüßte ihren Gast. «Guten Tag, Herr Rinderknecht, bitte treten Sie ein.»

Sie nahm ihm den Mantel ab und bat ihn ins Wohnzimmer.

«Bitte nehmen Sie Platz», forderte sie den Gast auf. «Darf ich Ihnen einen Kaffee anbieten?»

«Einen doppelten Espresso, wenn es Ihnen nicht zu viele Umstände bereitet.»

Verena ging in die Küche und stellte die Kaffeemaschine an. Beunruhigt wartete sie darauf, dass der Kaffee in die bereitgestellte Tasse einlief. Was hatte Rinderknechts unerwarteter Besuch zu bedeuten? Hatte Felix in der Firma Probleme? Das wäre eine Erklärung für sein unfreundliches und angespanntes Verhalten vor seiner Abreise.

Verena stellte die Tasse mit dem Espresso auf den Couchtisch vor ihren Besucher, der auf dem Sofa Platz genommen hatte, und setzte sich ihm gegenüber in einen Sessel. Mit angespanntem Blick schaute sie Manfred Rinder

Knecht Rinderknecht an, der genauso nervös schien wie sie.

«Sie wundern sich wahrscheinlich über meinen unangemeldeten Besuch, aber ich wollte diese Angelegenheit mit Ihnen persönlich und nicht am Telefon erörtern.»

Verena runzelte die Stirn.

Rinderknecht nahm einen Schluck Kaffee. «Wissen Sie, dass ihr Mann zu der Konferenz in Jambi nicht erschienen ist?»

«Ich wusste gar nicht, dass er zu einer Konferenz nach Jambi aufgebrochen ist», antwortete Verena erstaunt.

Ihr Besucher zog verblüfft die Augenbrauen in die Höhe. «Wie? Ihr Mann hat Ihnen nicht gesagt, dass er geschäftlich nach Indonesien musste?»

«Wissen Sie, Herr Rinderknecht, mein Mann und ich führen gegenwärtig eine recht angespannte Beziehung. Der Spielraum für persönliche Fragen ist daher begrenzt. Aus diesem Grunde hat er mir lediglich gesagt, dass er einige Tage geschäftlich verreisen müsste und mich gebeten, seinen Koffer zu packen.»

Wenn Rinderknecht über Verenas Äußerung erstaunt war, ließ er sich seine Betroffenheit nicht anmerken. Nach einigen Minuten gegenseitigen Schweigens, während denen Gastgeberin und Besucher unterschiedlichen Gedanken nachhingen, erhob Rinderknecht sich schwerfällig aus dem Sofa und schritt auf die Diele zu.

«Hat jemand Frau Vogt, die Assistentin meines Mannes, schon befragt? Vielleicht weiß sie etwas Genaueres über den Verlauf seiner Reise.»

Manfred Rinderknecht blieb in der Mitte des Raumes stehen und drehte sich zu Verena um, die zusammengesunken in ihrem Sessel saß. Ihre Haltung verriet, dass ihr das rätselhafte Verhalten ihres Mannes näher ging, als sie noch vor einigen Minuten hatte erscheinen lassen.

«Unser Personalchef hat bereits mit ihr gesprochen. Sie hat für ihn zwar die Flüge und auch das Hotel in Jambi gebucht, konnte uns aber nicht weiterhelfen. Nach Auskunft von Marga Vogt hat Herr von Gunten keinerlei Andeutungen gemacht, die darauf hätten schließen lassen, dass er nicht beabsichtigte, an der Konferenz teilzunehmen.»

Verena stand nun ihrerseits seufzend auf und begleitete den Besucher zur Tür.

Verena half ihrem Besucher in den Mantel und begleitete ihn zur Tür. «Es tut mir leid, dass Sie sich den Weg umsonst gemacht haben.»

«Schon gut», erwiderte Manfred Rinderknecht und trat eilig auf die Straße.

Nachdem sie die Eingangstür hinter sich geschlossen hatte, blieb sie nachdenklich in der Diele stehen. Was hatte das alles zu bedeuten? Felix hatte sich seit seiner Abreise nicht bei ihr gemeldet. Das tat er für gewöhnlich schon lange nicht mehr, aber das waren offenbar keine gewöhnlichen Umstände.

Sie stieg die Treppe in das obere Stockwerk hinauf und ging ins Schlafzimmer. Sie nahm ihr Mobiltelefon von der Ladestation auf ihrem Nachtisch und wählte die Nummer ihres Mannes. Während sie auf den Aufbau der Verbindung wartete, ließ sie ihren Blick umherschweifen. Plötzlich blieb er an der Kommode hängen, hinter der an der einen Seite ein Stück Pappe hervorschaute.

«Bitte rufen Sie später an, der Mobilteilnehmer kann momentan nicht erreicht werden», wurde sie von einer monotonen Stimme aufgefordert.

Verena beendete die Verbindung und ging auf die Kommode zu. Sie wollte die Pappe zwischen dem Möbelstück und der Wand hervorziehen, doch diese war so stark eingeklemmt, dass sie sie nicht herauszerren konnte. Sie versuchte, die schwere Kommode abzurücken und verfluchte den dicken Spannteppich, der auch kleinste Verschiebungen verunmöglichte. Erst als sie alle Schubladen ausgehängt hatte, ließ sich das unförmige Ding einige Zentimeter verschieben. Verena zupfte an dem Karton, der sich als eine große Pappmappe entpuppte, die an drei Seiten mit Bändern verschlossen war. Behutsam zog Verena sie heraus und legte sie aufs Bett. Sie band die Schleifen auf und öffnete die Mappe. Sie traute ihren Augen nicht. Was sie zu sehen bekam, verschlug ihr den Atem.

Lange starrte sie auf den Inhalt der Mappe. Dann ging sie die gespeicherten Kontakte in ihrem Mobiltelefon durch, bis sie endlich diejenige Nummer fand, die sie gesucht hatte. Dann begann sie zu wählen.

Siebentes Kapitel

Nach zwei Stunden Wartezeit vor dem *Immigration* Schalter konnten die drei Männer endlich das Flughafengebäude verlassen. In der Ankunftshalle war es angenehm kühl gewesen im Gegensatz zur Straße, wo sie in ein erdrückendes Kaleidoskop der Sinne eintauchten: Eine feuchte Schwüle trieb ihnen innert Sekunden den Schweiß aus den Poren, die süßlich-herbe Mischung aus Gewürzen, Fäkaliengestank und dem aus indischen Räucherstäbchen verströmten *Nag Champa* Duft betäubte ihre Nasenhöhlen und das von hunderten von Menschen erzeugte Geschrei, gekoppelt mit dem unaufhörlichen Hupen der unzähligen Autos bohrte sich schmerzhaft in ihre Gehörgänge.

«Willkommen in Indien», murmelte Fred, in dem längst verloren geglaubte Erinnerungen zum Leben erweckt wurden. Er war lange nicht mehr in Mumbai gewesen, aber die Stadt roch noch genauso wie damals, als er hier ein Teil seiner Kindheit verbracht hatte. Mumbai roch noch immer nach unzähligen Restaurants, Tempeln, Gewürzen, frischen Blumen, menschlichen und tierischen Abfällen. Und diesem unverkennbaren Gestank verlieh das Salz des Ozeans eine pikante und zugleich mildernde Patina, die ihn in den unverwechselbaren herben und exotischen Duft Mumbais verwandelte.

In dem Menschendickicht ergatterte Fred ein Taxi, für das er bereits im Flughafengebäude einen Gutschein gekauft hatte.

«Es geht doch nichts über einen ortskundigen Reisebegleiter», bemerkte Felix und musterte argwöhnisch das klapprige Gefährt.

Fred setzte sich neben den Fahrer, während Christian und Felix auf den zerschlissenen Rücksitzen Platz nahmen.

«Zum *Victoria Terminus*», wies Fred den Fahrer an und

drehte sich zu seinen Gefährten im Fonds des Wagens. «Dort gibt es viele unterschiedliche Hotels, in denen man zu jeder Tages- und Nachtzeit einchecken kann.»

Der Fahrer stieß einen roten Strahl durch das offenen Wagenfenster aus und ließ den Motor an.

«Oh Gott, der Mann spuckt Blut aus», rief Felix bestürzt.

«Nein, das ist kein Blut», lachte Fred. «Das ist rotgefärbter Speichel.»

«Also doch Blut, und er hat eine Unmenge davon ausgespuckt.»

«Nein», beschwichtigte Fred ihn. «Der Mann kaut *Betel*.»

«Betel?», fragten Christian und Felix wie aus einem Mund.

«Er kaut einen *Betelbissen*. Das ist ein Gemisch aus dem Samen der Betelnuss, den Blättern des Betelpfeffers und gelöschtem Kalk. In Asien und besonders in Indien lieben die Menschen das Betelkauen. Betel hat eine stimulierende Wirkung, bekämpft die Müdigkeit und fördert, als unangenehme Nebenwirkung, den Speichelfluss. Wenn sie den ganzen Tag auf dem Zeug herumkauen, bilden sie so viel Speichel, dass sie den überall loswerden müssen.»

Das Taxi fuhr in rasendem Tempo auf einer von Sträuchern gesäumten Autobahn. Plötzlich trat der Fahrer so hart auf die Bremse, dass die Männer im Fonds des Wagens gegen die Vordersitze geschleudert wurden und Fred um ein Haar durch die Frontscheibe gesegelt wäre.

«Was ist passiert?», fragte Felix und rieb sich seinen schmerzenden Brustkorb.

«Die Autobahn ist hier fertig, und alle Spuren münden in eine einzige Straße, weshalb der Chauffeur abrupt bremsen musste. Das Manöver wäre auf diese Art und Weise nicht nötig gewesen. Schließlich kennt er den Weg vom Flughafen in die Stadt in- und auswendig, aber das ist nun einmal Mumbai», sagte Fred.

Und noch etwas eröffnete sich ihnen durch die Fenster

des Taxis, das ebenfalls Mumbai war: links und rechts der Straße glitten kilometerweit die berüchtigten Slums an ihnen vorbei. Dicht nebeneinander gedrängte Verschläge aus Lumpen, Plastikfetzen und Kartons gezimmert, die beim leisesten Windstoß in sich zusammenfallen würden.

Als das rechts und links vorbeiziehende Elend unerträglich zu werden drohte, kamen am Straßenrand gemauerte Häuser in Sicht. Es waren zwei- und dreistöckige heruntergekommene Gebäude, aber im Vergleich zu den armseligen Hütten des Slums muteten sie wie Paläste an.

Felix begann ungeduldig zu werden. Er wollte endlich zum Victoria Terminus gelangen, wo sie hoffentlich eine angenehme Bleibe finden würden, als Christian dem Fahrer auf die Schulter tippte. «Stop here please, bitte hier anhalten.»

Der Fahrer trat auf die Bremse und hielt vor einem verwahrlosten vierstöckigen Haus, das über dem Eingang die Aufschrift Hotel trug.

«Here not Victoria Terminus, not yet arrived, noch nicht angekommen». sagte der Chauffeur.

Christian drückte ihm einige Geldscheine in die Hand und forderte seine verdutzten Begleiter zum Aussteigen auf. Mit gemischten Gefühlen befolgten Felix und Fred seine Anweisung und betraten nach ihm das Gebäude.

An der Rezeption, die eine gewisse Ähnlichkeit mit der Theke eines Tante-Emma-Ladens aufwies, begrüßte sie ein schmuddeliger, aber freundlicher Inder, der sich offensichtlich freute, dass betucht aussehende Gäste sich in sein Etablissement verirrt hatten. Mit einem strahlenden Lächeln händigte er Christian den Schlüssel zu seinem besten Dreibettzimmer aus.

Fred und Felix folgten ihm schweigend, wobei letzterer den lieblos eingerichteten Empfangsbereich mit den Kunstledersofas und dem blaugesprenkelten Glastisch, auf dem eine Vase mit Kunstblumen stand, mit einem Schaudern quittierte.

Das kleine Zimmer mit den pinkfarbenen Wänden bot Platz für drei schmale Betten und einen Stuhl. Die orangenen Vorhänge waren eine Misshandlung für Felix Farbempfinden, aber vermutlich waren sie nicht nur zur Dekoration angebracht worden, sondern dienten gleichzeitig dazu, den Gast von der Tatsache abzulenken, dass das Fenster vergittert war.

Als Felix in das winzige, und dürftig bestückte Badezimmer eintrat und der zum Teil mit Schimmel bedeckten Fliesenfugen und des Plastikeimers neben der Toilette gewahr wurde, legte sich die ungewohnte Schäbigkeit der gegenwärtigen Situation auf ihn wie eine modrige Decke, die ihm die Luft zum Atmen raubte.

«Hier bleibe ich nicht», raunte er Fred zu, der ihn mit einem warnenden Blick in Richtung Christian zum Schweigen brachte.

«Und warum nicht? Ist es denn hier so schlimm?» fragte Christian einen verdutzt dreinblickenden Felix.

Obwohl Felix erschöpft war, hielt er es im Hotelzimmer mit dem vergitterten Fenster nicht länger aus. Er lief auf die Straße, wo ihn die Schwüle sogleich in ein klebriges Spinnennetz einwickelte, in dem seine austretenden Schweißtropfen hängen blieben. Trotzdem kehrte er nicht ins Hotel zurück. Er ging auf der schlecht gepflasterten Straße immer weiter entlang und kam vorbei an schicken Hochhäusern, die sich mit Hütten aus Bretterverschlägen abwechselten. Dazwischen Imbissstände, um die sich lärmende Menschen drängten und verkommene Läden, in denen anrüchige Händler ihre billigen Waren zu überteuerten Preisen feilboten. Und immer wieder Menschen, die am Straßenrand lagen, und von denen er nicht wusste, ob sie nur schliefen, oder schon tot waren. Er fragte sich, welcher Teufel ihn ge

Ritten hatte, sich auf ein derartiges Abenteuer einzulassen. Nach der Landung des verhängnisvollen Fluges 345 von Singapore Airlines hatte Christian ihm erzählt, dass er in Indien bleiben wollte, weil er die Armut lindern und dem Unrecht ein Ende setzen wollte. Dabei hatten seine Augen geleuchtet und sein Antlitz war von einer unbeschreiblichen, fast entrückten Verklärung erhellt worden. Auf seinem nächtlichen Streifzug überlegte Felix nun, ob es Christian gelingen würde, sein Vorhaben in die Tat umzusetzen. Angesichts der Armut, der krassen Unterschiede zwischen Arm und Reich wohl kaum. Christian erinnerte Felix zuweilen an einen etwas weltfremden und unbedarften Messias, aber auch der hatte es trotz seiner Aufopferung am Kreuz nicht geschafft, aus der Welt einen besseren Ort zu machen.

Missmutig und verunsichert kehrte Felix in das Kabuff, welches ihm und seinen zwei Gefährten als Zimmer verkauft worden war, zurück. Er fand seine Begleiter schlafend vor, einen Ausdruck tiefen Friedens auf ihren Gesichtern.

Am nächsten Morgen wurde Felix von Christian mit einem strahlenden Lächeln geweckt, das aber seine Wirkung angesichts eines kurzen Schlafes auf einer durchgelegenen Matratze verfehlte. Goldinger hatte lange an seinem Bett gestanden, und als Felix sich endlich aufsetzte, blickte er ihn mit unendlich traurigen Augen an und flüsterte in sein Ohr: *«Du bist nicht bereit, zu mir zu kommen und das Leben zu finden».*

Felix sah ihn verständnislos an, stand aber auf, strich seine Hose und sein zerknittertes Hemd glatt und folgte seinen Weggenossen auf die Straße. In einem der schäbigen Läden, die er von seinem nächtlichen Streifzug wiedererkannte, deckten sie sich mit frischen Kleidern und den nötigsten Toilettenartikeln ein.

In ihren schlecht geschnittenen Hosen und den weiten indischen Hemden kamen Fred und Felix sich lächerlich vor, während Christian sich in seinem neuen Tenue sicht lich wohl zu fühlen schien.

Nach einem typisch indischen Frühstück aus *Puri Bhaji, Coriander Poha* und *Samosas* brachen sie zu einer Rundfahrt durch die Stadt auf. Doch noch bevor sie in eines der zahllosen schwarzen Taxis mit gelbem Verdeck einstiegen, wurden sie von einer Schar Straßenkinder umringt, die irgendwann mit dem Schnüffeln von Drogen begonnen und diesen vielsagenden Tunnelblick bekommen hatten; Christians erste Begegnung mit Indiens Elend und Freds aufgefrischte Erinnerung an die Stadt seiner Kindheit.

Christian zog ein Bündel Geldscheine aus seiner Hosentasche, doch Fred hinderte ihn daran, es an die schreiende Meute zu verteilen.

«Wir werden sie nicht mehr los», erklärte er Christian, der darauf nichts erwiderte, in dessen Blick sich aber Unverständnis, Traurigkeit und zum ersten Mal auch etwas Hoffnungslosigket vermischten.

Die Fahrt zum Victoria Terminus, der in den klangvollen und kaum ausprechbaren Namen *Chhatrapati Shivaji* Terminus umbenannt worden war, war eine Reise durch Zeit und Raum: Quartiere mit protzigen Wohnblocks für die Reichen wechselten sich mit Bretterverschlägen, in denen die Ärmsten der Armen hausten, ab. Ganz besonders waren Christian und Felix, über die Hütten - so man diese überhaupt als solche bezeichnen konnte - unter den Hochstraßen entsetzt. Die Bewohner dieser Behausungen waren nicht nur unermesslichem Elend, sondern fast noch schlimmer, dem Lärm der über sie hinwegdonnernden Autos und ihrer schädlichen Abgase ausgesetzt.

Auf dem *Link Road Eastern Express Highway* gerieten sie in ein für Felix und Christian unvorstellbares Verkehrschaos. Die breite Straße war vollgepackt mit Lastwagen, Bussen, Autos, Rikschas und Fahrrädern, und überall das Gedröhne der Hupen, das sich in jede Faser, jeden Muskel ihres Körpers fraß.

Je näher sie dem Victoria Terminus kamen, desto schneller wandelte sich das Straßenbild: Nach einer zweieinhalb stündigen Fahrt in einem klapprigen Taxi, in dem sich ihnen sagenhafter Reichtum und gleichzeitig unvorstellbare Armut eröffnet hatten, überkam Felix das Gefühl, endlich wieder in der Zivilisation angekommen zu sein. Das Taxi setzte sie am *Nagar Chowk,* dem großen Platz vor dem im viktorianischen Stil erbauten Bahnhof ab.

Zum ersten Mal seit seiner Ankunft in Indien gelang es Felix, wieder tief ein- und auszuatmen. Auch hier stiegen die Abgase in den Himmel, aber die Luft kam ihm reiner vor, wahrscheinlich, weil der fast allgegenwärtige Fäkaliengestank und der süßliche, für Indien so typische Nag Champa Duft hier verschwunden waren. Fred erklärte ihnen, dass der Viktoria Terminus eines der geschäftigsten Bahnhöfe Indiens sei. Er wies auf das schöne Gebäude mit seiner begehbaren Kuppel, die Felix beeindruckte, Christian aber unbeteiligt ließ.

Ihn zog das Innere des Bahnhofs an, in dem es wie in einem Ameisenhaufen zu- und herging. Sie schauten den ein- und ausfahrenden Zügen zu, an deren offenen Türen Menschentrauben hingen, die es bis ins Innere der Abteile nicht geschafft hatten.

Christian entsetzte sich über die vielen Menschen am Boden und besonders über die auf dem nackten Beton schlafenden Kinder.

«Die Fernreisezüge sind schon Wochen vorher ausgebucht, weshalb die Menschen sich sehr früh am Bahnhof einfinden. Hier ist die Armut erträglich, weil die Leute, die du siehst, in den meisten Fällen einem Broterwerb nachgehen können».

Freds Erklärung befriedigte Christian, der auf der Rückfahrt ins Hotel immer schweigsamer wurde, offensichtlich nicht.

«Geht es dir nicht gut?», fragte Fred ihn besorgt.

«Es ist alles umsonst gewesen», antworte Christian qual-voll.

«Was ist umsonst gewesen?» fragten Fred und Felix gleichzeitig, aber Christian starrte sie nur fassungslos an und hüllte sich in Schweigen.

Nach der Besichtigung des Bahnhofs war es Felix wieder bessergegangen. Für eine kurze Zeitlang hatte er sich in einer Welt aufgehalten, die, wenn nicht gleiche, zumindest doch vertraute Merkmale aufwies. Für einige Stunden war die Armut ausgeblendet, der süßliche und penetrante Gestank nicht mehr auszumachen und der Staub aus der Luft verschwunden gewesen.

Doch als sie wieder ihr kleines Zimmer mit dem vergitterten Fenster betraten, verlor er die Fassung. «Ich halte es hier nicht länger aus», rief er verzweifelt. Christian blickte ihn aus gütigen Augen an, aber Felix blieb standhaft. «Ich kann in diesem Verschlag nicht atmen».

Fred kam ihm zu Hilfe. «Ich fühle mich hier auch nicht wohl.»

«Dann lasst uns in eine bessere Unterkunft ziehen. Ich habe für die erfolgreichen Verhandlungen, die ich mit den indonesischen Behörden geführt habe, einen fetten Bonus erhalten und kann deshalb für den Aufenthalt locker aufkommen.»

«Was für Verhandlungen?», fragte Fred.

Felix zog es vor, darauf keine Antwort zu geben und fragte stattdessen: Nun, wie sieht es aus, wollen wir dieser unfreundlichen Gaststätte den Rücken kehren?»

Christian willigte schließlich ein, worauf sie sich auf die Suche nach einem besseren Hotel machten. Das *Abassador Marine Drive Hotel* an der *Veer Nariman Road* entsprach von Guntens Ansprüchen. Sie bezogen drei geräumige und freundlich eingerichtete Einzelzimmer auf der sechsten Etage.

«Gefällt dir dein neues Zimmer», fragte Felix zu Christi

an gewandt.

Statt einer Antwort schwammen Christians Augen in einem Meer von Tränen. Verzweifelt lief er in dem großen Raum umher, bis er sich schließlich auf dem Cocktailsessel niederließ, die Arme auf die Knie gestützt und den Kopf in seine Handflächen vergraben. Während Stunden sagte er kein Wort. Fred und Felix bemühten sich nach Kräften, Christian aus seiner Teilnahmslosigkeit herauszuholen, jedoch vergeblich. Und nun fürchteten sie, die Reise, die so vielversprechend begonnen hatte, könnte ein jähes Ende nehmen.

«Nun sag doch endlich was», flehte ihn Felix verzweifelt an, während er vor ihm niederkniete.

«Komm», sagte Fred schließlich zu Felix, «lass uns gehen. Er braucht vielleicht etwas Zeit für sich.»

Felix erhob sich und war schon an der Tür, als er Christian sagen hörte. «*Mein Reich ist nicht von dieser Welt.*»

Mit einem Satz war er wieder bei Christian. «Warum nimmst du die Worte Jesus Christus in den Mund? Warum spielst du dich uns gegenüber auf, als wärst du etwas Besseres?», fragte er aufgebracht.

«Weil ich…» Christian stockte.

Felix sah ihn wütend an.

«Weil du dich etwa für einen Heiligen hältst?»

«Nein», antwortete Christian, der sichtlich betroffen wirkte. «Es ist nur so, dass ich mich hier nicht wohl fühle. Während wir hier im Luxus schwelgen, sind da draußen Menschen, die in bitterer Armut leben. Das ertrage ich nicht, und das habe ich mit dem Satz «mein Reich ist nicht von dieser Welt» bekräftigen wollen.»

Felix sah ihn ungläubig an, hielt es aber für klüger zu schweigen.

Nun mischte sich auch Fred in die Auseinandersetzung ein. «Wenn wir wieder in das schäbige Hotel zurückkehren, wird das die Armut der Menschen kein bisschen lindern. Es sind zu viele, die nach Mumbai strömen, in der Hoffnung auf ein besseres Leben. Sie kommen vom Land in die Städte. Sie fliehen vor der Dürre, die ihre Felder austrocknen lässt und vor dem Monsun, der ihre Dörfer überschwemmt. Und schließlich landen sie in den Elendsvierteln, weil die Städte nicht genug Arbeit für sie haben.»

«Und was tut die Regierung dagegen?» wollte Felix wissen.

«Sie kündigt neue Projekte in Milliardenhöhe an, die das Elend bekämpfen sollen, aber, obwohl sie ein Drittel des staatlichen Haushalts ausmachen, zahlen sie sich nicht aus.»

«Und warum nicht?», fragte Christian, der aus seiner vorherigen Trance aufgewacht und wieder bei seinen beiden Reisebegleitern war.

«Weil die Armut nur nachhaltig bekämpft werden kann, wenn jeder arbeitsfähige Mensch in Indien einer bezahlten Tätigkeit nachgehen kann. Besonders in den ländlichen Gegenden müsste man sich verstärkt auf die Ausbildung der Menschen konzentrieren, damit diese sich selbst helfen können und nicht in die großen Städte ziehen, wo sie keine oder nur eine unzureichende Beschäftigung finden.»

«Dann lass uns in die Elendsviertel gehen», sagte Christian zu Fred. «Vielleicht kann ich dort etwas bewegen.»

«Das wird nicht so einfach sein», warnte ihn Fred, «aber, wenn du darauf bestehst, führe ich dich nach *Dharavi*, dem größten Slum Asiens, an dem wir vorbeigefahren sind und in dem zwischen 600 000 und 1 000 000 Menschen leben.»

«Wenn ihr geht, komme ich auch mit» ließ sich Felix vernehmen, der noch nie ein Armenviertel, geschweige denn einen Slum betreten hatte.

Am nächsten Morgen brachen sie früh nach Dharavi auf.

Sie betraten den Slum durch einen Spalt zwischen zwei Hütten, die an einer schmalen Gasse standen. Sie war so eng, dass immer nur eine Person hindurchgehen konnte.

Kam ihr jemand entgegen, war ein Ausweichen nur möglich, wenn eine von ihnen in einen Hauseingang hineintrat.

Felix fühlte wie eine kleine Hand sich an seiner Hosentasche, in die er ein paar Rupien gesteckt hatte, zu schaffen machte. Er ließ den etwa Zwölfjährigen gewähren und tat so, als hätte er den Diebstahl nicht bemerkt.

Fred war die kleine Episode jedoch nicht entgangen. «Pass gefälligst besser auf dein Geld auf», tadelte er ihn. «In Dharavi geht jeder einer bezahlten Tätigkeit nach, es wird nicht gern gesehen, wenn jemand stiehlt.»

Und tatsächlich, je weiter sie in den Slum eindrangen, desto mehr eröffneten sich ihnen kleine Betriebe, in denen getöpfert, genäht oder gegerbt wurde. Die Menschen, die in ihnen arbeiteten, begrüssten sie mit einem Lächeln und einige von ihnen winkten ihnen freundlich zu. Einige Gassen weiter kamen sie an einer Werkstatt vorbei. Rechts und links der schmalen Straße stapelten sich Kartons mit alten Kleiderbügeln, Spraydosen und anderem Metallschrott auf, die in den Brennöfen eingeschmolzen und anschließend recycelt wurden.

Ihre Augen begannen augenblicklich zu tränen, und Felix musste heftig husten. Vor lauter Ruß erkannte er die schmale Abwasserrinne nicht und trat mit einem Fuß in die stinkende Brühe hinein. Voller Abscheu hob er seinen durchnässten und nunmehr vom Schlamm dunkelbraun gefärbten Mokassin in die Höhe. Fred hatte ihm geraten, ein paar Plastiksandalen zu kaufen, aber das war dann doch zu viel von ihm verlangt gewesen. Ein schadenfreudiges Grinsen breitete sich auf Freds Gesicht aus.

«Dir entgeht aber auch gar nichts», fauchte Felix, musste dann aber über seine absurde Erscheinung lachen. Da stand er nun in Mumbais größtem Slum, an den Beinen schlechtsitzende Hosen, den Oberkörper in einem weiten Hemd, an dem linken Fuß ein heller

Mokassin und am rechten ein stinkendes braunes Etwas, das noch vor kurzem ein exklusiver Schuh von Tods gewesen war.

Seinen Ekel überwindend, stapfte er beherzt seinen beiden Weggefährten durch das Gewirr der Gassen hinterher. Bemüht, Christian und Fred nicht aus den Augen zu verlieren, versuchte er, ihnen dicht auf den Fersen zu bleiben. Dabei fiel ihm auf, dass Christian wie auf Wolken ging. Mühelos schritt er durch die unbefestigten Pfade und über die teils mit großen Steinen bedeckten Abwasserrinnen.

Von Zeit zu Zeit blieb er stehen und streckte seine Hände den lärmenden Kindern entgegen, die sich von ihm wie magisch angezogen fühlten.

Entgegen Freds Bitte, den Kindern nichts zu geben, erstand er für sie in einer kleinen Bäckerei, *Pappadams*, die knusprigen Fladen aus Linsenmehl, die er mit einem glücklichen Lächeln unter sie verteilte.

Nach drei Stunden in Dharavi schmerzten Felix Füße, und auch um Freds Mund hatten sich tiefe Falten gebildet, und seine Augen blickten nicht mehr ganz so wach wie am Morgen.

Felix atmete erleichtert auf, als sie die angenehm gekühlte Lobby des Ambassador Marine Drive Hotels betraten.

«Ich muss unbedingt etwas trinken», sagte Felix.

«Gute Idee, ich bin ebenfalls am Verdursten,» erwiderte Fred und steuerte auf die Bar zu.

Kaum hatten sie es sich in den Clubsesseln bequem gemacht, als aus dem Nichts ein Kellner auftauchte.

Felix und Fred bestellten je eine *Cola Zero*.

«Was ist Cola Zero?» fragte Christian.

Seine beiden Reisegefährten starrten ihn entgeistert an.

«Ich kann es nicht fassen, dass du noch nie *Coca-Co*

la und schon gar nicht *Cola Zero* getrunken hast? In was für einer Welt lebst du?», wunderte sich Felix.

«In einer anderen als du», antwortete Christian lächelnd und bat um eine Cola Zero.

Während sie auf die Getränke warteten, wurde Christian immer betrübter.

«Ist etwas?» fragte Fred nach einer Weile.

«In Dharavi sind die Menschen arm, sehr arm, aber trotzdem lachen sie. Sie gehen einer Beschäftigung nach, sie halten zusammen und bilden eine eigene Gemeinschaft, die nach bestimmten Gesetzen funktioniert. Aber da draußen bin ich mir sicher, dass es Menschen gibt, die Hilfe noch stärker benötigen als die Bewohner der Slums, aber *sie* habe ich noch nicht gefunden», erklärte Christian betrübt.

Die drei Männer verfielen in Schweigen. Jeder schien seinen eigenen Gedanken nachzugehen, bis Fred sich unvermittelt an Christian wandte: «Da sitzen wir nun, drei Männer, die unterschiedlicher nicht sein könnten und trinken Coca-Cola in einer Hotelbar in Mumbai. Was hat uns zusammengeführt? War es vielleicht nur der Zufall, oder gar das Schicksal, das mitgespielt hat? Oder war es Brahma, die göttliche Kraft, die uns zusammenbrachte, damit wir die Menschen, nach denen du suchst, auch finden werden»?

«Was meinst du damit?», wollte Christian wissen.

«Ich weiß es nicht», antwortete Fred, stand auf und verzog sich auf sein Zimmer.

Kurz darauf verabschiedete sich auch Christian. Nur Felix blieb noch auf ein Bier. Als er wenige Minuten später an der Rezeption vorbeiging, machte der Concierge mit einem Räuspern auf sich aufmerksam. Felix blieb stehen. Dann drehte er sich um und näherte sich dem Mann mit einem fragenden Blick.

Achtes Kapitel

Am nächsten Morgen betraten Christian und Felix gemeinsam den Frühstücksraum. Fred war noch immer auf seinem Zimmer.

«Meinst du, wir werden sie finden?»

«Wen finden?», fragte Felix abwesend, der an seinem zweiten Brötchen kaute, welches er dick mit Butter und indischer Kardamom-Marmelade bestrichen hatte.

«Die Menschen, die Hilfe noch dringender benötigen als die Bewohner der Slums.»

Felix sah Christian eine Weile schweigend an. «Ich hoffe es genauso inbrünstig wie du. Dann könnte ich vielleicht einen Teil meiner Schuld wieder gut machen. Ich habe jedoch Angst, das Elend nicht länger aushalten zu können. In Dharavi bin ich an meine Grenzen gestoßen.»

Bevor Christian auf Felix' Antwort etwas erwidern konnte, gesellte Fred sich an ihren Tisch.

«Ich mache heute einen Verwandtenbesuch. Mein Cousin lebt immer noch in der Stadt und freut sich, mich nach so vielen Jahren wiederzusehen. Genießt den Tag und schaut euch Mumbai an. Ich werde zum Abendessen wieder zurück sein.»

«Willst du denn nicht mit uns frühstücken?», fragte Christian.

«Ich habe im Zimmer einen Tee getrunken. Das reicht mir, und bei meinem Cousin bekommen ich ein reichliches Mittagessen serviert», erklärte Fred und verließ mit eiligen Schritten den Speisesaal.

Christian und Felix sahen sich verdutzt an.

«Glaubst du an diesen Verwandtenbesuch?»

«Warum sollte er uns anlügen?», fragte Christian.

«Das weiß ich nicht, andererseits war Freds Mutter Inderin und stammte aus Mumbai. Vielleicht hat er hier tatsächlich noch einige Verwandte und Bekannte, die er besuchen will», antwortete Felix nicht ganz überzeugt.

Christian nickte und löffelte schweigend seine aufgeschnittene Papaya aus, aus der die Kerne sorgfältig entfernt worden waren.

Nach der dritten Tasse *Monsooned Malabar* Kaffee schlug Felix vor, zum *Gateway of India*, eine der Hauptsehenswürdigkeiten der Stadt, zu fahren.

«Lass uns lieber zu Fuß gehen», sagte Christian, und mit einem verschmitzten Lächeln fügte er hinzu: «Die gestrige Fahrt in dem klapprigen Taxi steckt mir noch in den Knochen, und zu Fuß lernt man eine Stadt viel besser kennen.»

An der Rezeption ließen sie sich von einem erstaunt dreinblickenden Concierge, der ihnen partout ein Taxi besorgen wollte, den Fußweg zum Gateway of India beschreiben. Christian wollte sofort lostraben, aber Felix hielt ihn an seinem Hemd fest und hob seinen rechten Fuß in die Höhe, der in dem vom Lehm verkrusteten Mokassin steckte.

«Gibt es hier in der Nähe ein Schuhgeschäft», fragte er den noch immer verdutzten Mann an der Rezeption.

«Nein, leider nicht, aber ein Taxi könnte sie zum *Indraprasth Shopping Centre* in West Mumbai fahren. Ich kenne da einen ausgezeichneten Chauffeur, der Sie bequem und sicher dort hinbringt.»

«Lassen Sie es gut sein», sagte Felix zu dem nunmehr etwas verärgert dreinblickenden Inder und verließ zusammen mit Christian das Hotel.

Draußen empfing sie die altbekannte Schwüle, die gepaart mit einer Luftfeuchtigkeit von fast neunzig Prozent, ihre Hemden augenblicklich am Rücken festkleben ließ. Noch vor wenigen Tagen hätte Felix die durchnässte Hitze nur schwer ertragen. Heute hingegen machte sie ihm nichts aus. Vielleicht, weil in der Veer Nariman Road keine Bettler zu sehen waren; vielleicht auch, weil der für Mumbai typische Gestank aus Fäkalien und verwesendem Müll von dem intensiven Duft der rosa und weißen Blüten der Fangipanibäume überlagert wurde.

Sie schlenderten auf der Veer Nariman Road in Richtung Osten, bis sie an den Oval Maidan gelangten. Die riesige Sportstätte wurde durch das aus einem Palmenmeer emporragende und fast wehrhaft anmutende Gerichtsgebäude beherrscht.

Obwohl Felix Fuß im verkrusteten Mokassin schmerzte und eine Blase an der Ferse ihm zu schaffen machte, folgte er Christian in die *Madame Cama Road*, die zur *Wellington* Fontäne führte.

Doch hier machte Felix schlapp. In dem steinharten Schuh brannte sein Fuß wie Feuer. Er konnte nur noch humpeln und blieb hinter Christian zurück, der unbeirrt weiterging.

«He, Christian», rief er, «mein Fuß macht nicht mehr mit, ich muss mich ausruhen!»

Christian ging nicht auf das Wehgeschrei ein, verlangsamte aber sein Tempo.

Felix biss die Zähne zusammen und folgte ächzend seinem Reisekumpan, der etwas weiter vorne, vor einem niedrigen Gebäude stehen geblieben war. Die etwa fünfzig Meter, die er bis dorthin gehen musste, kamen ihm wie ein Marathonlauf vor. Das letzte Stück legte er auf einem Bein hüpfend zurück, was bei Christian einen Lachanfall auslöste.

«Du Fiesling», rief Felix. Als er jedoch bemerkte, dass Christian vor einem winzigen, ganz in Holz gehaltenem Restaurant stand, erhellte sich seine Miene.

Der gemütlich eingerichtete Raum, dessen offenstehende, hohe Fenster auf einen kleinen mit Blumenkästen geschmückten Balkon gingen, lud zum Verweilen ein. Sie setzten sich an einen Tisch, und Felix versuchte mit einem Mitleid einflößenden Stöhnen seinen Fuß aus dem einst so bequemen Mokassin zu befreien. Er zupfte und zerrte an der zu einem Fleischklumpen mutierten Extremität, jedoch ohne Erfolg. Der Fuß war in dem Slipper wie einbetoniert. Dicke Schweißperlen hatten sich auf seiner Stirn gebildet und rannen in seine Augen. Er zwinkerte, um das starke Brennen zu lindern.

«Lass mal sehen», erbarmte sich Christian, der bis jetzt von Felix' Leiden keine Notiz genommen hatte.

Felix streckte das rechte Bein in die Höhe und stellte es auf einem freien Stuhl ab.

«Ganz schön geschwollen», meinte Christian, der sich mit seinen geschickten Fingern an dem Schuh zu schaffen machte. Mit einem Ruck zog er den Fuß heraus und begann sofort, ihn zu massieren.

Während der letzten ereignisreichen Tage hatte er die von Christians Händen ausgehende Kraft ganz vergessen. Nun aber spürte er wieder, wie diese wunderbare Energie sich auf ihn übertrug, in alle Fasern seines Körpers eindrang und ihm die Schmerzen nahm.

Christian zog ein kleines Fläschchen aus seiner Hosentasche, schraubte den Deckel ab und goss den halben Inhalt auf Felix brennenden Fuß. Mit sanft kreisenden Bewegungen rieb er die Flüssigkeit in die Haut ein.

«Ah, das kühlt und tut richtig gut», murmelte Felix, der sich mehr und mehr entspannte.

«Lass das Bein noch ein Weilchen auf dem Stuhl liegen. Nach ein paar Minuten wird die Schwellung merklich zurückgehen, und die lästige Blase ist bereits aufgeplatzt.»

Felix schaute sich die Blase an, an deren Stelle die Haut nur noch schwach gerötet war. Er blickte Christian ungläubig an, aber nach kurzer Zeit schwoll auch der Fuß ab.

«Was ist das für ein Wunderzeug, mit dem du meinen Fuß behandelt hast?», fragte Felix.

«Das Wunderzeug nennt sich das «Heilige Salböl» und wird aus reinem Olivenöl aus Israel hergestellt. Seine natürlichen Bestandteile sind Zimt, Kassia, Myrrhe und Kalmus.

«Und das wirkt so schnell?»

«Es kommt darauf an, wer es anwendet», antwortete Christian ein rätselhaftes Lächeln auf den Lippen.

Felix verfiel in ein nachdenkliches Schweigen. Von Zeit zu Zeit nippte er an seinem Tee, den sein Begleiter für ihn bestellt hatte. Für einmal hatte er Christians Erwiderung akzeptiert. Schließlich war es nicht das erste Mal, dass sein Reisegefährte in Rätseln sprach. Doch dann packte ihn die Neugier. Eindringlich musterte er sein Gegenüber aus blitzenden Augen. «Wer bist du, Christian?»

«Nur ein Mensch aus Fleisch und Blut, der nach den Verlorenen fahndet und sie zu retten versucht.»

«Donnerwetter, da hast du dir ja viel vorgenommen, bei den vielen Menschen, die verloren auf diesem Planeten und ganz besonders hier in Indien umherirren.»

«Vielleicht», sagte Christian, aber seine Augen strahlten eine ungeheure Leuchtkraft aus, die sich auf Felix übertrug und ihn augenblicklich an Christians Unterfangen glauben ließ.

«Warum glaubst du, hat Fred uns allein gelassen?»

Christians Frage überraschte Felix. Er hatte seit ihrem Aufbruch aus dem Hotel nicht mehr an ihn gedacht. «Ich könnte mir denken, dass er die Spannungen zwischen uns bemerkt hat und uns Gelegenheit geben wollte, sie gemeinsam auszutragen.»

«Und ist es uns gelungen, sie aus dem Weg zu räumen?», fragte Christian.

«Ich glaube schon», antwortete Felix mit einem verschmitzten Lächeln. «Und weil dem so ist, könnten wir uns jetzt zum Gateway of India aufmachen.»

«Und dein Fuß?»

«Was soll schon mit dem sein? Du hast ihn nicht nur geheilt, sondern ihn auch geschrumpft, sodass er jetzt wieder in meinen Schuh hineinpasst, was aber nicht heißen soll, dass ich mir in dem erst besten Schuhgeschäft nicht ein neues Paar Schuhe kaufe», erklärte Felix mit einem breiten Grinsen im Gesicht.

Christian verfiel in schallendes Gelächter. Da war er wieder dieser aufmüpfige Felix von Gunten, den er im Flugzeug kennen und trotz seiner Arroganz schätzen und lieben gelernt hatte.

«Bevor wir aufbrechen, musst du mir noch eine Frage beantworten», sagte Christian, der jetzt wieder ernst geworden war. «Mir scheint, dass du dich mit dem Leben Jesus Christus ganz gut auskennst, wie kommt das?»

«Ich habe bis jetzt viel Scheiße gebaut. Meine Frau habe ich unzählige Male betrogen, meine Sekretärin schändlich behandelt, obwohl ich am Vorabend meiner Reise noch mit ihr im Bett war, und das Schicksal der Eingeboren in Jambi war mir bis anhin auch egal. Aber statt an eine Konferenz zu gehen, und die Teilnehmer zu überzeugen, mit dem Urwald nachhaltig umzugehen, habe ich gekniffen. Ich bin ein gottverdammter Feigling, der immer nur die falschen Entscheidungen trifft.»

Felix hielt erschöpft inne.

«Du hast meine Frage nicht beantwortet», sagte Christian sanft.

«Ach so, ja. Im Religionsunterricht habe ich immer aufgepasst, dafür hat meine streng gläubige Mutter gesorgt. Statt mir Gutenachtgeschichten vorzulesen, hat sie mir aus der Bibel und aus dem Leben Jesu Christi erzählt. Sie hat es auf so eindrückliche Weise getan, dass ich trotz meines fragwürdigen Lebenswandels nie ganz den Kontakt zu Dem da oben verloren habe und hier in Indien das Gefühl habe, Ihm ein beträchtliches Stück näher gekommen zu sein.»

Obschon mit einigen Kraftausdrücken untermalt, schien Christian an Felix' Redeschwall Gefallen gefunden zu haben, denn sein Gesicht wurde erneut von einem unerklärlichen, verklärten Lächeln eingenommen, das Felix einmal mehr nicht zu deuten verstand.

Christians wundersame Behandlung hatte Felix Füßen Flügel verliehen. Wie auf Wolken lief er die Madame Cama Road hinunter, vorbei an dem im Art Deco Stil erbauten *Regal Cinema*, bis er das Gateway of India erreichte.

Der prächtige Bau mit Elementen aus der Hindu-Kultur und der islamischen Architektur verschlug selbst Christian die Sprache. Felix hingegen sah vor seinem geistigen Auge die letzten noch auf indischem Boden verbliebenen britischen Truppen durch die Pforte zum Meer nach England abziehen.

Versunken in die Schönheit des honigfarbenen Tors standen sie lange auf dem großen Platz, ohne das geschäftige Treiben um sie herum wahrzunehmen. Erst der Lärm der vielen, schreienden Straßenverkäufer rief sie in die Wirklichkeit zurück.

Felix' Blick fiel auf einen Mann, der Postkarten zum Verkauf feilbot. Er kaufte eine Karte mit der Ansicht des Tors nach Indien.

«Für deine Frau?», fragte Christian.

«Eher nicht», antwortete Felix und ließ seinen Blick über die angrenzende Rasenfläche schweifen, auf der indischen Familien sich zu einem Picknick mit mitgebrachten Snacks niedergelassen hatten.

Bevor sie zum *Colaba* Markt aufbrachen, wo Felix endlich ein Paar neue Schuhe erstehen wollte, blickte er sich noch einmal um. Er wollte diesen grandiosen Eindruck für immer in sein Gedächtnis einbrennen: Vor ihm der majestätische Torbau aus gelbem Basalt, auf dem riesigen, steinernen Platz der Straßenzirkus der Händler und zu seiner rechten Seite das palastähnliche Hotel *Taj Mahal*. Das war das magische Indien, das die Menschen verzauberte, sie vorübergehend in eine Welt der Märchen eintauchen ließ, bis ein Verkrüppelter am Straßenrand sie daran erinnerte, dass Indien ein Land von Arm und Reich war, das die einen liebten und die anderen hassten. In seinen Augen war es nicht möglich, dieses Land gleichzeitig zu lieben und zu hassen. Zu gewaltig waren seine Gegensätze.

Nachdem Felix endlich ein paar Mokassins bei *Joy Shoes* erstanden hatte, mahnte er zum Aufbruch.

«Es ist schon drei Uhr nachmittags. Ich möchte ins Hotel zurückgehen und mich ausruhen.»

«Hast du heute noch etwas vor?», fragte Christian.

«Nach dem Abendessen erwarte ich jemanden», anwortete Felix, ohne zu ahnen, dass dieser Besuch sein zukünftiges Leben auf den Kopf stellen würde.

Neuntes Kapitel

Während des Abendessens wurde Felix immer schweigsamer. Auf die Fragen seiner Kameraden, was mit ihm los sei, antwortete er einsilbig, und noch bevor der Nachtisch aufgetragen wurde, verabschiedete er sich mit einem knappen «gute Nacht».

«Hat ihm Mumbai so fest zugesetzt?»

«Er erwartet Besuch.»

«Ahha», sagte Fred, um dessen Mundwinkel ein wissendes Lächeln spielte...

Oben in seinem Zimmer lief Felix nervös umher. Er bereute es, auf das Angebot des Concierge eingegangen zu sein. Was hatte den Mann an der Rezeption dazu bewogen, ihm ein Callgirl aufs Zimmer zu schicken? Und was hatte ihn dazu verleitet, auf das Angebot einzugehen? Sah er tatsächlich nach jemandem aus, der auf käufliche Liebe angewiesen war oder dringend einer Aufmunterung bedurfte? Beschämt nahm er den Telefonhörer in die Hand und wählte die Nummer der Rezeption. In diesem Augenblick hörte er ein Pochen an der Zimmertür. Er legte den Hörer auf den Apparat zurück und öffnete die Tür.

Vor ihm stand eine schlanke Frau Anfang zwanzig, die hübsch gewesen wäre, wenn ihr stark geschminktes Gesicht, das grelle Oberteil und der kurze, hautenge Rock sie nicht verunstaltet hätten.

Schnell zog Felix sie ins Zimmer. Er wollte nicht, dass man ihn mit dieser ordinären Person sah.

Die Frau deutete das Verhalten ihres Kunden falsch. Der Freier musste es eilig haben, weshalb sie sofort zur Sache kam. Sie setzte sich aufs Bett und streifte ihr Oberteil ab. Dann kehrte sie Felix den Rücken zu und fingerte an ihrem Büstenhalter herum.

Er trat zu ihr ans Bett. «Nicht doch», sagte er und wollte

seine Hand auf ihre Schulter legen. Erschrocken hielt er in seiner Bewegung inne, als er die rosa Narbe sah, die quer über ihren Rücken verlief.

Die Frau hatte den BH abgestreift, drehte sich um und zeigte ihre festen Brüste.

«Was ist, gefalle ich dir nicht?», fragte sie Felix, der sie bestürzt anstarrte.

«Woher hast du diese Narbe?»

«Das geht dich nichts an. Kommen wir endlich zur Sache. Ich habe nicht unbegrenzt Zeit. In einer Stunde muss ich unten bei Baghwan sein.»

«Baghwan?»

«Baghwan passt auf mich auf, damit ich nicht abhaue.»

Felix wollte mehr über diese Frau wissen, die in einer Welt lebte, von der er zwar gelesen, mit der er aber noch nie hautnah in Berührung gekommen war. Er zog sein Portemonnaie aus der Hosentasche und streckte ihr einige Geldscheine entgegen.

«Geh zu diesem Baghwan und sag ihm, dass ich dich für die nächsten drei Stunden buche. Den Rest bekommst du, wenn du wieder zurückbist.»

Die Frau blickte Felix entgeistert an, zog aber das Oberteil wieder an.

«Wie heißt du?»

«Rajani», sagte sie und huschte aus dem Zimmer.

Felix hatte nicht geglaubt, dass sie wiederkommen würde, aber schon nach einigen Minuten klopfte es erneut an der Tür.

«Setz dich», befahl Felix, als sie ins Zimmer trat und deutete auf die beiden Sessel, die am Fenster standen. Dann nahm er zwei Fläschchen Whisky aus der Minibar, schenkte zwei Gläser ein und setzte sich ihr gegenüber.

«Was soll das Ganze?», fragte Rajani, der es unheimlich wurde.

«Wo hast du Englisch gelernt?»

Rajani blickte ihn aus großen Augen an. Noch nie hatte jemand etwas über sie wissen wollen. Dieser attraktive Geschäftsmann aber offenbar schon. Warum wohl? Stellte er ihr eine Falle? Ihre Gesichtszüge, in denen sich vor einigen Momenten noch Erstaunen widerspiegelt hatte, wurden plötzlich hart. Sie blinzelte Felix argwöhnisch an.

«Willst du mir nicht sagen, wo du Englisch gelernt hast?», fragte Felix.

Ihre Züge entspannten sich, und um ihren Mund begann es zu zucken. Sie hatte das Gefühl, seit vielen Jahren wieder als vollwertiger Mensch behandelt zu werden.

«Meine Eltern starben, als ich dreizehn war», begann sie zu erzählen. «Wir bewohnten eine kleine Hütte in Dharavi...»

«In Dharavi, im Slum?», unterbrach Felix sie aufgeregt.

«Ja, aber es war dort nicht so schlimm, wie du denkst. Neben unserer Baracke wohnte eine Familie, mit sieben Kindern. Jeden Nachmittag spielten wir zusammen Versteck. Die engen und verwinkelten Gassen des Slums eigneten sich vorzüglich dafür. Aber wir verirrten uns ständig in ihnen und wurden von unseren Eltern beschimpft, weil wir zu spät nach Hause kamen. Einige Male bekam ich von meiner Mutter sogar eine Ohrfeige verpasst, in der sich ihre Sorge um mich entlud.»

Rajani lächelte, als sie an die unschuldige Vergangenheit zurückdachte, welche einer schuldhaften Gegenwart Platz gemacht hatte. Das Schmunzeln verschwand, als sie mit ihrer Schilderung fortfuhr. «Oft teilten wir das Essen mit unseren Nachbarn, wenn wir mehr hatten als sie. Hatten wir aber einmal nichts, konnten wir sicher sein, dass irgendjemand Mitleid mit uns hatte und einen dampfenden Topf Reis mit *Sambar* vorbeibrachte. Trotz der Streitereien, die unter den auf dichtem Raum lebenden Bewohner immer wieder ausbrachen, war es fast so, als ob der Slum eine einzige, riesige Familie war.»

Sie nahm einen kleinen Schluck Whisky und fuhr fort. «Aber eines Tages kamen meine Eltern von der Arbeit nicht mehr zurück. Sie waren auf dem Nachhauseweg von einem Auto überfahren worden.»

Rajani räusperte sich, und ihre Augen wurden feucht, aber sie schluckte den Kloß in ihrem Hals tapfer hinunter. «Ich kam für eine Weile bei den Nachbarn unter, aber in ihrer Hütte war es so eng, dass ich dort nicht bleiben konnte. Tagsüber verließ ich den Slum und strich um die angrenzenden Hochhäuser herum, in denen reiche Leute wohnten. Und eines Morgens erfuhr ich, dass in einem der Wohnpaläste ein Dienstmädchen für eine Familie mit fünf Kindern gesucht wurde. Ich bekam die Stelle und kümmerte mich um die verwöhnten und verzogenen Kinder, die sich einen Spaß daraus machten, mich zu schlagen und zu kneifen, wenn immer es ihnen langweilig war. Ich wusch und bügelte ihre Wäsche und stopfte die heißgeliebten Leggins der kleinen Shanta. Meine Mutter war Näherin in einer Fabrik gewesen. Hin und wieder hatte sie mich mitgenommen, denn ich war ein artiges Kind, das stundenlang stillsitzen konnte. Gebannt beobachtete ich ihre flinken Hände, die auch gut mit einer Nähmaschine umgehen konnten. Mama hat mir viel beigebracht, sodass ich für Shanta sogar einige Kleidchen genäht habe. Ich war vier Jahre bei der Familie. Die Tage waren lang und mühselig. Nachdem die Kinder im Bett waren und es bei ihnen nichts mehr zu tun gab, half ich der Köchin beim Abwaschen bis spät in die Nacht und schrubbte die verkrusteten Töpfe und Pfannen. Mir machte die harte Arbeit jedoch nichts aus, solange ich bei den Kindern, die untereinander Englisch sprachen, sein konnte. Von ihnen habe ich viel aufgeschnappt, und wenn ich etwas von dem, was sie sprachen nicht verstand, übersetzte Shanta für mich».

Rajani setzte das Glas an die Lippen und nahm einen kräftigen Schluck.

«Erzähl weiter», bat Felix gebannt.

«Eines Tages zog die Familie dann von Mumbai nach Delhi. Ich wäre gerne mitgegangen, aber meine Dienste wurden nicht mehr benötigt. Von einem Tag auf den anderen musste ich gehen und stand fast mittellos auf der Straße.»

«Haben sie dir denn keinen Lohn bezahlt?»

«Doch, aber so wenig, dass ich mich nur einige Tage über Wasser halten konnte.»

«Und die Nachbarn im Slum?»

«Ich habe sie natürlich aufgesucht, aber sie waren nicht mehr dort. In einer benachbarten Hütte war ein Petroleumkocher explodiert, und der Verschlag hatte Feuer gefangen. Die Flammen fraßen alles auf, was ihnen in die Quere kam, und unsere Nachbarn verloren ihr ganzes Hab und Gut. Sie zogen weg aus Dharavi, aber keiner konnte mir sagen wohin.»

«Und was geschah dann?»

Im Hotel *Popular Palace* mietete ich ein Zimmer. Es war winzig, und obwohl ich fast nichts aß, konnte ich das Hotel nur für drei Tage bezahlen. Am dritten Tag fragte ich den Mann an der Rezeption, ob er Arbeit für mich hätte. Er schickte mich in den *Escape Club*. Ich fing dort als Stangentänzerin an und verdiente noch weniger als bei meinem vorherigen Arbeitgeber. Aber ich hatte in einem Zimmer, das ich mir mit einigen Prostituierten teilte, eine Matratze nur für mich allein und bekam zwei warme Mahlzeit am Tag. Eines Abends, ich hatte meinen Auftritt an der Stange beendet, schickte mich der Nachtklubsitzer an einen Tisch, an dem ein kleiner fetter Mann mit einem schmierigen Lächeln saß. Er schob mir einen fünfhundert Rupien Schein in mein Höschen und sagte, ich dürfe das Geld behalten. Während vier Wochen kam er jede Nacht. Und dann lockte er mich ins *Petite Rose*.»

«Ein Bordell, nicht wahr?»

«Ja, aber ich würde dir nicht raten, dorthin zu gehen.»

«Und warum nicht?», fragte Felix neugierig.

«Du bist zu vornehm für das Petite Rose.»

«Und wenn ich trotzdem hingehen will? Wo finde ich das Petite Rose?»

«In *Kamathipura*», antwortete Rajani mit einem Achselzucken.

«Hast du niemals überlegt, dir eine andere Tätigkeit zu suchen?»

Rajanis Lippen verzogen sich zu einem spöttischen Lächeln. «Mann, bist du wirklich so naiv oder tust du nur so? Ich habe versucht, in den Escape Club zurückzugehen. Dort hätte ich nur an der Stange tanzen müssen. Ich war die beste Tänzerin und deshalb von Liebesdiensten verschont. Der Nachtklubbesitzer wollte mich aber nicht mehr haben. Erst später erfuhr ich, dass er und Mr. Patel, der Besitzer des Petite Rose, einen Deal abgeschlossen hatten. Patel hat viel Geld für mich bezahlt, und als Gegenleistung hat mir der Klub keine Arbeit mehr gegeben. Mr. Patel nahm das Geld, dass er mir im Escape Club so großzügig ins Höschen gesteckt hatte, in Verwahrung. Es sei an einem sicheren Ort, und ich könnte es jederzeit zurückhaben. Nur das Jahr nannte er mir nicht.»

Felix erhob sich bewegt aus seinem Sessel und strich Rajani über das seidige, schwarze Haar.

Sie zuckte zusammen. «Lass das. Ich brauche dein Mitleid nicht», fauchte sie und schritt zur Tür.

«Halt», rief Felix sie zurück. Er zog ein schmales Bündel Rupien aus seiner Brieftasche und reichte es ihr. «Damit du mit Baghwan keinen Ärger bekommst.»

Rajani schnappte sich das Geld und verschwand aus dem Zimmer, ohne sich noch einmal nach Felix umzudrehen.

Zehntes Kapitel

Christian und Fred saßen bereits am Frühstückstisch, als Felix zu ihnen trat.

«Hattest du eine vergnügliche Nacht?» fragte ihn Fred mit einem spöttischen Grinsen.

«Warst du schon einmal in Kamathipura?»

«Ja», aber warum interessierst du dich für diesen Teil Mumbais?»

«Rajani arbeitet in Kamathipura, im Petite Rose», antwortete Felix nüchtern.

«Aha, dann ist Rajani also die Nutte, die dich aufgesucht hat und im berüchtigten Rotlichtmilieu von Mumbai arbeitet», stellte Fred abfällig fest.

Felix zuckte fast unmerklich zusammen. Rajani *war* eine Nutte, aber in seinen Augen verdiente sie diese Bezeichnung nicht. Verärgert goss er sich eine Tasse Kaffee ein und bestrich ein Brötchen mit Butter und Käse.

«Willst du uns von dem Mädchen erzählen?», lenkte Christian ein.

«Sie kam gestern Abend auf mein Zimmer. Der Concierge hatte mir angeboten, ein Callgirl aufs Zimmer zu schicken. Vielleicht war er der Ansicht, dass ich auf käufliche Liebe stünde und dringend eine Aufmunterung benötigte. Vielleicht hatte er es aber auch nur auf ein fettes Trinkgeld abgesehen», sagte Felix und begann von Rajani, Baghwan und dem Petite Rose zu erzählen.

Als er geendet hatte, breitete sich ein bedrücktes Schweigen aus. Nicht einmal ein Kellner wagte sich an ihren Tisch, von dem eine düstere Stimmung ausging.

Schließlich meinte Christian: «Wir sollten nach Kamathipura fahren und uns das Petite Rose ansehen». Und zu Fred gewandt, sagte er: «Du bringst uns doch sicherlich dort hin, nicht wahr?»

«Natürlich», beeilte sich Fred, seinen Freunden zuzustimmen.

«Wie wäre es mit heute Abend?», schlug Felix aufgeregt vor.

Sie trafen sich um neun Uhr in der Lobby.

«Du solltest Dich umziehen», sagte Fred zu Felix, «Rajani hat recht gehabt. Du siehst für Kamathipura viel zu vornehm aus. Zieh die Hosen und das Hemd an, welche wir bei unserer Ankunft in Mumbai gekauft haben», wies er Felix an, der im Hotel seine beige Cordhose und das weiße, maßgeschneiderte Hemd hatte waschen lassen und wie der erfolgreiche Geschäftsmann von einst aussah. Seine Füße steckten zwar nicht mehr in Mokassins von Tod's, dafür aber in recht passablen Nachahmungen.

Felix ging zurück auf sein Zimmer und betrat zehn Minuten später, völlig verändert die Hotelhalle. Die beiden Rezeptionistinnen, die den Concierge abgelöst hatten, verstanden die Welt nicht mehr und rieben sich erstaunt die Augen: Der gutaussehende Mann von soeben hatte sich in einen schlechtgekleideten Tölpel verwandelt, der sich in seiner neuen Aufmachung gar nicht wohl zu fühlen schien. Fred, hingegen, war mit seiner Erscheinung zufrieden und mahnte zum Aufbruch.

Sie traten auf die Straße. Die Sonne war seit langem untergegangen, und die Dunkelheit kaschierte Mumbais Armut und ließ die Stadt im Regen tausender Lichter erstrahlen.

Fred winkte ein Taxi herbei. Felix und Christian nahmen auf den hinteren Sitzen Platz, während Fred sich neben den Fahrer setzte.

«Wohin solls denn gehen?», fragte dieser.

Nach Kamathipura», antwortete Fred.

«Kamathipura ist groß, aber ich vermute, dass Sie in die *Grant Road* wollen», sagte der Fahrer und bedachte Fred mit einem anzüglichen Blick.

Fred wusste zwar nicht, wo sich das Petite Rose befand, verspürte jedoch keine Lust, mit dem Fahrer ein Gespräch anzufangen. Er bedachte ihn deshalb nur mit einem Kopfnicken.

Der Chauffeur setzte das Auto mit quietschenden Reifen in Bewegung und raste davon. Er nahm den schnellsten Weg über den *Kutbe Kokan Mahkdoom Ali*, in der Annahme, dass seine Fahrgäste es eilig hatten.

Wie eine hungrige Schlange fraß sich die Schnellstraße durch das Lichtermeer der Hochhäuser hindurch. Je länger sie jedoch nach Norden fuhren, desto desolater wurde die Gegend, und als der Fahrer sie schließlich an der Grant Road absetzte, stiegen Christian und Felix nur zögerlich aus.

Die Straße war mit Müll übersäht, und die heruntergekommenen Häuser, von denen der einstmals farbige, jetzt aber verblichene und dreckige Anstrich abblätterte, drohten jeden Moment einzustürzen. Der Lärm, eine Mischung aus Männergeschrei und Geplärre aus unzähligen Lautsprechern, war ohrenbetäubend. Je tiefer sie in die Grant Road eindrangen, desto trister wurden die Gebäude, vor denen unzählige junge Frauen, in bunten Sari-ähnlichen Gewändern standen.

Fred ging auf eine Gruppe Frauen zu, die vor einem zweistöckigen Haus stand. Er fragte sie auf Marathi, der in Mumbai meist gesprochenen Sprache, ob sie ihm sagen könnten, wo sie das Petite Rose finden könnten.

Felix folgte ihm und starrte ungläubig in die mit greller Schminke vergebens retuschierten kindlichen Gesichter und in die leeren Augen, in denen sich nichts als Traurigkeit und Resignation widerspiegelte. Er roch ihr billiges Parfüm und wich verstört einige Schritte zurück.

«Das sind ja fast alles noch Minderjährige», entfuhr es ihm. «Wie kommen diese Kinder hierher?»

«Sie wurden verschleppt, verkauft oder mit Aussicht auf einen Job in die Stadt gelockt. Noch heute werden unzählige Mädchen als *Devadasis* den Göttern im Tempel als Dienerinnen geopfert. Das ist ein jahrhundertaltes Ritual, das vornehmlich in den unteren Kasten praktiziert wird. Die Familien opfern das Liebste und erhoffen sich dadurch Reichtum und Glück. Und die Priester verkaufen die Mädchen, die Devadasis, für ein paar Rupien weiter. Hier bewahrheitet sich Mahatma Gandhis Zitat, wonach Armut die schlimmste Form der Gewalt ist», klärte Fred seine erschütterten Begleiter auf.

«Das Petite Rose befindet sich einige Häuser weiter», sagte Fred und zog Christian und Felix mit sich fort.

Nach dreihundert Metern gelangten sie zu einer zweistöckigen Absteige, über deren Tür eine rot blinkende Leuchtschrift ihnen signalisierte, dass sie das gesuchte Objekt gefunden hatten. Das Haus, dessen obere Fenster vergittert waren, war noch um einiges trostloser als die bisherigen, wenn dies überhaupt noch möglich war. Vor dem Eingang standen mehrere Nutten lustlos herum, die bei näherem

Hinschauen sich ebenfalls als Minderjährige entpuppten. Schicksalsergeben starrten sie die drei Männer an, und Felix fragte sich, mit welchen Mitteln sie wohl gefügig gemacht worden waren.

«Wir müssen uns als Freier ausgeben, wenn wir mit den Mädchen in Kontakt kommen und uns das Haus von innen ansehen wollen», meinte Fred.

Unschlüssig blickten Felix und Christian einander an. Schließlich willigten sie aber in Freds Plan ein.

Und dann fiel Christian auf die Knie und streckte seine Arme gen Himmel. Tränen rannen über sein Antlitz.

«Es hat alles nichts gebracht, es ist alles umsonst gewesen», rief er verzweifelt.

«Was ist umsonst gewesen?» fuhr Felix ihn an als er die sich ansammelnden schreienden Menschen erblickte, die ihr Vorhaben zu durchkreuzen drohten.

«Nichts», sagte Christian, immer noch am Boden knieend.

Jetzt trat ein kleiner Mann mit ergrautem Haar aus dem Bordell, den die lärmige Menschenmenge auf die Straße gelockt hatte. Erstaunt sah er zu, wie Christian vor einigen seiner Nutten niederkniete.

«Was ist hier los? Was wollt ihr?», fragte er argwöhnisch. «Haut ab, wenn ihr keinen Ärger bekommen wollt».

Christian stand auf und Fred antwortete in bestimmtem und überzeugendem Ton: «Mädchen, junge Mädchen, Jungfrauen». Dabei fuchtelte er dem Mann mit einem dicken Bündel Rupien vor der Nase hin und her.

Misstrauisch trat der Mann einen Schritt näher, musterte Christian eindringlich und blickte dann zu Felix, der dicht neben Fred stand.

Felix' Erscheinung hielt seiner Begutachtung Stand. An diesem Tag waren seine Haare besonders widerspenstig gewesen, weshalb er sie mit Hilfe eines ultrastarken Gels bearbeitet hatte. Nun waren sie aus dem Gesicht, straff nach hinten gekämmt und glänzten im *wetlook*. Das Hemd hatte er bis zum dritten Knopf offengelassen, damit seine goldene Halskette sichtbar wurde. Alles in allem eine Figur, die man durchaus im Rotlichtmilieu vermuten konnte.

«Und was ist mit dem da?», fragte der Bordellbesitzer und zeigte mit einem schmutzigen Zeigefinger verächtlich auf Christian.

«Was soll schon sein? Das ist seine Art, Begeisterung zu zeigen.»

Freds Antwort schien den Mann nicht zu überzeugen, aber angesichts der vielen Banknoten, die der Captain immer noch in der Hand hielt, ließ er seine Bedenken fallen und bedeutete den drei Männern, ihm ins Haus zu folgen.

Sie betraten einen langen Gang, der durch eine schummerige Glühbirne beleuchtet wurde, und in den zahlreiche Türen mündeten. Auch hier blätterte der Anstrich von den Wänden, deren Trostlosigkeit mit bunten Tüchern verkleidet war. Am Ende des Korridors führte eine enge Treppe in das obere Stockwerk. Es roch nach Schweiß, Sperma, ungewaschenen Kleidern, verstopften Abflüssen und billigem Parfüm.

Aber da war noch etwas anderes, das dieses in der Luft hängende Gemisch schwängerte und das von den drei Weggenossen nicht gleich zugeordnet werden konnte.

Felix schnupperte angestrengt, und mit einem Mal wusste er, was sonst noch in der Luft hing. «Hier riecht es nach Angst, nach kindlicher Angst», raunte er Christian ins

Ohr.

Sie waren jetzt am Ende des Flurs angekommen und auf Geheiß des Bordellbesitzers stehen geblieben.

«Wer will die Jungfrau?», fragte er und betrachtete geldgierig Freds Hosentasche, in der das Bündel Rupien verschwunden war.

«Die Jungfrau ist für mich und der da», sagte Fred und deutete auf Felix, «will Rajani».

«Woher kennt er Rajani?», fragte der Bordellbesitzer besorgt.

«Sie war gestern bei ihm im Ambassador Marine Drive Hotel».

«Wie kommt er ins Petite Rose? Hat sie ihm davon erzählt?»

Die drei Freunde schwiegen.

«Sie hat einen verhängnisvollen Fehler gemacht. Den wird sie büßen müssen», rief der Mann verärgert.

Fred versuchte von der Situation abzulenken. «Wird es nun bald mit den Mädchen? Rajani, die Jungfrau und eine ganz junge. Sie muss nicht mehr unberührt sein, aber jung, hast du mich verstanden? Hier hast du achttausend Rupien. Das sollte reichen.»

Der Bordellbesitzer griff nach dem Geld, stieß eine Tür auf und schubste Christian als ersten in ein winziges Zimmer mit vergittertem Fenster hinein.

Der Raum, von dessen Decke ein schwarzes Kabel mit einer nackten Glühbirne hing, bot lediglich Platz für ein schmales Bett, das mit einem schmuddeligen Laken bedeckt war.

Niedergeschlagen setzte Christian sich auf die äußerste Bettkante. Er blickte auf die kahlen, vor Dreck starrenden

Wände und fragte sich, wie es dazu gekommen war, dass sein Vorhaben eine völlig andere Wende genommen hatte. Er war aus einem Instinkt heraus in Indien geblieben. In einem Land, das nur aus Arm und Reich bestand. Hier wollte er sich nützlich machen, unter den Armen leben, helfen ihre Not zu lindern. Nur über das Wie hatte er sich keine Gedanken gemacht. Und dann hatten Felix und Fred sich ihm angeschlossen, die Geschehnisse in die Hand genommen und die Dynamik bestimmt.

Nach einigen Augenblicken betrat die sechszehnjährige Leela die Verrichtungsstätte. Ihre Gesichtszüge waren angespannt. Christian sah ihr an, dass sie das Geschäft schnell hinter sich bringen wollte. Leise schloss sie die Tür und zog sofort ihren Sari aus, unter dem sie splitternackt war. Beschämt senkte Christian die Augen. Den Anblick dieses kindlichen Körpers, der Tag für Tag von schmutzigen Händen besudelt wurde, und in dem eine gemarterte Seele wohnte, ertrug er nicht.

Leela legte ihm die Hand auf die Schulter. «Come, come», forderte sie ihn auf, doch Christian schüttelte den Kopf.

«Put your clothes on, zieh deine Kleider an», bat er sie und reichte ihr den Sari, den Leela neben ihn auf den Boden hatte gleiten lassen.

Sie wollte zur Tür, aber Christian hielt sie zurück.

«Sag mir, wie du hierhergekommen bist.»

Das Mädchen verstand nicht alles, was er sagte. Trotzdem setzte es sich neben ihn auf die Bettkante.

Leela sprach nur einige Brocken Englisch, die sie immer wieder mit Marathi vermischte, aber Christian hörte aus ihrer Erzählung heraus, dass sie seit ihrem dreizehnten

97

Lebensjahr in diesem schmutzigen Geschäft war. Zweimal hatte sie versucht zu fliehen, und jedes Mal hatten die «Dobermänner» von Mr. Patel sie ins Petite Rose zurückgebracht, wo sie gnadenlos verprügelt worden war.

Insgesamt beschäftigte Patel fünfzehn Mädchen, alle im Alter von dreizehn bis zwanzig Jahren. Lediglich Asha war fünfundzwanzig und kürzlich zur «Aufpasserin» gemacht worden. Sie war am Umsatz des Bordells beteiligt und trieb die Mädchen mit aller Härte an, immer öfter anschaffen zu gehen.

Im ebenso kleinen Nebenzimmer wartete Fred derweil auf das noch jungfräuliche Straßenmädchen. Die kleine Kumari hatte sich schwergetan, zu ihrem ersten Freier zu gehen und Patel unter Tränen angefleht, sie noch eine Weile zu verschonen.

Die Minuten verstrichen und Fred war sich sicher, dass Patel ihm leere Versprechungen gemacht hatte, als die Tür aufgestoßen wurde, und ein zartes, fragiles Ding mit langen, glänzenden schwarzen Haaren ins Zimmer flog.

«Das ist Kumari», sagte der schmierige Bordellbesitzer, der hinter ihr ins Zimmer trat. «Sie wird dich nicht enttäuschen», versicherte er Fred und bedachte das Mädchen mit einem drohenden Blick. Dann ging er aus dem Zimmer und ließ die beiden allein.

Kumari war mit einem langen knallblauen Rock und einem gelben Oberteil, unter dem der winzige Ansatz einer Brust zu erkennen war, bekleidet. Ihre grazilen Arme waren mit unzähligen, bunten Armreifen behangen, und um den Hals trug sie eine billige Korallenkette. Das kindliche, anmutige Gesicht war so stark geschminkt, dass es fast schon entstellt wirkte. Sie blieb wie angewurzelt auf dem schmalen Streifen zwischen Tür und Bett stehen und starrte den auf dem Bett sitzenden Fred angsterfüllt an. Aus ihren vom Kajal verschmierten Augen flossen schwarze Perlen und hinterließen auf ihren Wangen schmale, glitzernde Rinnsale.

«Hab' keine Angst, Kumari», sagte Fred behutsam auf Marathi. Sie näherte sich ihm langsam. Von Zeit zu Zeit drehte sie sich um und schaute ängstlich zur Tür.

«Komm, setz dich neben mich. Ich tue dir nichts», beruhigte Fred sie. Obwohl er zu ihr in ihrer Sprache sprach und sie noch immer Angst vor ihm hatte, setzte sie sich ihm schräg gegenüber.

Die grelle Schminke sollte über das zarte Alter hinwegtäuschen. Aber die Unschuld, die Unberührtheit vermochte auch das stärkste Make-up nicht zu überdecken. Fred blendete die Schminke aus, sah durch sie hindurch und erblickte ein makelloses Antlitz. Beim Gedanken, dass so ein Wesen auf brutale Weise entjungfert werden sollte und an kindlichem Leib und unschuldiger Seele irreparablen Schaden nehmen, füllten seine Augen sich mit Tränen. Mitleidvoll strich er ihr über das Haar, nahm ihr Gesicht in beide Hände und drückte ihr einen flüchtigen Kuss auf die Stirn.

Kumaris Antlitz erhellte sich, während ihre Augen zu leuchten begannen. Noch nie hatte sie bis zu diesem Augenblick so etwas wie Zuneigung erfahren.

In *B.D. Colony*, dem Slum von *Eluru*, aus dem sie stammte, hatten die Menschen keine Zeit für Zuneigung gehabt. Der Vater hatte als RikschaFahrer gearbeitet und die Mutter in der nahegelegenen Fabrik Haare verarbeitet. Ihr karger Verdienst hatte kaum ausgereicht, um die sechsköpfige Familie zu ernähren, geschweige denn das Strohdach zu erneuern, durch das zur Monsunzeit das Wasser sich in Sturzbächen auf den Boden der Hütte ergoss. Ihre ausgehungerten Brüder hatten die kleine Kumari ständig angeschrien und manchmal sogar verhauen, wenn sie von ihren Streifzügen durch das armselige Dorf nichts zu essen mitgebracht hatte. Aber wie hätte sie auch können, wenn keiner dort etwas zu beißen gehabt hatte.

Und dann war die Mutter plötzlich erkrankt und hatte nicht mehr in die Fabrik gehen können. Ihr Verdienst fiel aus, und an manchen Tagen auch das Essen. Danach war der Vater einmal in der Woche zum Blutspenden gegangen. Der Weg bis zum Spendenzentrum in Eluru und zurück nach B.D.Colony war weit, doch er hatte ihn stets zu Fuß zurückgelegt. An jenen Tagen kam er völlig geschwächt nach Hause, aber der Papiertüte, die er in der ausgemergelten Hand hielt, entströmte ein Duft nach *Butter Naan*, dem süßen Fladenbrot und *Somosas*, den indischen Gemüsekrapfen.

Die Krankheit der Mutter hatte sich im Dorf schnell herumgesprochen, und eines Tages hatte ein freundlicher Priester dem Vater einen Besuch abgestattet. Die Familie könnte wieder zu Geld kommen, wenn sie Kumari zu einer Dienerin Gottes, einer Devadasi, machen würde, hatte er gesagt. Er hatte fünftausend Rupien für sie geboten, so viel wie der Vater in drei Monaten nicht verdiente. Der Priester würde Kumari nach Mumbai mitnehmen, wo sie viel Geld machen könnte. Davon würde sie auch ihre Familie unterstützen können und dem Elend ein Ende bereiten. Für die Familie war der Besuch des Gottesmannes ein Segen gewesen. Sie hatten Kumari ziehen lassen und ihre noch reine Hand nach schmutzigem Geld ausgestreckt, mit dem sie

100

sich eine Zeitlang sauberes Wasser und eine Mahlzeit pro Tag erkauft hatten.

Kumari hatte geschrien und versucht, sich aus den eisernen Fängen des Priesters zu befreien. Sie hatte von B.D. Colony nicht fortgewollt, wo in den Bäumen unzählige Vögel zwitscherten und auf den staubigen Straßen die Pfauen ihre schillernden Räder schlugen.

Nach drei Tagen in einem klapprigen Auto waren sie endlich ihn Mumbai angekommen. Sie waren immer nur nachts gefahren. Tagsüber hatten sie in schmierigen Etablissements Halt gemacht, ein Vorgeschmack auf das, was Kumari in Mumbai erwartete.

Der Priester, hatte gleich nach der Abfahrt von B.D. Colony sein gütiges Lächeln abgelegt und sich als Grobian entpuppt, der Kumari geängstigt und verunsichert hatte.

Während der langen Fahrt hatte er sie immer wieder gefragt, ob sie schon ihre Tage bekommen hätte. Kumari hatte nicht verstanden, worauf er hinauswollte, bis er deutlicher geworden war. «Nun, sobald du während einigen Tagen Blut in deiner Unterhose entdeckst, wirst du mit deiner Arbeit beginnen können. Vorläufig bleibt dir noch eine Galgenfrist».

Kumari hatte den Sinn seiner Worte nicht begriffen. Als der Priester sie jedoch dem Bordellbesitzer in Kamathipura ablieferte und von diesem ein dickes Bündel Rupien, ein Vielfaches von dem was er ihrem Vater gegeben hatte, erhielt, war ihr ein Licht aufgegangen: Sie war erst elf Jahre alt gewesen, aber die keifenden, grell geschminkten Frauen, deren süßliches Parfüm sie noch nicht zu deuten wusste, hatten nichts Gutes verhießen.

Mr. Patel, hatte sie während Monaten in einen käfigarti

gen Verschlag eingesperrt, den sie nur zum Waschen und zum Verrichten ihrer Notdurft verlassen durfte. Sogar das Essen musste sie in diesem ungelüfteten Kabuff einnehmen. Sie weinte Tag und Nacht.

Und eines Tages hatte sie Blut in ihrem Höschen entdeckt. Entsetzt hatte sie auf die roten Flecken gestarrt und diese auf der Toilette krampfhaft auszuwaschen versucht, bis ihre zarten Hände von der scharfen Seife blutige Risse bekommen hatten.

Während einiger Monaten hatte sie verbergen können, dass sie ihre Tage bekommen hatte. Aber dann hatte Rajani sie an Mr. Patel verpfiffen. Kumari sollte endlich anfangen zu arbeiten damit Rajani nicht mehr zehn Freier am Tag bedienen müsste…

«Wie oft hast du deine Tage schon bekommen?» hatte der Bordellbesitzer Kumari gefragt. Sie hatte geschwiegen. Und dann hatte er eine Weidenrute auf ihrem filigranen Rücken tanzen lassen, bis sie in dem stickigen Kabuff zusammengebrochen war.

Sie hatte einige Tage Ruhe gehabt. Mr. Patel hatte sich bis gestern nicht blicken lassen. Aber dann hatte er ihren Verschlag aufgesperrt und ihr gesagt, dass sie am kommenden Tag mit ihrer Arbeit beginnen würde. Er hätte schließlich viel Geld für sie bezahlt.

Rajani hatte sie geschminkt und ihr so viel von ihrem Parfüm aufgetragen, dass ihr davon ganz übel geworden war. Anschließend war Mr. Patel gekommen und hatte sie zu einem unbekannten Mann gezerrt.

Kumari hatte keine Ahnung, was von ihr erwartet wurde. Doch als Fred sie mit einem freundlichen Lächeln bedachte, wusste sie, dass zum ersten Mal in ihrem Leben es jemand gut mit ihr meinte.

Felix starrte angewidert die schmierigen Wände an, als Rajani die Verrichtungsstätte betrat. Sie hatte das für ihre ausländischen Kunden bestimmte Oberteil und den engen Rock durch einen Sari ersetzt.

«Du hättest nicht hierherkommen dürfen», tadelte sie ihn.

Sie hatte hinter einer halb offenen Tür gestanden, als Felix und seine zwei Begleiter mit Mr. Patel verhandelt hatten und den Wortwechsel mitbekommen. «Er wird mich dafür verprügeln, dass ich dir gegenüber das Petite Rose erwähnt habe.

«Das verstehe ich nicht. Warum sollte er das tun? Du hast ihm drei zahlungskräftige Kunden vermittelt, mit denen er heute einen Reibach macht.»

«Er ist misstrauisch und wittert überall Gefahr. Ich bin die einzige, die das Bordell verlassen darf, aber nur in Begleitung von Bagwhan. Patel hat mich wegen meiner guten Englischkenntnisse auf wohlhabende Ausländer angesetzt, aber die sollen nicht mitbekommen, wie es hier aussieht. Unser Etablissement würde sie abschrecken, und es würde sich schnell herumsprechen, aus welchem Loch wir kommen.»

«Das tut mir leid.»

«Nichts tut dir leid», fauchte Rajani. «Du wolltest hierherkommen, um dich zu überzeugen, wie dreckig es mir geht und den Finger auf meine Wunde legen.»

Felix wusste nicht, was er darauf antworten sollte. Er war aus anderen Gründen ins Petite Rose gekommen, aber das konnte er Rajani nicht verraten. Er hätte in ihr vielleicht

Hoffnungen geweckt, von denen er nicht wusste, ob er sie erfüllen konnte. So schwiegen sie sich gegenseitig an, bis Rajani ihn bat zu gehen.

«Ich bin erst eine knappe halbe Stunde hier. Wie wirst du meinen kurzen Aufenthalt Patel gegenüber begründen?»

«Du bist eben von der schnellen Truppe, und jetzt mach, dass du rauskommst.»

Felix verließ als erster das Bordell. In einiger Entfernung wartete er ungeduldig auf seine beiden Begleiter, wobei er die Tür des Petite Rose nicht aus den Augen ließ. Mit seinen fünfundfünfzig Jahren hatte er geglaubt, schon alles gesehen und erlebt zu haben. In Kamathipura hatten sich ihm jedoch ungeahnte menschliche Abgründe aufgetan, die ihn bis ins Mark erschütterten und von denen er befürchtete, niemals mehr loszukommen.

Endlich erblickte er die Freunde, die gleichzeitig aus dem Bordell auf die Straße traten. Er rannte auf sie zu. «Lasst uns schnell aus diesem Sündenbabel verschwinden», ich halte es hier nicht länger aus.»

«Das geht uns auch so», tröstete ihn Christian und legte den Arm um seine Schultern.

Felix fühlte sich augenblicklich besser. Er konnte wieder freier atmen, obwohl er noch immer zu tiefst aufgewühlt war.

Fred winkte ein vorbeifahrendes Taxi herbei. Während der langen Fahrt ins Hotel sagte keiner der Freunde ein Wort. Zu schwer lasteten die vergangenen Stunden auf ihnen. Erst als sie die Hotellobby betraten, brach Fred als erster das Schweigen. «Wie wäre es, wenn wir noch ein Weilchen zusammensäßen? Ich könnte ein oder zwei Glas Wein vertragen. Das *Flavours Cafe and Bar* hat rund um die

Uhr geöffnet.»

«Eine gute Idee», pflichtete Christian ihm bei.

«Ich weiß nicht so recht», sagte Felix unschlüssig. Er sehnte sich nach einer heißen Dusche, unter der er den an ihm klebenden Schmutz aus dem Petite Rose, den Unrat auf den Straßen von Kamathipura und den Gestank nach Angst, Schweiß und billigem Parfüm wegwaschen wollte. Er hatte das Bedürfnis, allein zu sein, um darüber nachzudenken, ob er die Kraft haben würde, die Mutprobe, auf die er sich eingelassen hatte, zu bestehen. Als CFO der Palm Oil GmbH hatte er sich tagtäglich einer Herausforderung stellen müssen. Seine Seele war dabei vertrocknet. Jetzt aber hatte der Lärm, das Leben in den pulsierenden Straßen, das Gemisch aus süßem Duft und beißendem Gestank und die salzige Brise des Ozeans einen Nährboden geschaffen, auf dem sie zu keimen begann.

«Nun komm schon», ermunterte ihn Christian, «du kannst nachher duschen.»

Felix blickte ihn beklommen an. Wie war es möglich, dass dieser Christian immer genau wusste, was in ihm vorging? «Also gut», überwand er den Ekel und folgte den Freunden in die Bar.

Nachdem der Kellner den Wein eingeschenkt und sich entfernt hatte, sagte Christian unvermittelt: «wir haben sie gefunden!»

«Wen haben wir gefunden?»

«Die Ärmsten unter den Armen.»

«Du meinst Rajani, Leela, Kumari und die anderen Mädchen aus dem Petite Rose», fragte Felix ungläubig.

«Ja, und sie bedürfen dringend unserer Hilfe», antworte

te Christian nüchtern.

Für eine Weile herrschte betretenes Schweigen am Tisch.

«Was können wir tun?», fragte Fred schließlich.

«Kann einer von Euch dazu einen Vorschlag machen?»

Fred zuckte hilflos die Achseln. Das Gespräch hatte sich anders entwickelt als angenommen, und er war darauf nicht vorbereitet. Als er den Vorschlag gemacht hatte, zusammen noch ein Glas Wein zu trinken, hatte er gehofft, der Alkohol würde die messerscharfen Bilder aus Kamathipura in undeutliche Wahrnehmungen verwandeln, die er leicht in sein Unterbewusstsein verbannen konnte.

Felix trank sein Glas aus und stand auf. «Ich habe da vielleicht eine Idee, aber jetzt bin ich zu müde, um sie ausreifen zu lassen. Ich brauche jetzt dringend einige Stunden Schlaf. Lasst uns morgen beim Mittagessen darüber diskutieren.»

«Bitte bleib noch und sag uns was du vorhast», bat Fred, der seine Neugier kaum zügeln konnte.

«Um zwölf Uhr mittags an der Rezeption», entgegnete Felix bestimmt und entfernte sich in Richtung Fahrstuhl.

Das wohlwollende und glückliche Lächeln, das Christian ihm hinterherschickte, nahm er nicht mehr wahr.

Elftes Kapitel

Fred führte sie ins *Leopold Café* am *Causeway* in *Colaba*. Er wollte den Freunden eines der Wahrzeichen Mumbais zeigen.

«Das Leopold ist *das* Kultrestaurant der Stadt», sagte er zu seinen beiden Gefährten, die sich überrascht in dem großen rechteckigen und lichtdurchfluteten Raum umsahen. Während der Fahrt zum Leopold hatte Fred sie über die Besonderheiten des Lokals aufgeklärt, das bereits 1871 seine Pforten geöffnet hatte und im Jahre 2008 einem bewaffneten Anschlag zum Opfer gefallen war. Doch Felix war nicht auf das vorbereitet, was ihn im Innern erwartete. Er staunte über die massiven Säulen mit ihren in Facetten gearbeiteten Schäften und die mit gerahmten Postern vollgehängten Wände, bevor sein Blick zur Decke hochkroch, von der weiße im Luftzug riesiger Ventilatoren hin- und her schwankende Glaslampen herunterhingen. Das Stimmengewirr der zahlreichen Besucher, das Klirren von Gläsern und das Klappern von Geschirr und Besteck bohrten sich schmerzhaft in seinen und Christians Gehörgang ein, doch schon bald kapitulierten sie vor der Kakophonie und wurden ein Teil von ihr.

«Nun, konntest du deine Idee über Nacht ausreifen lassen?», fragte

Fred neugierig, als sie sich an einem Tisch in der hintersten Ecke des Saals niedergelassen hatten.

Felix schaute besorgt auf die Gäste an den benachbarten Tischen.

«Keine Bange», beruhigte Fred ihn. «Hier werden schlim

me und weniger schlimme Angelegenheiten besprochen. Unser kleines Unterfangen dürfte deshalb für die hier Anwesenden kaum von Bedeutung sein.»

«Da bin ich mir nicht so sicher», bemerkte Felix und senkte seine Stimme so weit, bis Christian und Fred ihn kaum noch verstanden. «Die Mädchen müssen das Haus verlassen können.»

«Wie stellst du dir das vor?», fragte Fred skeptisch.

«Indem wir sie ins Hotel bestellen.»

«Alle?»

«Nicht alle, du Dummkopf, vorerst nur einige, aber vielleicht ist der Concierge für ein Trinkgeld empfänglich und bestellt noch weitere Mädchen ins Hotel.»

Felix blickte selbstgefällig in die Runde.

«Deine Arroganz ist zum Kotzen», fauchte Fred und packte ihn am Kragen. Der Streit drohte zu eskalieren, und bereits sahen einige Gäste neugierig zu ihnen herüber.

«Bitte beruhigt euch», mischte Christian sich ein, «Felix hat es nicht so gemeint, obwohl er sich weniger vermessen geben könnte. Fred ist kein Dummkopf. Ohne ihn wären wir in Mumbai verloren.»

Felix vertrug keine Zurechtweisungen und stieß seinen Stuhl zurück. «Wisst ihr was? Schert euch zum Teufel, wir werden es eh nicht schaffen, die Mädchen da raus zu holen.»

Christian hielt ihn zurück. «Ich versichere euch, wenn euer Vertrauen auch nur so groß ist wie ein Senfkorn, dann könnt ihr zu einem Berg sagen: Geh von hier nach oben und er wird es tun.»

Felix starrte den Freund entnervt an, setzte sich aber wieder.

«Sag mir, was du mit den Frauen im Hotel vorhast», bat

Christian mit sanfter Stimme und legte seine Hand auf Felix Arm.

«Nähen», wobei sein zornig verzogenes Gesicht von einem Hoffnungsschimmer erhellt wurde.

«Nähen?», fragten Christian und Fred gleichzeitig.

«Natürlich nicht im Hotel. Wir müssten einen leeren Raum ganz in der Nähe des Hotels finden, wo wir eine kleine Nähwerkstatt einrichten könnten. Die Mädchen kämen dann zu uns ins Hotel, wo Patel sie bei ihren Liebesdiensten vermuten würde, und vom Hotel aus würden wir sie in die Werkstatt schleusen!»

«Wie kommen sie ungesehen ins Atelier? Dieser Baghwan, von dem du uns erzählt hast, wird sie doch bestimmt nicht aus den Augen lassen.»

Ratlosigkeit machte sich unter den Männern breit. Nicht einmal das *Chicken Biryani*, Indiens herzhafte Reisgericht mit Huhn, vermochte die Stimmung zu heben.

«Felix und ich schauen uns nachher unser Hotel genauer an. Vielleicht gibt es ja dort einen Nebenausgang, durch den wir die Mädchen in die Werkstatt schleusen können», bemerkte Christian unvermittelt. «Und du, Fred», fügte er mit Nachdruck hinzu, «machst dich auf die Suche nach einer geeigneten Räumlichkeit.»

«Mit ein bisschen Glück, könnte es funktionieren», bemerkte Fred in Gedanken versunken.

Wie eigenartig, fuhr es Felix durch den Kopf. Dieser Christian, den er auf dem Flug von Zürich nach Mumbai als weltfremden Sonderling kennengelernt hatte, entwickelte mit einem Mal eine pragmatische Denkweise, die mit seiner altertümlichen Sprache und den verklärten Gesichtszügen schlecht in Einklang zu bringen war. Er schüttelte seinen

Kopf, um Klarheit zu gewinnen, aber der Freund blieb ein Rätsel.

Sie kamen gegen vier Uhr nachmittags ins Hotel zurück. Fred wollte sich sogleich nach einem Raum für das Nähatelier umsehen, bevor die Sonne um sechs vom Horizont verschwand, um im Meer Abkühlung zu finden.

Christian und Felix betraten zusammen die Lobby.

«Wo fangen wir mit der Suche an?», fragte Christian.

«Wie wäre es mit dem Flavours Café, gleich hier im Erdgeschoss des Hotels? Vielleicht wird es auch von auswärtigen Gästen besucht, die das Café nicht immer durch die Lobby betreten wollen.»

Christian nickte und folgte Felix in die Bar.

Zu dieser frühen Stunde waren nur wenige Tische besetzt. Prüfend sahen die beiden Männer sich in dem Raum um, in der Hoffnung einen Fluchtweg für die Mädchen zu entdecken.

«Sie können sich an einen der freien Tische setzen», teilte ihnen ein beflissener Kellner mit, der aus dem Nichts aufgetaucht war.

Nachdem sie bestellt hatten, fragte Christian den Freund. «Wie bist du auf «nähen» gekommen und wie willst du den Mädchen helfen?»

«Ich habe mir vorgestellt, ein Nähatelier aufzumachen, in dem die wunderbaren indischen Stoffe zu *prêt-à-porter* Kleidern gearbeitet werden», antwortete Felix, dessen Geschäftssinn seine Augen zum Leuchten brachte.

«Was ist pettaproter?», fragte Christian verdutzt.

Felix verkniff sich ein Lachen über die fehlerhafte Aussprache und erklärte mit ernster Miene. «Unter prêt-à-porter versteht man Konfektionskleider nach Entwürfen von bekannten Modeschöpfern. Ich denke, dass wir mit solchen

Bekleidungen Erfolg haben könnten, da die Mädchen billige Arbeitskräfte und die Kleider erschwinglich wären. Später beteiligen wir sie am Gewinn.»

«Verstehst du denn etwas von pertapotré?»

Felix unterdrückte erneut ein Grinsen. «Verena, meine Frau ist eine ausgezeichnete Schneiderin, die wunderbare Kleider anfertigt. Sie hat sich in unserem Haus ein Atelier eingerichtet, wo sie ihre Kundinnen empfängt. Früher habe ich ihr oft über die Schultern geschaut und sie sogar an Modeschauen begleitet. Ich verstehe zwar nichts von prêt-à-porter, aber ich weiß, wie die Kleider aussehen müssen, und einen guten Geschäftssinn habe ich schließlich auch».

Christian nickte.

Allmählich füllte sich das Flavours Café. Lediglich ein Tisch war noch unbesetzt, und alle Gäste waren durch die Hotellobby in die Bar gekommen!

«Hier gibt es keinen anderen Zugang», bemerkte Felix bedrückt.

Christian blickte ihn mit seinem unergründlichen Lächeln an. «Bist du dir da ganz sicher?»

In diesem Augenblick trat eine elegant gekleidete Frau in Begleitung eines älteren Mannes an den letzten freien Tisch.

«Hast du das Paar durch den Durchgang zur Lobby kommen sehen?», fragte Christian, der den Eingang nicht aus den Augen gelassen hatte.

«Ich habe leider nicht auf sie geachtet», erwiderte Felix.

«Aber ich», sagte Christian, und nachdem er die Rechnung bezahlt hatte, erhob er sich und schritt auf einen großen Topf mit ausladenden Grünpflanzen zu, der an der Wand gegenüber dem Tresen stand.

Zu Felix Überraschung verschwand Christian hinter dem üppig wucherndem Grün, das eine unscheinbare Holztür verbarg. Er drückte auf die Klinke. Die Tür war nicht verschlossen und führte in eine schwach befahrene Seitenstraße der Veer Nariman Road, in die der Hauptein gang ihres Hotels mündete.

Felix blickte Christian fassungslos an. «Großer Gott, das grenzt an ein Wunder. Wie hast du die Tür entdeckt?»

Christian gab darauf keine Antwort, lächelte aber wieder verklärt. Und Felix hatte sich bereits daran gewöhnt, von dem Freund nicht immer eine Antwort zu bekommen.

Sie gingen zurück in die Bar, wo Fred vor kurzem eingetroffen war. «Ich habe in der Nähe des Hotels keinen passenden Raum entdeckt», teilte er seinen Begleitern bekümmert mit, nachdem diese sich an seinen Tisch gesetzt hatten.

«Das trifft sich gut», sagte Christian.

Fred und Felix sahen sich verständnislos an.

«Willst du mich verarschen?», fragte Felix aufgebracht. «Im Leopold Café warst du der Meinung, unser Plan könnte funktionieren und hast pragmatische Vorschläge gemacht, die ich von einem Hinterwäldler wie dich nicht erwartet hatte. Und jetzt wird dir die Sache zu heiß, und du willst kneifen.»

Über Christians Gesicht huschten dunkle Wolken, die den Glanz seiner Augen trübten. «Du aufbrausender Felix», murmelte er, «dein Herz gleicht einem Rohdiamanten, aber wieviel Schmerz, wie viele Rückschläge und Enttäuschungen wirst du erleiden müssen, bevor du zu einem glitzernden Edelstein geschliffen wirst.»

Er drückte Felix Hand. Die dunklen Wolken, die für einen Augenblick sein Antlitz getrübt hatten, rissen auf, und die aufkommenden Sonnenstrahlen reflektierten das funkelnde Blau seiner Augen. «*Zürnet und sündiget nicht und gebet auch nicht Raum dem Lästerer.*»

Die Worte des Freundes drangen nicht bis zu Felix durch. Er wollte sie nicht verstehen, und doch bewegte ihn die Liebe, die aus Christians Augen sprach und die Kraft der Hand auf seiner Hand. Betroffen senkte er seinen Blick.

Während langer Zeit schwiegen die Männer und ließen sich von dem Stimmengwirr und der gedämpften Hintergrundmusik berieseln, bis das Geplätscher ihre Sinne kühlte und ihr Puls nicht mehr raste.

«Ich verstehe deinen Gefühlsausbruch, aber was ist, wenn der Bordellbesitzer den Mädchen nicht erlaubt, ihre Liebesdienste auswärts zu erbringen?»

«Oh Gott, das haben wir gar nicht bedacht», rief Fred bestürzt. Auch Felix starrte Christian entsetzt an. Sein Zorn war augenblicklich verflogen.

Schließlich meinte Felix: «Wenn wir diesem Mr. Patel ein gutes Angebot machen, wird er die Mädchen sicherlich zu uns ins Hotel lassen. Die Menschen sind alle käuflich, es kommt nur auf die Höhe der Summe an.»

Christian zuckte fast unmerklich zusammen. Die Worte des Freundes kamen einer Ohrfeige gleich, und auf seiner Wange bildeten sich dunkelrote Striemen.

«Was ist mit deiner Backe los?»

«Sind wirklich alle Menschen käuflich?»

«Sieh mich an, ich habe mich von dem grosszügigen Gehalt, das ich bei der Palm Oil verdient habe, auch kaufen lassen. Und so geht es dem meisten Menschen. Als Gott Adam und Eva aus dem Paradies vertrieb, schickte er ihnen das Böse hinterher. Und als das Treiben auf der Welt aus den Fugen geriet und Er sich seines Fehlers bewusstwurde, entsandte Er seinen Sohn zu uns Menschen. Er ließ ihn sogar am Kreuze sterben, um uns von der Sünde zu befreien, aber…»

«*Richtet nicht, damit ihr nicht gerichtet werdet! Denn mit demselben Gericht, mit dem ihr richtet, werdet ihr gerichtet werden*», unterbrach ihn Christian, und mit Nachdruck fügte er hinzu. «Gott macht keine Fehler.»

Felix starrte ihn ungläubig an. Seine Augen funkelten ge

113

fährlich. Schon wieder diese seltsame Sprache. Für wen hielt sich dieser Christian, dass er ständig die Worte eines anderen in den Mund nahm?

«In was für einer Welt lebst du, dass du den Gegebenheiten nicht in die Augen sehen willst? Du sagst, Gott macht keine Fehler? Was ist mit den Slums, mit den Kindern, die auf der Strasse leben und den Huren in Kamathipura? Ich weiß nicht was mir mehr zusetzt, dass die Menschen hier so entsetzlich arm sind, oder dass sie ihr Elend mit einem Lächeln auf den Lippen ertragen. Aber Gott macht keine Fehler!»

«Lasst uns morgen Abend ins Petite Rose gehen und mit Patel sprechen», schlug Fred schlichtend vor. «Sollte er sich kaufen lassen und einige der Mädchen zu uns ins Hotel schicken, würde unsere Bestechung ja einem guten Zweck dienen.»

Christian sah ihn nachdenklich an, bevor sein Gesicht sich erhellte und ein Lächeln um seine Mundwinkel spielte.

«So kann man es auch sehen.»

Dann stand er auf, nickte seinen beiden Wegbegleitern zu, und begab sich auf sein Zimmer. Er schloss die Tür, kniete vor dem Bett nieder, faltete die Hände und fing an zu beten. Er betete inbrünstig, in der Hoffnung eine Rechtfertigung dafür zu finden, was er im Begriff war zu tun. So hatte er sich die Ausführung seines Auftrages nicht vorgestellt, aber hatte der Alte ihm unter dem Feigenbaum nicht geraten, es diesmal anders zu machen?

Zwölftes Kapitel

Fred und Felix saßen in der Lobby und warteten auf Christian. Sie wollten um 21.00 Uhr ins Petite Rose aufbrechen. Felix blickte auf seine Armbanduhr. Es war zehn vor halb neun.

«Wir haben noch Zeit für ein Bier», sagte er zu Fred, der in die Bar ging und kurz darauf mit zwei Stangen zurückkam.

Sie leerten das Glas in durstigen Zügen und versanken in Schweigen.

Felix dachte über Christian nach. Seit der Landung in Mumbai hatte sich der Freund verändert. Er war nicht mehr der weltfremde Sonderling wie zu Beginn der gemeinsamen Reise nach Singapur, sondern hatte sich zu einem praktisch denkenden und zuweilen auch energischen Mann gewandelt, der tadelnde Worte nicht scheute. Wie war es möglich gewesen, dass er die zweite Tür im Flavours Café entdeckt hatte, während er, Felix, den Raum mit seinen Augen gründlich abgesucht und nichts gefunden hatte? Wie hatte er seinen Fuß so schnell heilen können? War es nur das Öl aus Israel, oder war da noch etwas anderes gewesen? Der Freund wurde ihm immer unheimlicher, und wäre da nicht die Kraft seiner Berührung, die ihn stets beruhigte und ihm die Anspannung nahm, er hätte Mumbai schon längst verlassen. Er hatte Christian liebgewonnen, zugleich fürchtete er sich aber auch vor ihm. Er hatte Angst vor seinen Sprüchen, seiner Liebenswürdigkeit, seiner Demut und der Liebe in seinen Augen, die durch nichts erschüttert wur de. Wer war dieser seltsame Mann?

«Bist du verheiratet?», schreckte ihn Fred aus seinen Gedanken auf.

«Ja», erwiderte Felix kurzangebunden. Er schaute Fred finster an. «Aber was geht dich das an?»

«Nun, wir haben beide, vielleicht aus verschiedenartigen Beweggründen, unsere Reise nach Singapur abgebrochen, um bei einem fremden Mann zu bleiben, dessen Faszination wir uns nicht entziehen konnten. Ich weiß nicht, warum *du* ihm gefolgt bist. Mir, jedenfalls, hat sein Händedruck nach meinem Schwächeanfall ungeheure Kraft verliehen, den Mut nicht zu verlieren, mich von meinem bisherigen Leben zu verabschieden und eine neue Richtung einzuschlagen. Mit ziemlicher Wahrscheinlichkeit habe ich meinen Job bei Singapore Airlines verloren und weiß nicht, wie ich meine Schulden abbezahlen soll, aber so wie bis jetzt, will ich nicht weitermachen», und dann erzählte er Felix, wie seine Frau ihn überredet hatte, in Singapurs Nobelviertel Emerald Hills eine Eigentumswohnung zu kaufen, die er sich nicht leisten konnte und aufwendige Renovierungen, die er sich noch weniger leisten konnte, in Auftrag zu geben.

«Am Ende hat sie mich für einen wohlhabenderen Mann verlassen, der ihren Hang zum Luxus und zu Extravaganzen wohl besser befriedigen kann als ich. Ich habe wie ein Besessener gearbeitet, neben meinem Job als Pilot noch zusätzlich Flugstunden erteilt, bis ich Herzflimmern bekam. Christian meinte, mein Zusammenbruch während unseres Fluges nach Singapur sei nur ein Schwächeanfall gewesen, aber ich vermute, dass es aufgrund der starken Schmerzen, die ich in der linken Brust verspürt habe, eher ein Herzinfarkt war...»

«Oh, das tut mir leid», sagte Felix zerknirscht. «Bitte entschuldige meine ruppige Antwort. Ich war mit meinen Gedanken ganz woanders und daher auf deine Frage nicht vorbereitet.»

«Und, bist du es jetzt?»

«Eigentlich nicht. So wie es in meiner Ehe aussieht, wenn man von unserer Verbindung überhaupt noch von einer Ehe sprechen kann, werde ich wohl noch lange nicht darauf vorbereitet sein, über meine Beziehung zu Verena nachzudenken», antwortete Felix und fuhr sich mit einer fahrigen Handbewegung durch das glatte, schwarze Haar.

Fred betrachtete ihn mit einer Mischung aus Neugier und Mitleid, fragte aber nicht weiter. Er wollte dem offensichtlich aufgewühlten und bärbeißigen Felix Zeit geben, von sich aus, das Wort zu ergreifen, so er überhaupt dazu bereit war. Er schloss die Augen. Sein Gegenüber hatte wohl kein Bedürfnis, das Thema weiter zu vertiefen, und es tat ihm leid, dass er so aufdringlich gewesen war.

«Ich habe mich Verena gegenüber wie ein Arschloch benommen. Seit Jahren betrüge ich sie regelmäßig, und sie lässt es geschehen. Das macht mich wahnsinnig, und, um sie zu verletzen hintergehe ich sie aufs Neue. Wenn sie doch nur zurückschlüge, mir zu verstehen gäbe, dass ich ihr nicht gleichgültig bin, sich für mich zurechtmachen und sich der von mir so verhassten Birkenstocksandalen entledigen würde…»

Fred musste lachen.

«Was ist daran so komisch?», knurrte Felix.

«Deine leidenschaftliche Ausdrucksweise hat mich belustigt. Ich glaube, du liebst deine Frau noch immer. Du solltest die Beziehung mit Verena nochmals überdenken.»

«Wahrscheinlich hast du recht. Aber ich glaube, dass das nichts mehr bringt. Ich habe sie nicht einmal informiert, wo ich bin. Beim Boarden in Kloten habe ich mein Handy ausgeschaltet und es seitdem nicht mehr eingeschaltet.»

«Glaubst du, dass sie dein Schweigen verdient hat?», fragte Christian, der plötzlich neben ihnen stand.

Felix und Fred fuhren zusammen. Fassungslos und angsterfüllt blickten sie sich an.

«Fürchtet euch nicht» sagte er mit seiner sanften Stimme, die zum ersten Mal die Männer nicht zu beruhigen vermochte.

Felix fasste sich als erster. «Wer bist du?», fragte er Christian. «Und warum haben wir dich nicht kommen sehen? Langsam wirst du mir unheimlich», rief er.

Statt einer Antwort sagte Christian zu Felix: «Ich habe vergessen, dich gestern danach zu fragen, ob die Mädchen nähen können.»

«Von Rajani weiß ich, dass sie es kann. Sie hat das Handwerk von ihrer verstorbenen Mutter gelernt. Ob die anderen ebenfalls nähen können, weiß ich nicht, aber die Inderinnen sollen mit ihren Händen sehr geschickt sein.»

«Und wo bekommen wir die Entwürfe für die Kleider her?», wollte Fred wissen.

«Aus dem Internet.»

«Was ist Internet?»

«Das erkläre ich dir später, wenn ich die Schnittmuster herunterlade.»

Christian blickte Felix verwirrt an. «Es ist alles so anders und so fremd. Wie soll ich mich hier zurechtfinden?»

Seine beiden Begleiter sahen ihn verständnislos an.

«Was ist fremd?», fragte Felix.

«Lasst uns gehen», sagte Christian und schritt energisch auf den Hotelausgang zu.

Fred befahl dem Taxi, sie an der Grant Road vor dem Pe

tite Rose abzusetzen.

«Ich kenne da ein besseres Bordell, als diese widerwärtige Absteige», sagte der Fahrer, während Fred die Geldscheine aus seiner Hosentasche fischte.

«Hier sind doch alle gleich schlimm», stellte Christian fest.

«Oh nein, das Petite Rose ist eines der schlimmsten, glauben Sie mir.»

Die Bemerkung des Fahrers war ihnen in die Glieder gefahren. Die Gewissheit, dass die Mädchen jetzt erst recht ihrer Hilfe bedurften, löste in Felix und Fred eine tiefe Beklemmung aus, die wie ein Bleimantel ihre Lungen umschloss und ihnen die Luft zum Atmen raubte. Wie gelähmt standen sie vor dem Freudenhaus und fürchteten die allesentscheidende Begegnung mit Mr. Patel.

Christian schien gefasster zu sein als sie, obwohl seine Augen eine unendliche Traurigkeit widerspiegelten. «*Wenn euer Vertrauen auch nur so groß ist wie ein Senfkorn…*»

«Laß mich mit deinem lächerlichen Senfkorn zufrieden», fauchte Felix ihn an.

Christian zuckte zusammen. «Gehen wir», sagte er und betrat das Gebäude.

Die nackte Glühbirne warf ein flackerndes Licht auf den langen Gang, in den zwei offene Türen gespenstische Schatten warfen. In den übrigen Verrichtungsstätten tobten sich die Freier aus, die ihrer Lust durch Grunzen, Schnaufen und ekelerregendem Keuchen freien Lauf ließen.

Die drei Männer blickten sich ratlos in dem Gang um, als plötzlich eine Tür aufging. Ein ausgemergelter Mann trat heraus, dicht gefolgt von Rajani.

Erstaunt trat sie dicht an sie heran. «Was wollt ihr in dieser miesen Absteige? Habt ihr feinen Pinkel uns mit eurer

Anwesenheit nicht schon genug gedemütigt?»

Trotz der notdürftigen Beleuchtung bemerkte Felix, dass unter der dick aufgetragenen Schminke ihr rechtes Auge blutunterlaufen hindurchschimmerte.

«Was hast du gemacht?», fragte Felix bestürzt und berührte ihre Wange, dicht unter dem lädierten Auge.

Rajanis Gesicht verzog sich schmerzvoll. «Frag eher *wer* das gemacht hat?»

«Patel?»

«Er hat mir nicht verziehen, dass ich dir gegenüber das Petite Rose erwähnt habe, und nun verschwindet von hier, oder wollt ihr noch mehr Unheil anrichten?»

Ein Lichtkegel ergoss sich in den Gang. Patel hatte die Tür seines Büros geöffnet und kam auf die vermeintlichen Freier zu.

«Sie schon wieder?», rief er ärgerlich, als er die Männer erkannte. «Was wollt ihr?»

«Mit dir reden», antwortete Felix, drängte sich an dem Bordellbesitzer vorbei und lief in dessen Büro. Patel folgte ihm aufgebracht, dicht gefolgt von Fred und Christian, der die Tür hinter sich zumachte.

Patel blieb in der Mitte des Raumes wie angewurzelt stehen.

«Setzt dich», befahl Fred und deutete auf einen abgewetzten Sessel, der in einer Ecke des Zimmers stand.

Christian warf dem Captain einen warnenden Blick zu. Ein grobes Wort, und das Unterfangen war zum Scheitern verurteilt!

Fred nahm einen klapprigen Stuhl, der vor einem wuchtigen Schreibtisch stand und stellte ihn vor den Sessel. Dann setzte er sich Patel gegenüber.

«Deine Mädchen sind spitze», sagte er in versöhnlichem Ton.

Der Bordellbesitzer blickte Fred aus großen Augen an. Noch nie hatte ein Freier gesagt, seine Huren seien spitze. Misstrauisch sah er Felix und Christian an, die ihn anlächelten und mit einem Kopfnicken Freds Aussage bekräftigten.

«Wir wollen ihre Dienste auch weiterhin in Anspruch nehmen.»

«Dann bucht sie doch», meinte Patel. «Wo liegt da das Problem?»

«Hm, eh», druckste Fred herum.

Felix kam ihm zu Hilfe. «Das Problem liegt in den Verrichtungsstätten deines Bordells.»

«Sind euch wohl nicht fein genug, was? Macht dass ihr verschwindet, und zwar sofort», rief Patel und erhob sich.

Christian trat an ihn heran und drückte ihn sanft in den Sessel zurück. Erstaunlicherweise beruhigte sich der Bordellbesitzer.

Felix nutzte die Gunst der Stunde und fragte in sanftem Tonfall:

«Könntest du uns drei von deinen Mädchen ins Hotel schicken? Dort könnten wir ihre Liebesdienste intensiver auskosten. Natürlich würden wir sie für die ganze Nacht buchen und auch mehr für sie bezahlen.»

Patel starrte ausdruckslos in den Raum, aber in seinen Augen tanzten die Dollar- und Rupienzeichen bereits wild durcheinander.

«Wieviel zahlt ihr für jede Hure pro Nacht?»

«6000 Rupien», sagte Fred.

«Ist mir zu wenig».

6500», warf Felix ein.

«Nein», erwiderte Patel.

«Hört endlich mit dem Feilschen auf», rief Christian zornig.

«Halt die Klappe», zischte Felix, der plötzlich alles den

Bach runtergehen sah. «7500 und keine Rupie mehr», sagte er zu Patel.

Der Bordellbesitzer starrte Felix verblüfft an. So viel hatte er sich in seinen kühnsten Träumen nicht erhofft.

«Ok, aber Baghwan bringt sie hin und holt sie ab, und keine faulen Tricks», warnte er die Männer.

Über Felix' Gesicht huschte ein triumphierendes Lächeln.

«Wann soll ich euch die Huren schicken?»

«Nicht so schnell, mein Freund», sagte Fred. «Hol alle Mädchen in dein Büro. Schließlich wollen wir die Katze nicht im Sack kaufen.

Schwerfällig erhob sich der kleine Mann aus dem Sessel und trat auf den Gang hinaus.

«Aber einige von den Mädels sind noch beschäftigt», sagte er und zeigte auf die geschlossenen Zimmertüren.

«Dann sag den Freiern, dass sie sich beeilen sollen. Und dann holst du auch die Frauen aus dem oberen Stock in dein Büro, rief Felix.

Aufgeschreckt durch Patels Klopfen an die Türen der Verrichtungsstätten, traten die Freier aus den Zimmern, teils noch mit heruntergelassenen Hosen und machten sich eilig aus dem Staub.

Mr. Patel, dicht gefolgt von Fred, stieg die Treppe zum oberen Stock hinauf, nahm einen Schlüsselbund heraus und schloss zwei käfigartige Verschläge auf. «In mein Büro», sagte er zu den zusammengekauerten Wesen, die ihn aus weit aufgesperrten Augen angsterfüllt ansahen.

Eine Frau nach der anderen stieg die Treppe hinunter und ging ins Arbeitszimmer ihres Chefs. Rajani kam als eine der letzten. Zornig funkelte sie Felix an und raunte im Vorbeigehen. «Was habt ihr nun schon wieder angestellt?»

«Fehlt noch jemand?» fragte Fred? Aufmerksam schaute er die Frauen an. «Leela fehlt.»

Felix ging auf den Gang hinaus. In dem Moment öffnete

sich die Tür des letzten Kabuffs, und Leela trat hinaus. Sie konnte kaum laufen und wankte breitbeinig in Richtung Mr. Patels Büro. Felix sah sie fragend an.

«Eine von uns ist ausgefallen, weshalb ich ihre Arbeit auch noch erledigen muss», erklärte sie abfällig und spuckte ihm vor die Füße.

«Ist Kumari auch hier?», fragte Christian und schaute sich suchend in Patels Büro um.

«Nein», rief Rajani, die Patel mit einer Handbewegung zum Schweigen brachte. Aber sie hatte bereits genug gesagt.

«Hol sie bitte runter», bat Christian freundlich. «Sie hat mir so gut gefallen.»

Patel verließ das Zimmer, um Kumari zu holen.

«Wer von euch kann nähen»? fragte Felix die Frauen, die schweigend in einer Reihe standen.

«Nun sagt schon, wer von euch kann nähen?», wiederholte Fred eindringlich die Frage.

Zögernd erhob Rajani einen Arm, gefolgt von Leela und einer etwas dicklichen, jedoch nicht minder hübschen Frau.

Fred machte sich Notizen auf einem Zettel, ohne die Tür des Zimmers aus den Augen zu lassen.

«Wer von Euch kann mit einer Nähmaschine umgehen?»

Zwei weitere Mädchen streckten auf.

Felix ließ seinen Blick über die Frauen gleiten, bis er an einer hängen blieb. Sie war wesentlich älter als die übrigen und verfolgte die Ereignisse mit spürbarer Missbilligung.

«Wie heißt du?», fragte er sie.

Sie antwortete nicht.

«Das ist Asha», erklärte Leela und fing sich von ihr einen bösen Blick ein.

«Ach, dann bist *du* Mr. Patels Aufpasserin!?», rief Fred dazwischen. «Wieviel Provision bekommst du? Glaubst du er entschädigt dich in gerechter Weise für die Drecksarbeit, die du für ihn erledigst? Oder ist es nicht eher so, dass er dich genauso übers Ohr haut, wie alle anderen hier?»

Fred schien einen empfindlichen Nerv getroffen zu haben, denn ihre Gesichtszüge wurden etwas weicher.

In diesem Augenblick stolperte Kumari in den Raum, dicht gefolgt von Patel.

Fred hatte gerade noch Zeit einen Finger auf seinen Mund zu legen.

Sie suchten Rajani, Asha und Kumari aus, und Mr. Patel versprach, sie am nächsten Abend um 22.00 Uhr ins Hotel zu schicken.

«Um vier Uhr morgens fährt Baghwan sie wieder hierher zurück. Und dass sie sich ja nicht verspäten. Mehr als 6 Stunden kriegt ihr nicht.»

Christian, Fred und Felix nickten beflissen, warfen den Frauen einen beschwörenden Blick zu und verließen eilig Patels Büro.

Als sie im Taxi saßen, fragte Felix seine beiden Begleiter. «Warum habt ihr Patel nicht gesagt, er solle die Mädchen erst in einigen Tagen zu uns ins Hotel schicken? Wir haben doch noch keine Räumlichkeit für unsere Nähstube gefunden!»

«Ganz richtig», antwortete Christian, «aber zuerst müssen wir herausfinden, ob unser Fluchtweg funktioniert».

Dreizehntes Kapitel

Im Zimmer 606 des Ambassador Marine Drive Hotel war die Stimmung zum Zerreißen gespannt. Christian und Fred hatten sich bei Felix eingefunden und warteten auf Kumari, Asha und Rajani.

«Warum hast du Kumari zu uns bestellt?», fragte Felix den Freund. «Sie ist so verängstigt, dass sie uns kaum eine Hilfe sein wird.»

«Weil ich andernfalls für Mr. Patel nicht glaubwürdig gewesen wäre.»

Christians Logik beeindruckte und ängstigte Felix. Wieder einmal staunte er über dessen Wandlung, die er sich nicht erklären konnte.

An der Tür ertönte ein leises Klopfen. Die drei Männer fuhren zusammen. Felix sprang von seinem Sessel auf und ließ Rajani, Asha und Leela ins Zimmer eintreten.

«Wo ist Kumari?», fragte Christian.

Die drei Frauen schwiegen.

«Warum ist Kumari nicht gekommen? Ist ihr etwas zugestoßen?»

«Sie ist in ihrem Käfig und leckt sich die Wunden», antwortete Rajani höhnisch.

Felix packte sie an den Schultern. «Was ist geschehen, was habt Ihr mit ihr gemacht?»

«*Wir* haben gar nichts mir ihr gemacht, aber das dumme Ding hat sich geweigert, zu ihrem gestrigen Freier nett zu sein, der sie am Ende doch vergewaltigt hat. Und dann hat ihr Mr. Patel für ihren Ungehorsam noch eine Tracht Prügel verpasst», sagte Asha verächtlich.

Für einige Augenblicke war es im Zimmer 606 totenstill.

«Ich kann das nicht. Ich ertrage diese Niederträchtigkeit, dieses Elend, diese Not nicht mehr. Ich muss weg aus Mumbai, aus Indien, aus diesem Gott vergessenen Land», unter brach Felix verzweifelt das Schweigen.

Christian trat an ihn heran und legte ihm behutsam die Hand auf seine heiße Stirn. «Willst du jetzt gehen, wo wir bereits einen kleinen Teil des Weges zurückgelegt haben? Hast du mir nicht gesagt, dass dein Gewissen dich plagt, weil du nichts gegen die Abholzung des Urwaldes getan hast? Aber geh, wenn du nicht anders kannst. Ich werde dich nicht zurückhalten.»

Felix senkte den Blick. Die Beklommenheit, die er soeben noch empfunden hatte, war zugunsten einer tiefen Entschlossenheit gewichen. Er schämte sich, dass er nicht Manns genug war, dem Elend zu trotzen. Hier in Mumbai konnte er von dem, was er getan oder nicht getan hatte, vielleicht etwas wieder gut machen. Er nahm Christians Hand, die noch immer auf seiner Stirn ruhte, in seine und spürte wieder diese seltsame Kraft, die sich von der Hand des Freundes auf seinen ganzen Körper und seine Sinne übertrug. «Bitte entschuldige meinen Ausbruch», sagte er nach einer Weile geknickt. «Meine Gefühle sind mit mir durchgegangen.»

«Wie seid ihr hierhergekommen?» unterbrach Fred die rührselige Stimmung.

«Baghwan hat uns in Patels Auto hierhergebracht und in der Nähe des Hoteleingangs Wachposten bezogen», erklärte Asha. «Aber warum habt ihr gerade mich, die älteste Hure ausgesucht?»

«Für uns bist du keine Huren…»

«Ach nein? Was bin ich dann, eine Heilige?»

Fred ging nicht auf die Provokation ein. «Sollte unser Plan aufgehen, werden wir auf deine Hilfe ganz besonders angewiesen sein.»

«Was habt ihr vor?»

Statt einer Antwort, wischte Fred ihr mit einem Kleenex die Schminke vom Gesicht.

«Laß das», rief Asha aufgebracht.

«Geht ins Badezimmer und wascht eure Gesichter. So können wir mit euch nicht in die Bar des Hotels gehen. Und du, Rajani musst deinen Rock ausziehen. Vielleicht passt dir eine Hose von uns», rief Felix, der wieder der alte war und sogar etwas Spaß an der Aktion zu haben schien.

Wenige Minuten später waren die Mädchen nicht wiederzuerkennen. Ihre Haut, befreit von dem erstickenden Kleister, erstrahlte im matten Schmelz der Jugend, und sogar Rajani nahm man die noch immer leicht verfärbte Augenpartie als die Folge eines Sturzes ab. In einer von Felix' Hosen sah sie zwar nicht sehr attraktiv, dafür aber umso seriöser aus.

«Wir gehen jetzt in die Bar des Hotels und durch den hinteren Ausgang in eine Nebenstraße der Veer Nariman Road. Gebt Euch so natürlich wie möglich und befolgt genau unsere Anweisungen», sagte Fred zu den erstaunten Frauen.

Felix öffnete die Zimmertür und befahl der kleinen Gruppe, keinen Lärm auf dem Flur zu machen.

Als sie auf den Fahrstuhl warteten, gesellte sich ein Ehepaar zu ihnen. Die drei Freunde und ihre Begleiterinnen hielten gleichzeitig die Luft an, aber das Ehepaar nahm keine Notiz von ihnen.

In der Lobby gingen sie an einem verblüfften Concierge vorbei, der jedoch angesichts des Trinkgeldes, das Felix ihm am Vortag zugesteckt hatte, diskret den Blick abwand.

Das Flavours Cafe war brechend voll. Vor der Bar hatte sich eine Traube vergnügter Menschen gebildet, die sich zuprosteten und den small talk genossen. Und sogar zwischen den Tischen standen Gäste, die keinen Sitzplatz gefunden hatten. Niemand achtete deshalb auf die Männer, die in Begleitung dreier Frauen, das Lokal betraten. Auf Anweisung von Fred, gesellten sie sich zu den Gästen an der Bar und taten so, als seien sie ein sorgloses Grüppchen in Feierabendstimmung.

Nach einer Weile schob Christian sich durch die dicht beieinanderstehenden Menschen und hielt vor dem Pflanzentrog an. Fred, Felix und die Mädchen taten es ihm gleich. Fred befahl den Mädchen zu lächeln und zu plaudern und verwickelte auch Felix in ein scheinbar interessantes Gespräch. Langsam näherten sie sich der Tür. Christian drückte auf die Klinke. Unmengen von Adrenalin schossen durch ihre Adern.

Die Tür war nicht verschlossen und gab ihnen den Fluchtweg frei. Auf der Straße war es menschenleer. Vorsichtig sahen sie sich um, konnten aber Patels Auto nirgends ausmachen. Sie wagten sich in die hinteren Straßen und schlichen an Bankengebäuden und Juweliergeschäften vorbei, die zu der vorgerückten Stunde geschlossen waren.

Plötzlich blieb Christian vor einem niedrigen Gebäude stehen. Es schien seit längerem unbewohnt zu sein, denn der Vorgarten war von Unkraut übersät. Auch hingen einige Fensterläden schief in den Angeln.

«Hast Du Baghwans Auto gesichtet?», fragte Fred, der neben Christian getreten war.

«Nein, aber unsere zukünftige Werkstatt, was hältst du davon?», antwortete Christian und zeigte auf das heruntergekommene Haus.

Fred ging um das Gebäude herum. Nirgends brannte Licht, und auch der kleine Garten hinter dem Haus war völlig verwildert. «Wir müssen herausfinden, wem das Gebäude gehört und ob wir es mieten können», meinte Fred.

«Das ist deine Aufgabe», sagte Christian und schenkte seinem verdutzten Weggefährten ein aufmunterndes Lächeln.

Sie gingen ins Hotel zurück, ohne Patels Auto gefunden zu haben. Doch dann, als sie schon beinahe den Hinterausgang zur Bar erreicht hatten, zupfte Asha plötzlich an Freds Hemdsärmel. Stumm zeigte sie auf ein Auto, das unter einem Baum parkte.

«Stand das schon immer dort?», flüsterte Felix in Ashas Ohr.

«Ich glaube schon», antwortete Asha, «weiße Toyotas gibt es hier wie Sand am Meer. Da kann es sein, dass er uns nicht aufgefallen ist.»

Dichte Wolken schoben sich vor den Mond und die unzähligen Sterne und tauchten die Straßen vorübergehend ins Dunkle. Felix schlich sich an das Fahrzeug heran, obwohl Rajani, ihn zurückzuhalten versuchte. Die letzten Meter legte er auf allen vieren zurück. Vorsichtig reckte er seinen Hals bis er durch die hintere Seitenscheibe in das Innere des Wagens spähen konnte. Der Fahrer saß halb liegend vor dem Steuer und schien zu schlafen. Er kroch zurück und bat Rajani, sich den Fahrer näher anzusehen. Handelte es sich bei dem Schlafenden um Baghwan?

Wie eine Raubkatze näherte sie sich geduckt und mit geschmeidiger Lautlosigkeit dem Wagen. Nach endlosen Augenblicken, während denen Christian, Felix und die beiden anderen Mädchen vor Anspannung zu vergehen drohten, kehrte sie zu ihnen zurück. «Ja es ist Baghwan, und er schläft wie ein Stein.»

Schnell näherte Christian sich der Hintertür der Bar und betätigte die Klinke. Sie gab nicht nach. Die Tür war verschlossen.

«Was machen wir jetzt?», fragte Felix, dessen Gesicht im Dunkeln der Nacht sich wie ein heller Kalkfleck abhob.

Christian lächelte ihn an, zog aus seiner Hosentasche einen Schlüssel heraus und schloss die Tür auf.

Ein dumpfer Schrei entfuhr Felix' Brust. Verstört starrte er Christian an, um sogleich angsterfüllt einige Schritte zurückzuweichen.

«Wie bist du an den Schlüssel gekommen?», fragte Fred arglos.

«Er hing an einem Haken an der Wand, und da habe ich Ihn mitgenommen. Ich konnte mir schon denken, dass die

Bar irgendwann schließen würde.»

Sie gingen hinauf in Felix Zimmer, wo dieser den Mädchen erklärte, was sie vorhatten.

«Und welche Rolle habt ihr *mir* zugedacht?», fragte Asha nicht ganz überzeugt.

«Du musst Patel vorerst glauben lassen, dass die Mädchen im Hotel Liebesdienste erbringen und hier weitaus mehr verdienen als im Petite Rose.»

«Vorerst?», fragte Asha gedehnt.

«Ja, vorerst», antwortete Felix. Nachher musst du ihn zu uns ins Boot holen.»

«Er wird niemals mitmachen», rief sie heftig. «Niemals wird er von der Prostitution und dem Menschenhandel seine Finger lassen.»

Vierzehntes Kapitel

Sie bestellten die Mädchen erst für die kommende Woche. Gegen ein fettes Bakschisch erklärte der Concierge sich bereit, noch weitere Prostituierte aus dem Petite Rose anzufordern. «Aber nur unter der Bedingung, dass ihr hier kein Bordell einrichtet», beschwor er Fred, der ihm etwas von einer Party bei Freunden ausserhalb des Hotels vorschwafelte. Der Portier wollte Fred nicht so recht glauben, aber ein Notenbündel, welches dieser diskret über die Empfangstheke schob, erstickte alle seine Bedenken im Keim. Und solange sein Hotel sauber blieb…

Es war ebenfalls der Concierge, der ihnen half, den Besitzer ihrer zukünftigen Werkstatt ausfindig zu machen. Dafür musste ein weiteres Bündel Rupien in die Tasche seiner Uniformjacke wandern.

«Der Typ hat uns ganz sicher mit der Miete übers Ohr gehauen», meinte Felix, nachdem der Mietvertrag unterschrieben worden war.

«Dafür können wir den Raum sofort nutzen und mit unserer Arbeit beginnen», beschwichtigte ihn Christian.

«Und wenn es nun doch nicht klappt und wir es nicht schaffen, den Mädchen zu einer menschenwürdigen Existenz zu verhelfen?», fragte Felix unsicher, als sie vor der Kasse von *Shaco Industries* standen, um für die fünf von ihnen gekauften Nähmaschinen zu bezahlen.

«*Wenn euer Vertrauen auch nur so groß ist wie ein Senfkorn…*»

«Christian, hör auf, mich mit deinem törichten Senfkorn zu nerven», fauchte Felix und streckte der Kassiererin seine Kreditkarte entgegen.

«Komm, lass uns etwas trinken gehen», schlug Christian vor. «Eine Erfrischung wird uns guttun.»

«Du meinst, ich sollte mein Temperament abkühlen?»

Christian antwortete nicht, führte ihn aber in ein kleines nahegelegenes Restaurant. «Chai-Tee», sagte er zu dem Kellner, nachdem sie an einem Zweiertisch Platz genommen hatten.

«Ich will aber keinen Tee», murrte Felix.

«Warte es ab», antwortete Christian und lehnte sich in seinem Stuhl zurück.

Wenig später erschien der Kellner mit zwei Gläsern eisgekühltem Chai. Skeptisch nippte Felix an seinem Glas, nahm aber sogleich einen kräftigen Schluck, nachdem das nach Kardamom, Ingwer, Zimt und Nelken duftenden Getränk seine Sinne betört hatte. Nach dem zweiten Glas fühlte er sich beschwingt und zugleich beruhigt. «Woher kennst du Chai? Du warst doch noch nie in Indien?»

Christian antwortete nicht, schenkte ihm aber ein unergründliches Lächeln, und Felix schmunzelte.

In der Werkstatt war die Luft so stickig und abgestanden, dass dringend Ventilatoren benötigt wurden. Auch Tische und Stühle gab es keine. Beide Bestellungen sollten in zwei Tagen geliefert werden. Ebenfalls mussten Lampen gekauft werden, damit die Mädchen vernünftiges Licht bei ihrer nächtlichen Arbeit hätten.

«Ich bin müde», sagte Felix zu Christian, als die Sonne sich anschickte, ins Meer einzutauchen und der Mond zögernd hinter einer Wolke hervorkroch.

«Wir benötigen noch schwarze Pappbögen», entgegnete Christian.

«Wozu brauchen wir um Himmels Willen schwarze Pappe?», fragte Felix entgeistert.

«Um die Fenster abzudecken, oder willst du, dass Baghwan uns schon in der ersten Nacht entdeckt?»

Felix sah Christian verblüfft an. Er konnte es noch immer nicht fassen, dass der weltfremde Sonderling auf dem Flug nach Singapur sich in einen derart schlauen Fuchs verwandelt hatte.

Als sie ins Hotel zurückkamen trafen sie in der Lobby auf Fred, der sich auf die Suche nach Stoffen gemacht hatte.

«Kommt zu mir aufs Zimmer», rief er aufgeregt. «Ich möchte euch zeigen, was ich gekauft habe.»

Felix und Christian folgten ihm und blieben ungeduldig vor der Tür stehen, während Fred seine Karte immer wieder in den Schlitz oberhalb der Klinke steckte, ohne dass diese sich öffnen ließ.

«Gib mir die Karte», sagte Felix. «Du bist viel zu nervös.»

Als sie das Zimmer betraten, erblickten sie unzählige Plastiksäcke auf dem Bett.

«Hast du ganz Mumbai leergekauft?», fragte Christian belustigt.

Fred enthüllte seine Schätze, die seinen Kameraden Rufe der Begeisterung entlockten.

«Du musst ein Vermögen dafür ausgegeben haben», meinte Felix als er die schwarze Organza-Stickerei durch seine Finger gleiten ließ, um gleich darauf den Seidenchiffon mit weißen Punkten auf gelbem Grund andächtig zu betrachten.

«Nein, ganz und gar nicht. Ich habe auf meinem Streifzug durch Colaba ein Geschäft entdeckt, wo ich das hier gekauft habe», antwortete Fred und zeigte auf die ausgebreiteten Stoffe. «Mrs. Sharma Astari, die Besitzerin des Ladens ist ganz reizend und hat mir versichert, dass sie uns bei größeren Mengen mit dem Preis entgegenkommen würde», fügte er mit einem strahlenden Lächeln hinzu.

Felix und Christian tauschten einen vielsagenden Blick aus, der Fred bis zu den Haarwurzeln erröten ließ.

Die nächsten Tage waren sie mit der Einrichtung der Werkstatt voll und ganz beschäftigt. Felix machte die feuchte Hitze zu schaffen, zumal er körperliche Arbeit nicht gewöhnt war, aber er hielt tapfer durch.

Immer wieder kundschafteten sie die Umgebung der

Nähwerkstatt aus und prüften auch andere Schleichwege für den Fall, dass Baghwan keinen Parkplatz in unmittelbarer Nähe des Hotels fand.

Die Mädchen sollten am nächsten Abend zu ihnen kommen.

Der Concierge hatte Mr. Patel gebeten, ihm noch zwei weitere Prostituierte zu schicken. «Wieso auf einmal so viele?», hatte ihn der Bordellbesitzer misstrauisch gefragt. «Lange Zeit ist nur Rajani gekommen, aber seitdem diese drei feinen Pinkel im Petite Rose aufgekreuzt sind, ist plötzlich alles anders geworden, und morgen soll ich dir bereits fünf Huren ausleihen. Wären wir beide nicht so lange im Geschäft, würde ich meinen, dass du mich reinlegen willst.»

Dem Portier gelang es, den Zuhälter zu beschwichtigen, indem er ihm erzählte, dass seine Gäste die Mädchen auf eine Party mitnehmen wollten. «Sie werden dort als Callgirls auftreten und für die Nacht ein Vielfaches von ihrem sonstigen Lohn bekommen. Deshalb sollten sie auch dezenter geschminkt sein und nicht so hautenge Klamotten tragen. Saris wären angebracht.»

«Bist du auch sicher, dass du mich nicht verarschst? Du weisst, Baghwan versteht keinen Spass, wenn es um mich und meine Huren geht.»

Am Vorabend vor der alles entscheidenden Nacht schaute Felix sich noch einmal die Werkstatt an. Christian und Fred hatten angeboten, mit ihm zu gehen, aber er hatte abgelehnt. Seine Hände zitterten vor Aufregung, als er die Holztür zu dem langgezogenen Raum aufsperrte, in dem es immer noch feucht roch. Er machte kein Licht, als er die Fenster öffnete, um die Nachtluft hineinströmen zu lassen. Sie brachte keine Kühlung, aber Felix hatte das Gefühl, dass ein Duft von Jasmin sich über den Moder legte.

Nachdem er die Fenster geschlossen und die Abdunkelung zurechtgerückt hatte, knipste er die Lampen an, die den Raum in ein helles, angenehmes Licht tauchten. Fred hatte auf nackte Glühbirnen bestanden. «Die sind billiger», hatte er gesagt. «Wir sollten mit unserem Geld sparsamer umgehen.»

Felix, der sich mit Sparen schwertat, überhörte seinen Einwand, zumal es *sein* Geld war, das er in die Werkstatt hineingebuttert hatte. Befriedigt ließ er seinen Blick über die hintereinander aufgestellten Tische gleiten. Auf fünf von ihnen standen Nähmaschinen und Körbe mit allerlei Nähzubehör. Auf den beiden anderen lagen Scheren, Schnittmuster, und Stoffe. Im Raum war es unerträglich heiß. Er hoffte aber, dass die Ventilatoren am nächsten Morgen eintreffen würden.

Nach einer halben Stunde verließ er die Werkstatt. Er blickte sich angespannt um, aber seine Vorsicht war unnötig, denn alles blieb still. Auch in der Lobby erregte er kein Aufsehen. Er war nur ein Gast wie jeder andere auch, der von einem nächtlichen Streifzug durch Mumbai ins Hotel zurückkehrte.

Fünfzehntes Kapitel

Verena saß im Garten und trank an diesem Morgen ihre zweite Tasse Kaffee. Sie dachte über den bevorstehenden Abend mit René nach und wusste nicht, ob sie sich darauf freuen sollte oder nicht. Sie hatte René in Estoril, dem Badeort an der Westküste Lissabons kennengelernt.

Nach Felix' Abreise nach Jambi, wo er nie angekommen war, hatte sie nichts mehr über ihn in Erfahrung gebracht. Sie war es gewohnt, dass er auf seinen Geschäftsreisen selten von sich hören ließ. Aber diese letzte Geschäftsreise war nicht so verlaufen, wie die anderen. Felix war an seinem Zielort nicht angekommen, und keiner wusste, wo er sich aufhielt.

Sie hatte immer wieder versucht, ihn über sein Handy zu erreichen und ihm zahlreiche Mails geschickt. Aber weder hatte er ihre Nachrichten beantwortet noch sein Mobiltelefon eingeschaltet. Sie war lediglich auf der Combox gelandet, deren monotone Aufforderung, *bitte rufen Sie später an, der Mobilteilnehmer kann momentan nicht erreicht werden* sie nicht mehr ertragen konnte. Und dabei hatte sie sich auf seine Rückkehr so sehr gefreut!

Nachdem sie die Mappe hinter der Kommode entdeckt hatte, war ihr Felix plötzlich in einem ganz anderen Licht erschienen. Sie hatte begonnen, Pläne für eine völlig neue, gemeinsame Zukunft zu schmieden und sehnsüchtig auf eine Nachricht von ihm gewartet.

Als er vor seiner Abreise nach Jambi in den schicken Cordhosen, dem taillierten weißen Hemd und der blauen Strickjacke, die Aktentasche salopp über die rechte Schulter gehängt und den Koffer in der linken Hand die Treppe hinabgestiegen war, hatte sein Anblick ihr den Atem verschlagen. Für einen Moment hatte ihr Herzschlag ausgesetzt. Sie wäre ihm am liebsten nachgelaufen, hätte sich ihm an den Hals geworfen, sein Gesicht mit Küssen bedeckt und ihn gebeten zu bleiben. Stattdessen war sie, zur Salzsäule erstarrt, auf dem oberen Treppenabsatz verharrt und hatte ihn gehen lassen.

Anders als sonst, war sie auch Tage nach seiner Abreise immer noch von einer tiefen Niedergeschlagenheit befallen.

Jeden Morgen war sie statt einer Stunde fast zweieinhalb Stunden gejoggt und vor Erschöpfung fast umgefallen, aber auch das hatte nichts geholfen. Und dann hatte sie sich entschieden, einige Tage wegzufahren. Ein Tapetenwechsel würde ihr guttun und sie vielleicht von ihrer ständigen Grübelei ablenken.

Mit der Post war ihr ein Reiseprospekt ins Haus geflattert. Sie hatte ihn in den Papierkorb werfen wollen, als das Bild auf der ersten Seite ihre Aufmerksamkeit erregt hatte. Die rote Hängebrücke, die sich über dem Tejo Fluss spannte und die weißen Häuser Lissabons, die sich, der Küste entlang, wie Perlen aneinanderreihten, hatten sie augenblicklich verzaubert. Und da wusste sie es. Sie würde für einige Tage nach Portugal fahren.

Der nette Angestellte bei Kuoni hatte sie gefragt, ob sie allein reisen würde, und als sie seine Frage bejaht hatte, hatte er ihr das charmante Boutique Hotel *Inglaterra* in Estoril empfohlen. «Hier werden Sie sich wohlfühlen», hatte er ihr versichert. Er hatte gleich gemerkt, dass Verena, trotz ihres unscheinbaren Aussehens, eine Frau mit Klasse und Stil war, die gewohnt war, in guten Unterkünften abzustei gen.

«Estoril ist ruhiger als Lissabon, und mit dem Vorortzug sind Sie in etwa zwanzig Minuten in der Stadt», hatte er gemeint. «Und wenn Ihnen der Sinn nach einem Sprung ins Meer steht, ist es vom Hotel nicht weit bis zum Strand.»

Sie hatte sich schnell entschieden und eine ganze Woche gebucht.

Zuhause war sie ihren Kleiderschrank durchgegangen. Mit Ausnahme von Jeans, aus der Mode gekommenen Hosen und verwaschenen Blusen hatte dort nichts Brauchbares für einen Urlaub am Meer gehangen.

Ihr Blick hatte das rote Abendkleid gestreift, mit dem sie Felix zu einem Betriebsfest begleitet hatte. Wie lange mochte das her sein, hatte sie sich wehmütig gefragt und den Bügel mit dem Kleid in die hinterste Ecke der Kleiderstange geschoben.

Sie war ins Stadtzentrum gefahren, um einige Sommerkleider, ein Paar Sandalen und einen Hut zu kaufen. Auf dem Weg zur Tramhaltestelle war sie bei *Pierre*, dem Friseursalon am Bahnhofsplatz vorbeigekommen. Sie hatte der Kundin, die aus dem Geschäft hinausgetreten war, mit offenem Munde nachgeschaut. Das frech geschnittene und frisch gewaschene Haar hatte im Sonnenschein geschimmert und der Frau eine Aura von Eleganz und Lässigkeit verliehen.

Kurz entschlossen war sie in den Salon getreten und hatte gefragt, ob jemand Zeit für sie hätte. Sie hatte Glück gehabt. Eine kurzfristige Absage hatte es dem einem Mitarbeiter erlaubt, sich ihrer anzunehmen.

Der Angestellte hatte sie prüfend angeschaut und gefragt, ob er etwas Neues ausprobieren dürfte. Sie hatte seine Frage mit einem gleichgültigen Kopfnicken beantwortet. Schlimmer als sie jetzt mit dem unvorteilhaften, mausgrauen Haarschnitt aussah, konnte sie nicht zugerichtet werden.

«Kann ich Ihnen auch einige blonde Strähnen machen? Sie würden Ihr Haar beleben», hatte der Friseur nachgeschoben.

Verena hatte gelangweilt genickt und sich in ihren Krimi vertieft.

Die Frau, die den Friseursalon eineinhalb Stunden später verlassen hatte, war nicht wiederzuerkennen gewesen. Der kecke Schnitt mit dem gestuften Pony, der ihr schräg ins Gesicht fiel und die hellen Strähnchen, die das graue Haar plötzlich lebendig aussehen ließen, verliehen Verena ein neues Aussehen. Aus der fahlen und unscheinbaren Mitte-Fünfzigerin war eine frische und attraktive Frau geworden, die hier und dort verstohlene Männerblicke auf sich zog.

Zu Hause angekommen, hatte sie sogleich die beiden Sommerkleider auf dem Bett ausgebreitet und sie mit einem zufriedenen Lächeln begutachtet. Dann hatte sie die weiß-goldenen Sandaletten, die modischen Flipflops und die mit *Swarovski*-Steinen verzierten Ballerinas von *Kennel und Schmenger* dazugestellt und den hübschen Strohhut zu den Kleidern gelegt. Ja, der Einkauf war wahrlich ein voller Erfolg gewesen. Anschließend war sie ins Badezimmer gegangen und an der Türschwelle über eine herumliegende Birkenstocksandale gestolpert. Sie konnte sich gerade noch am Waschtisch festhalten, bevor sie gestürzt wäre.

Erschrocken hatte sie auf die von Felix so verhasste Fußbekleidung gestarrt, sie in die Hand genommen und aufmerksam betrachtet. Die Birkenstock waren zwar überaus bequem, und sie hatte sie bis jetzt heißgeliebt. Aber sexy waren sie nicht, auch wenn Ashley Olsen und Selma Blair bekennende Birkenstock-Fans waren.

Mit einem Mal hatte sie Felix' Abneigung gegen die Sandalen nachempfinden können. «Weg mit den Dingern», hatte sie gemurmelt und den zweiten Schuh, der etwas weiter, ebenfalls am Boden lag, aufgehoben. Dann hatte sie sich in die Küche begeben und die Sandalen in den Abfalleimer gestopft.

Gleich am zweiten Tag nach ihrer Ankunft im Hotel Inglaterra hatte sie René kennengelernt.

Nach einem ausgedehnten Stadtbummel durch die Strassen Lissabons und der Besichtigung des über der Stadt thronenden Castel *São Jorge* war sie erschöpft ins Hotel zurückgekehrt.

Sie hatte nicht in einem der lärmigen Lokale der Stadt essen wollen, sondern das Hotelrestaurant vorgezogen.

Während sie auf die Seezunge mit Petersilienkartoffeln wartete, hatte sie vor einem Glas *Planalto* Weißwein den Tag noch einmal Revue passieren lassen. Der atemberaubende Blick von der Aussichtsterrasse des *Elevador Santa Justa,* dem Personenaufzug im Stadtzentrum, die abenteuerliche Fahrt mit der gelben Strassenbahn Nr. 28 durch abschüssige Gassen, das alte Castel, dem Lissabon zu Füßen lag, das alles hatte sich in ihrem Kopf zu einem farbenprächtigen und eindrücklichen Kaleidoskop der Sinne zusammengefügt und sie in Hochstimmung versetzt.

«Darf ich mich zu Ihnen setzen?», hatte eine tiefe Stimme sie aus ihrem Tagtraum herausgerissen.

Sie hatte erstaunt in das wettergegerbte Gesicht eines großen Mannes mit leicht zerzaustem, blondem Haar geblickt.

«Wie Sie sehen», war er fortgefahren, «ist das Restaurant bis auf den zweitletzten Platz besetzt, und der letzte ist an Ihrem Tisch». Der Schalk hatte ihm aus den freundlichen, braunen Augen geschaut, und sein voller Mund hatte sich zu einem breiten Grinsen verzogen.

War es ihre gehobene Stimmung, oder die Enttäuschung darüber, dass sie noch immer keine Nachricht ihres Mannes erhalten hatte, Verena wusste nicht mehr, was sie dazu bewogen hatte, dem Fremden ein belustigtes Lächeln zu schenken und ihm mit einer lässigen Handbewegung zu bedeuten, dass er auf dem freien Stuhl ihr gegenüber Platz nehmen dürfe.

«Herzlichen Dank für Ihre Großzügigkeit», hatte der Unbekannte gesagt und sich an ihren Tisch gesetzt.

Verena hatte ihren unvermittelten Tischgefährten argwöhnisch gemustert. Sein dunkelblauer, gutgeschnittener Blazer und das blütenweiße Hemd standen in befremdlichen Kontrast zu seinem leicht zerzausten, glatten Haar, das ihm ständig über die Augen fiel, und das er mit einer saloppen Handbewegung immer wieder aus dem Gesicht strich.

«Darf ich mich vorstellen? Ich heiße René Egli, bin Schriftsteller und habe gerade mit meinem vierten Roman, der in Lissabon spielt, begonnen.

René hatte viel aus der Bücherwelt und dem Verlagswesen zu erzählen gewusst, einer Welt, mit der sie bis anhin nicht vertraut gewesen war.

Zu Verenas und Renés Leidwesen, war der Abend wie im Flug vergangen, weshalb sie sich für den nächsten Morgen zu einem Spaziergang verabredet hatten.

«Die Strandpromenade entlang des Atlantiks bis zu dem malerischen Städtchen Cascais ist wunderschön. Dort könnten wir nach unserem Spaziergang zu Mittag essen. Ich kenne da ein kleines Lokal, in dem es göttlichen Fisch gibt.»

«Sie sind wohl nicht zum ersten Mal hier?» hatte Verena von ihm wissen wollen.

«Nein, Portugal hat mich schon beim ersten Mal, vor fünfzehn Jahren verzaubert, und seitdem versuche ich, jedes Jahr einige Zeit in diesem wunderschönen und gastfreundlichen Land zu verbringen.»

Er hatte auf seine Armbanduhr geschaut. «Es war ein anregender und schöner Abend, für den ich Ihnen herzlich danke. Aber es ist trotzdem spät geworden. Sollen wir uns morgen um 10.00 Uhr in der Lobby treffen?»

Sie hatte gelächelt und ihm die Hand entgegengestreckt.

Er hatte sie genommen und zu einem angedeuteten Handkuss bis vor seine Lippen geführt.

«In Portugal ist es noch üblich, dass man einer Dame die Hand küsst», hatte er mit einem Lächeln erklärt und sich von einer verdutzt dreinblickenden Verena verabschiedet.

Sie hatten in Cascais einen wunderschönen Tag verbracht. Wie René es vorausgesagt hatte, war der Fisch himmlisch, der Salat knackig und aromatisch und die *Bica*, der kleine starke Kaffee, ein großartiger Muntermacher gewesen.

René war am Abend nach Zürich abgeflogen, um am kommenden Tag eine Lesung im Restaurant *Kaufleuten* abzuhalten. Vorher hatten sie jedoch noch ihre Telefonnummern ausgetauscht.

Sie hatte geglaubt, dass es sich bei René lediglich um eine flüchtige Urlaubsbekanntschaft handelt, und dass sie nie wieder etwas von ihm hören würde. Doch schon am Abend nach ihrer Rückkehr hatte er sie angerufen und sie für den kommenden Tag zu einem Abendessen eingeladen.

«Damit wir unsere anregenden Gespräche fortführen können», hatte er mit seiner angenehmen, tiefen Stimme gesurrt, und, nachdem noch immer keine Nachricht von Felix eingetroffen war, hatte sie zögernd zugesagt.

Nach der zweiten Kaffeetasse ging Verena ins Haus, um die Post zu holen, die der Briefträger um diese Zeit bereits in ihrem Briefkasten deponiert hatte.

Sie trat wieder in den Garten hinaus und sichtete den dünnen Stapel, den sie auf den Tisch gelegt hatte.

Da war die Ansichtskarte einer Freundin, die in Sizilien Urlaub machte, ein Schreiben vom Auktionshaus Maienfelder, welches ihr mitteilte, dass die Puppenkommode ihrer Großmutter leider keinen Abnehmer gefunden hatte und ein an Felix adressierter Brief der Kreditkartenfirma. Für einen kurzen Moment wollte sie ihn ungeöffnet zur Seite legen, verwarf aber sogleich den Gedanken. Vielleicht gab

142

das Schreiben Auskunft über den Aufenthaltsort ihres Mannes.

Mit zittrigen Fingern riss sie den Umschlag auf, zerrte das Schreiben heraus und entfaltete es. Erschrocken starrte sie auf den fälligen Saldo über 9 760 Franken.

Sie schaute sich die einzelnen Buchungen genauer an und konnte ihren Augen nicht trauen: Mit der Kreditkarte waren ein Paar Herrenschuhe von *Joy Shoes*, *Taj Mahal Place*, Mumbai, fünf Nähmaschinen von *Shaco Industries*, Mumbai 4 erstanden, sechs Barauszahlungen von je 20 000 Rupien an verschiedenen Geldautomaten in Mumbai bezogen, sowie etliche Ventilatoren von *Horne Turbo Wind Ventilators*, ebenfalls in Mumbai, gekauft worden.

Was hatte dies alles zu bedeuten?

Um sie herum begann sich alles zu drehen. Sie klammerte sich an den Armlehnen des Gartenstuhls fest, bis sich der Schwindel gelegt hatte. Sie griff nach der Kaffeetasse und trank einen Schluck des bereits erkalteten Kaffees, der in ihrem Mund einen bitteren und vergorenen Geschmack hinterließ. Sie zitterte noch immer so stark, dass sie etwas von dem Gebräu verschüttete, das sogleich einen Teil der Kreditkartenabrechnung in eine braune Lache verwandelte.

Wie konnte ihr Leben auf einmal nur so aus den Fugen geraten sein? Ihr Mann, mit dem sie eine mehr als unbefriedigende Ehe führte, den sie aber trotz allem immer noch liebte, war nicht zu einer wichtigen, von seinem Arbeitgeber einberufenen Konferenz erschienen. Stattdessen war er auf rätselhafte Weise nach Mumbai gelangt, wo er allerlei ihr unverständliche Dinge erstanden hatte. Nach fast zwei Wochen hatte er es noch immer nicht für nötig empfunden, ein Lebenszeichen von sich zu geben. Wenn der Abstecher nach Indien nicht kurzfristig von seiner Firma aus organisiert worden war, was sie als unwahrscheinlich erachtete, hatte Felix sich in große Schwierigkeiten gebracht. Und was sie betraf, war sie jetzt drauf und dran, ihr bisheriges Leben auf den Kopf zu stellen und sich mit einer Ferienbekanntschaft einzulassen. Aber stand ihr Leben nicht bereits auf dem Kopf?

Ihre Gedanken kreisten erneut um den bevorstehenden Abend. Am liebsten hätte sie die Verabredung mit René abgesagt, sich ins Bett gelegt, die Decke über den Kopf gezogen und ihre missliche Lage für einige Stunden ausgeblendet. Sie wusste wahrlich nicht, wie ihre Zukunft aussehen würde, jedoch eins wusste sie mit Gewissheit. Bevor sie sich heute Abend mit René traf, musste sie versuchen herauszufinden, was es mit Felix Aufenthalt in Indien auf sich hatte.

Sechzehntes Kapitel

Marga Vogt saß schlechtgelaunt hinter ihrem Schreibtisch. Seit drei Tagen hatte sie einen neuen Chef. Herr Dr. Bärbeiss, ein altmodischer, aber sehr zielstrebiger und fleißiger Finanzmathematiker, der auf der zweithöchsten Sprosse der Karriereleiter innerhalb des Konzerns stand, war in aller Eile interimsweise von Deutschland nach Zürich abkommandiert worden, um den von Guntens angerichteten Schaden zu begrenzen.

Er hätte keinen passenderen Namen tragen können. Wortkarg betrat er jeden Morgen das Büro und brachte kaum die schmalen Lippen auseinander, um seine Assistentin mit einem knappen «Guten Morgen» zu begrüßen.

Während der nächsten Stunde verschwand er in seinem Arbeitszimmer, wo er nicht einmal für eine Tasse Kaffee gestört werden wollte. Diese hatte er ihr als Erstes in barschem Ton untersagt. Danach riss er die Verbindungstür zu ihrem Büro auf und rief sie zum Diktat.

Marga hatte vor einigen Jahren gut stenografieren können. Jetzt war sie jedoch aus der Übung. Felix hatte nie diktiert, sondern ihr lediglich gesagt, was sie diesem oder jenem Geschäftspartner zu schreiben hatte, und sie hatte die Briefe, mit denen er stets sehr zufrieden gewesen war, selbständig verfasst. Marga stenografierte immer noch recht passabel, aber Bärbeiss sprach so schnell, dass sie ihm kaum folgen konnte.

Sobald sie aus seinem Büro trat, setzte sie sich an den Computer und hackte die Briefe hinein. Doch manchmal konnte sie die in der Eile niedergeschriebenen Sätze nicht entziffern und gab sie sinngemäß wieder.

Bärbeiss verfügte über ein erstaunliches Gedächtnis, welches ihn jede auch noch so kleine Abweichung scharf kritisieren ließ.

Ach, wie stressig und zugleich öde war doch ihr Büroalltag geworden! Wehmütig dachte sie an die Zeit zurück, während der sie die Assistentin von Felix von Gunten gewesen war.

Felix war mit seinen Launen kein leicht zu ertragender Chef gewesen, aber nur schon der Anblick seiner Erscheinung – von ihrer stürmischen und leidenschaftlichen Affäre ganz zu schweigen – hatte sie für manche Unzulänglichkeit entschädigt.

Ihre Wehmut schlug plötzlich in Zorn um. Was um alles in der Welt hatte ihn dazu bewogen, in Indien zu bleiben? Ihm allein und seinem mysteriösen Verschwinden hatte sie es zu verdanken, dass sie sich jetzt mit Bärbeiss herumschlagen musste.

Immerhin hatte er seine Drohung, ihre sofortige Kündigung zu veranlassen, noch nicht wahrgemacht.

Das Telefon auf ihrem Schreibtisch gab ein schnarrendes Geräusch von sich und riss Marga Vogt aus ihren Gedanken.

«Vogt», meldete sie sich, wobei aus dem einen Wort ein verhaltener Zorn deutlich herauszuhören war.

«Hier ist Martin Gfeller vom Empfang. Bitte entschuldigen Sie die Störung, aber bei mir ist eine Dame, die Sie unbedingt sprechen möchte.»

«Wer ist sie?»

«Sie wollte ihren Namen nicht nennen, aber es scheint wichtig zu sein.»

Bärbeiss war an einer auswärtigen Besprechung. Sie konnte ihre Arbeit also getrost für einige Minuten unterbrechen und herausfinden, wer die geheimnisvolle Besucherin war und was sie von ihr wollte.

«Sind Sie noch da?», fragte Gfeller ungeduldig.

«Ja», sagte Marga. «Führen Sie die Dame ins Besprechungszimmer im Erdgeschoss und richten sie ihr aus, dass ich gleich dort sein werde», wies sie den Portier in leicht ge reiztem Ton an und legte auf.

Marga fuhr sich mit einer Bürste schnell durch das Haar, kramte aus ihrer Handtasche einen Taschenspiegel und einen hellroten Lippenstift hervor und zog sich den Mund nach. Dann fuhr sie mit dem Aufzug hinab zum Besprechungszimmer.

Als Marga die Tür des Sitzungsraumes öffnete, stand die unbekannte Frau am Fenster, den Rücken ihr zugewandt. Bei dem von Marga verursachten Geräusch drehte sie sich um und kam mit ausgestreckter Hand auf sie zu. Die Fremde war äußerst attraktiv: Sie trug ihr graues mit blonden Strähnen durchzogenes Haar kurzgeschnitten. Ein Haarbüschel fiel ihr keck ins Gesicht, das zart gebräunt war. Ihre großen blauen Augen, die von einem dichten Wimpernkranz umgeben waren, blickten sie mit einer Mischung aus Erwartung und Verunsicherung an. Sie war schlank und trug einen teuren Hosenanzug, unter dessen Jacke der Kragen einer gelb und weiß gepunkteten Bluse hervorschaute, und ihre Füße steckten in den legendären zweifarbigen Pumps von *Chanel*.

Marga registrierte diese Details innert Sekundenschnelle und war jetzt richtig neugierig, die Identität dieser anmutigen Frau zu erfahren.

«Danke, dass Sie so kurzfristig Zeit für mich haben», sagte die Fremde mit einem Lächeln, das eine Reihe ebenmäßiger und schneeweißer Zähne enthüllte.

Marga nahm ihre ausgestreckte Hand und blickte sie fragend an.

«Gestatten Sie mir, dass ich mich erst jetzt vorstelle. Beim Empfang wollte ich meinen Namen nicht preisgeben. Unter den gegebenen Umständen erschien mir das nicht sehr zweckmäßig. Ich bin Verena von Gunten.»

Marga Vogt hielt in ihrer Bewegung inne und starrte Felix Frau mit offenem Munde an. Das war sie also, Felix hübsche, schlanke und reizende Frau, die er ihr gegenüber als eine vorzeitig verblühte Gattin beschrieben hatte, die mit ihren Birkenstocksandalen jede seiner sinnlichen Regungen im Keim erstickte.

Marga brachte ein säuerliches Lächeln zustande, als sie Verena von Gunten bat, am Besprechungstisch Platz zu nehmen. Sie bot ihr keinen Kaffee an, sondern saß ihrer Besucherin steif gegenüber.

Verena spürte die ihr entgegengebrachte Feindseligkeit, aber sie ließ sich nichts anmerken. Stattdessen kramte sie aus ihrer Handtasche einen bräunlich befleckten Bogen Papier heraus, den Marga an den drei Logos rechts oben auf der Seite, sogleich als Kreditkartenabrechnung erkannte.

Verena schob das Papier zu Marga hinüber.

«Können Sie hiermit etwas anfangen?»

Trotz der bräunlichen Verfärbung gelang es Marga die offensichtlich in Mumbai erfolgten Buchungen über Herrenschuhe, Nähmaschinen und Ventilatoren zu entziffern und war darüber genauso erstaunt, wie Verena es am Vormittag gewesen war.

Marga runzelte die Stirn. «Tut mir leid, aber ich kann mir keinen Reim darauf machen.»

«Hat mein Mann Ihnen gegenüber nie etwas erwähnt, dass Sie auf eine Reise nach Indien hätte schließen lassen?»

«Vor drei Wochen sollte er zu einer Konferenz nach Delhi reisen. Ich habe ihm für Indien ein Visum ausstellen lassen, aber dann wurde die Besprechung kurzfristig abgeblasen.»

«Dann hat er also immer noch ein gültiges Visum», bemerkte Verena nachdenklich.

«Kann schon sein».

«Haben Sie gewusst, dass mein Mann in Indien ist?»

Marga bekam es wieder mit der Angst zu tun und schwieg.

«Also, sie wussten es», äußerte Verena verstimmt.

Marga senkte ihren Blick und dachte für einen Moment

scharf nach. «Kommen Sie», sagte sie schließlich zu ihrer Besucherin, «ich möchte Ihnen etwas zeigen.»

Sie führte die Frau ihres ehemaligen Chefs zum Fahrstuhl, fuhr mit ihr in den obersten Stock, ließ sie in ihr Büro eintreten und schloss die Tür.

«Bitte setzen Sie sich», bat sie Verena und deutete auf den Stuhl vor ihrem Schreibtisch. Dann zog sie eine Schublade auf, der sie die Mappe mit Felix' Reiseunterlagen entnahm. «Hier, lesen Sie. Ich habe den Zeitungsartikel aufgehoben. Für alle Fälle.»

Während Verena von Gunten die wenigen Zeilen überflog, versuchte Marga ihre Gesichtsregungen zu deuten: Erstaunen, Verblüffung, Ratlosigkeit und Wut wechselten einander in schnellem Tempo ab.

«Und Sie haben die ganze Zeit davon gewusst und die Tatsache, dass die Maschine meines Mannes in Mumbai notgelandet ist, verschwiegen?!»

Es war mehr eine Feststellung als eine Frage, die Verena, nach Minuten des Schweigens, schließlich hervorbrachte.

«Das war meine Trumpfkarte», erklärte Marga aufsässig. «Ich dachte, wenn ich vorläufig die Notlandung in Mumbai für mich behalte, wird Felix…, also Herr von Gunten, meine fristlose Kündigung nicht veranlassen. Bis jetzt habe ich ihn gedeckt, sodass er in Indien ungestört seinen Geschäften nachgehen konnte.»

Aus Verenas Gesicht war der Ärger nicht mehr wegzudenken. «Dann haben Sie also gewusst, was er in Mumbai vorhatte?»

Marga erkannte, dass sie einen Fehler gemacht hatte. «Nein, natürlich nicht», erwiderte sie hastig, «ich vermute das nur, anhand der Buchungen, die Sie mir gezeigt haben. Ich habe keine Ahnung was er in Indien treibt». Und als Beweis für ihre Aussage, zeigte sie ihr die Kopien der Unterlagen, die den genauen Verlauf der Reise widergaben. «Hier ist auch eine Kopie des E-Tickets. Herr von Gunten hätte direkt nach Singapur und von dort aus nach Jakarta und Jambi weiterfliegen sollen. Herr Hannes Koch, der regionale Direktor in Jambi hat ihm eine dringende Mail geschickt, mit der Bitte ihn noch vor der Konferenz in Jambi zu treffen. Aber Ihr Mann hat das Mail nicht geöffnet. Also habe ich versucht, ihn auf seinem Mobiltelefon zu erreichen, bin aber nur auf seiner Combox gelandet, auf der aber keine Sprachnachrichten hinterlassen werden konnten.»

Trotz ihrer Verstimmtheit glaubte Verena der ehemaligen Assistentin ihres Mannes. Sie hatte die gleiche Erfahrung gemacht. Marga Vogt hatte nichts vom Vorhaben ihres Mannes wissen können. Die Notlandung hatte sich rein zufällig ereignet.

«Warum hatte mein Mann vor, Sie zu entlassen? Sie waren doch schon einige Jahre für ihn tätig?», fragte Verena verblüfft.

Marga wurde von einer Hitzewelle erfasst, die ihr Gesicht dunkelrot färbte.

«Hat er Ihnen denn nichts davon gesagt?», fragte Marga erstaunt.

«Nein, er sagte nur, dass er über Sie verärgert sei, weil Sie ihm einen Platz in der Economyclass gebucht hätten.»

Erleichterung überkam sie. Offensichtlich ahnte Verena von Gunten nichts von dem, was sich zwischen ihrem Mann und seiner Assistentin vor seinem mysteriösen Verschwinden zugetragen hatte. Und das war auch gut so, denn es war sowieso vorbei. Auch wenn Felix wieder bei ihr anklopfen würde, sie würde ihn nicht mehr zurücknehmen.

«Ja, er war in der Tat wütend auf mich. Ich habe mir mit seinen Reisevorbereitungen zu viel Zeit gelassen und zuerst das Tagesgeschäft erledigt», sagte Marga nicht ganz wahrheitsgetreu. «Am nächsten Tag habe ich dann weder einen Platz in Business- noch in Firstclass für ihn bekommen. Sie können mir glauben, ich habe alle Airlines überprüft, aber da war nichts zu machen. Und bevor ich riskierte, gar keine Verbindung aufzutreiben, habe ich ihm einen Platz in der Eco gebucht.»

Auf Verenas Gesicht erschien ein schadenfrohes Grinsen. «Das haben Sie gut gemacht. Einem Felix von Gunten hat es sicherlich nichts geschadet, einige Stunden in Gesellschaft weniger abgehobener Menschen zu verbringen.»

Sie erhob sich und streckte Marga die Hand entgegen. «Bemühen Sie sich nicht, ich finde allein hinaus.»

Marga wollte sie bis zum Fahrstuhl begleiten, aber Verena winkte ab, machte die Tür auf und entfernte sich mit eiligen Schritten.

Verwirrt blieb Marga an ihrem Schreibtisch sitzen. Es fiel ihr schwer, einen klaren Gedanken zu fassen. Eins wusste sie aber mit Sicherheit. Es war klug von ihr gewesen, dem Personalchef den Aufenthaltsort von ihrem Vorgesetzten zu verschweigen, denn die Dinge wurden immer mysteriöser.

Siebzehntes Kapitel

Eine Mischung aus Ratlosigkeit, Enttäuschung und Nervosität hatte sich Verena bemächtigt, als sie das Bürogebäude verließ und in ihren Wagen stieg, der auf dem Besucherparkplatz stand. Sie hatte sich erhofft, von Marga Vogt etwas mehr über das Verschwinden ihres Mannes zu erfahren. Aber außer der Tatsache, dass er nur bis Mumbai gekommen war, hatte Felix' ehemalige Assistentin nichts Neues hinzuzufügen gewusst.

Auf der Heimfahrt fragte Verena sich immer wieder, was diese seltsamen Einkäufe zu bedeuten hatten. Ob eine Frau involviert war? Felix hatte sie oft betrogen, aber eine Frau mit Nähmaschinen und Ventilatoren zu beglücken war einfach nicht seine Art. Es passte alles nicht zusammen.

Sie schloss die Haustür auf, ging in die Küche, nahm die angefangene Weißweinflasche aus dem Eisschrank und schenkte sich ein Glas *Pinot Grigio* ein. Dann ging sie nach draußen und setzte sich an den Gartentisch. Nachdenklich nippte sie an ihrem Glas, wobei ihr Blick sich in den Blumen und Sträuchern verlor. Die Schönheit des von ihr so geliebten und gehegten Ortes nahm sie jedoch nicht wahr. Die in rosa und lila leuchtenden Löwenmäulchen, die dunkelroten Dahlien und der gelbe Sonnenhut, berührten sie an diesem Nachmittag nicht. Und auch die zwischen den Ziergräsern wachsenden Rosen, die bereits ihren üppigen zweiten Blütenschub bildeten, bedeuteten ihr an diesem Tag nichts. Zu groß war die Angst vor dem, was die Zukunft für sie bereithielt.

Auch beschäftigte sie das anstehende Treffen mit René. Sie empfand für ihn Sympathie, die sich vielleicht, im Laufe der Zeit, zu etwas Stärkerem entwickeln könnte. Er war zuvorkommend gewesen und hatte ihr zu verstehen gegeben, dass sie begehrenswert sei, ein Gefühl, das sie schon sehr lange nicht mehr empfunden hatte. Trotzdem, Verena war keine Frau, die sich leichtfertig auf ein Verhältnis einließ und einschneidenden Veränderungen nichts abgewinnen konnte.

Vom Wohnzimmer drangen die vollen Schläge der alten Standuhr bis in den Garten hinaus. Verena stellte erschrocken fest, dass es inzwischen sechs Uhr nachmittags geworden war. In einer Stunde würde René im *Ristorante La Casa* auf sie warten.

Verena war sich noch immer nicht sicher, ob sie René treffen sollte. Was erhoffte sie sich von dem Treffen? Den Beginn einer Freundschaft? Sie musste unwillkürlich lächeln. Männer begnügten sich selten nur mit einer Freundschaft. Sie wollten immer mehr. René Egli war ein Charmeur, der nicht auf der Suche nach der Frau fürs Leben zu sein schien. Und ob sie für eine Affäre bereit war, wusste sie selbst nicht. Andererseits…

Mit all ihrer Willenskraft versuchte sie eine Rechtfertigung für das Unausweichliche – würde sie ins Restaurant gehen – zu suchen, aber es wollte ihr nicht gelingen. Andererseits wusste sie nicht, ob ihr Mann nicht für immer in Indien bleiben würde. Hatte sie da nicht auch das Anrecht auf ein bisschen Glück? Aber was war schon Glück? Lediglich die Gunst der Verhältnisse, oder nur flüchtige Augenblicke der Erfüllung, der unsagbaren Freude, der ungetrübten Wonne?

Sie ließ ihre Ehe kurz Revue passieren. Sie hatte Felix aus Liebe geheiratet und glaubte, ihn nach dreißig Jahren noch immer zu lieben, obwohl die Momente der Erfüllung, der unsagbaren Freude und Wonne längst einer weit zurückliegenden Vergangenheit angehörten. Vielleicht war es ihre Schuld gewesen, dass sie nicht genügend um ihn gekämpft hatte, aber seine ständigen Affären hatten sie nicht nur verletzt, sondern auch erniedrigt, und mit der Zeit hatte das in ihr übrig gebliebene bisschen Stolz jeden Annäherungsver such verhindert.

Es war jetzt zehn nach sechs. Sollte sie, oder sollte sie nicht?

Sie dachte wieder an die eigenartigen Abbuchungen auf der Kreditkartenabrechnung. Unbändiger Zorn überkam sie. Was hatte ihr Mann sich bei der ganzen Übung nur gedacht? Wie konnte er sie über alles im Dunklen lassen? Was er auch vorhatte, sie war noch immer seine Frau und hatte ein Anrecht drauf, mit Respekt behandelt zu werden. Aber Respekt hatte Felix ihr noch nie gezollt. Immer noch zornig, ging sie ins Wohnzimmer, schloss die Terrassentür, ging in die Küche, ergriff ihre Handtasche, die sie beim Betreten des Hauses auf der Küchenzeile abgestellt hatte, und verließ eilig das Haus.

René Egli saß an einem Zweiertisch in der Mitte des modern eingerichteten Lokals und beobachtete angespannt den Eingang. Zum wiederholten Male schaute er auf seine Uhr, auf der die Zeiger jetzt auf zehn nach sieben standen. Warum wurde er das Gefühl nicht los, dass Verena nicht kommen würde, und warum machte ihn das so betrübt?

Er hatte nur einmal mit ihr zu Abend gegessen und im romantischen Cascais unter dem azurblauen Himmel Portugals den folgenden Tag mit ihr verbracht. Reichte das aus, um sich zu verlieben? Dabei wusste er noch gar nichts über sie. Er kam sich vor wie ein unsicherer Jüngling bei seiner ersten Verabredung, dabei hatte er immer gedacht, dass ihn, mit seinen siebenundfünfzig Jahren, nichts mehr so leicht aus der Fassung bringen könnte.

«Möchten Sie gerne noch etwas trinken?», unterbrach der Kellner seine Grübelei.

«Später, vielleicht», antwortete René, den Eingang im Visier behaltend. Als es fast halb acht war, beschloss er zu zahlen und zu gehen. Nun ja, das Leben war voller Enttäuschungen und die Menschen waren dazu da, auf die eine oder andere Weise mit ihnen fertig zu werden. Den Figuren

154

in seinen Romanen erging es nicht anders.

Durch den Eingang wirbelte eine schlanke, in einem weißen Hosenanzug gekleidete Frau, die sich mit suchendem Blick im Restaurant umsah. Als sie René Egli entdeckte, steuerte sie auf seinen Tisch zu. Sie war völlig außer Atem.

«Entschuldigen Sie bitte die Verspätung», keuchte sie. « Ich bin mit dem Tram gekommen», fuhr sie aufgeregt fort. «Sie wissen ja, es ist leichter, im Heuhaufen die sprichwörtliche Stecknadel zu finden, als einen Parkplatz in Zürich.»

René war inzwischen aufgestanden und legte beschützend einen Arm um sie. «Bitte nehmen Sie doch Platz und beruhigen Sie sich erst einmal», sagte er mit seiner tiefen Stimme. «Es ist alles halb so schlimm. Der ganze Abend liegt noch vor uns, und was sind schon ein paar Minuten Verspätung.»

«Eine ganze halbe Stunde ist unverzeihlich», erwiderte sie noch immer aufgebracht, während sie sich endlich setzte. «Und wissen Sie was mich besonders beunruhigt hat?»

René setzte sich und blickte sie entzückt an. Mit ihrem zerzausten Haar, den leichtgeröteten Wangen und den blitzenden Augen, sah sie umwerfend an. Viel anmutiger, ungezwungener und schöner noch, als er sie aus Portugal in Erinnerung hatte. Er musste sich zusammennehmen, um nicht aufzustehen und sie in seine Arme zu nehmen.

«Was denn?», fragte er stattdessen.

«Ich habe mein Mobiltelefon vergessen und konnte Sie von unterwegs aus nicht anrufen. Ich hatte Angst, Sie würden nicht auf mich warten», antwortete Verena verlegen.

«Und ich hatte Angst, Sie würden nicht kommen», entgegnete René.

Sie fielen gleichzeitig in ein befreiendes Lachen ein.

Sie gaben ihre Bestellungen auf. Verena entschied sich für die *St. Petersfisch-Filets* an einer leichten Prosecco-Sauce und René für die *Scaloppine di Vitello all' Aceto Balsamico*.

«Wie war Ihre Lesung?», fragte Verena

«Das wissen Sie noch?»

«Aber natürlich, so lange ist es schließlich nicht her, seit sie mir davon erzählt haben.»

«Es lief gut, ich habe alle Bücher verkauft. Ich will nicht eingebildet erscheinen, aber tags darauf erschien ein Artikel über mich und mein neustes Buch in den *Zürcher Nachrichten*.»

Verena sah ihn ehrfürchtig an. Sie hatte noch nie einen Schriftsteller näher kennengelernt. «Ich könnte nie ein Buch schreiben. Sich eine ganze Geschichte auszudenken, ist schon schwierig genug, diese aber dann zu Papier zu bringen, ohne dabei den Faden zu verlieren, ist eine besondere Leistung.»

«Halb so schlimm», meinte René bescheiden. «Es braucht sicherlich etwas Talent, aber den Rest kann man lernen.»

Der Abend verflog im Nu. Sie hatten nicht bemerkt, dass sie die letzten Gäste waren, erst als es im Lokal merklich stiller geworden war. René beglich die Rechnung und begleitete Verena zum Ausgang.

«Ich fahre Sie nach Hause. Im Gegensatz zu Ihnen habe ich die Stecknadel im Heuhaufen gefunden. Mein Wagen steht gleich da drüben.»

Beschwingt von dem herrlich fruchtigen *Roero Arneis*, dem sie reichlich zugesprochen hatte, war Verena froh, dass René sie nach Hause fuhr. Zudem hatte ein leichter Regen eingesetzt.

Während der kurzen Fahrt sprachen sie kein Wort. Keiner von beiden wusste, wie er den verbleibenden Rest des Abends angehen sollte.

«So da wären wir», sagte René, als er vor der Altbauvilla anhielt. Er stieg aus dem Wagen, ging um ihn herum und öffnete die Beifahrertür.

Der Absatz von Verenas Schuh verfing sich in dem Riemen ihrer Umhängetasche, die sie auf den Boden des

Fahrzeugs abgestellt hatte. Sie stolperte. Er fing sie rechtzeitig auf und zog sie an sich. Dabei roch er den frischen Duft ihrer Haare.

Lange standen sie in einer ersten Umarmung, bis sie den Kopf hob und ihre Lippen zueinander fanden.

«Komm doch noch auf einen Kaffee ins Haus», sagte Verena als sie sich aus seinen Armen löste. Sie war über ihre eigene Forschheit erstaunt, aber die Stunden mit René waren zu schön gewesen, als dass sie ihnen jetzt schon ein Ende setzten wollte.

René zögerte.

«Nun komm schon» forderte sie ihn erneut auf.

Er folgte ihr in die Küche, wo er an dem runden Tisch Platz nahm, während Verena die Kaffeemaschine anließ. Das Mahlwerk machte einen höllischen Lärm, weshalb ihr das akustische Signal ihres Mobiltelefons, das auf der Küchenzeile lag, entging.

«Wohnst du allein hier?», fragte René und sah sich um.

«Jetzt schon», antwortete sie, während sie, den Rücken ihm zugewandt, an der Kaffeemaschine hantierte.

René stand auf. Aus Verenas Antwort glaube er herausgehört zu haben, dass es noch gar nicht so lange her war, seit sie allein in der Villa lebte.

«Ich sollte wohl besser gehen», sagte er, erhob sich von seinem Stuhl und schritt auf die Küchentür zu.

«Nein, warte einen Augenblick,» rief sie ihn zurück. «Ja, ich bin verheiratet, denn das ist es doch, was Du von mir wissen willst, nicht wahr?», fragte sie mit bebender Stimme. Und ohne seine Antwort abzuwarten, fügte sie schnell hinzu: «Mein Mann ist gegenwärtig in Indien, aber ich glaube nicht, dass er zurückkommt».

René starrte sie verdutzt an, und dann erzählte sie ihm die ganze Geschichte ihrer freudlosen Ehe, die mit dem geheimnisvollen Verschwinden ihres Mannes den Tiefpunkt erreicht hatte.

Als sie geendet hatte, kramte sie die Kreditkartenabrechnung aus ihrer Handtasche hervor und zeigte sie ihm. «Ich komme mir vor, als befände ich mich im freien Fall. Lange Zeit war mein Leben von Eintönigkeit bestimmt. Mein Mann hat mich ständig betrogen. Wahrscheinlich fühlte er sich von mir nicht mehr angezogen. Vielleicht hätte ich um ihn kämpfen sollen, aber das bisschen Stolz, das mir noch geblieben ist, hätte dem Kampf nicht standgehalten. Ich habe seine ständigen Affären hingenommen, weil ich überzeugt war, dass es das gewesen ist und das Leben für mich keine Höhenflüge mehr bereithält. Und dann, als ich am Abgrund stand, bist du aus dem Nichts aufgetaucht und hast meine totgeglaubten Gefühle wieder zum Leben erweckt und völlig durcheinandergebracht.»

Sie begann hemmungslos zu weinen. Ihr Schluchzen war herzergreifend.

René nahm sie in seine Arme. Sanft fuhr er ihr über das Haar, bis sie sich wieder beruhigt hatte. Sie aber drückte ihn ganz fest an sich, aus Angst er könnte aus ihrem Leben verschwinden. Dann hob sie den Kopf und suchte erneut seine Lippen. Diesmal war es ein verzweifelter, fordernder Kuss, in dem sich alle ihre Entbehrungen und Sehnsüchte entluden.

Sie zog ihn ins Wohnzimmer auf das Sofa und knöpfte sein Hemd auf.

René hielt sie fest. Verena war eine begehrenswerte Frau. Er war einer Beziehung mit ihr nicht abgeneigt. Aber die Situation war ihm zu unsicher. Er versuchte, sich aus dem tiefen und etwas durchgesessenen Sofa zu erheben, aber Verena zog ihn zurück. Mit weit aufgerissenen, Panik widerspiegelnden Augen, hielt sie ihn an den Händen und fragte: «Hab ich Dich verletzt, magst Du mich nicht?»

«Doch ich mag dich», antwortete er ihr.

Sie ließ seine Hände los, zog die Jacke ihres Hosenanzuges aus, knöpfte ihre Bluse auf und ließ sie zu Boden gleiten.

Dann öffnete sie den hautfarbenen, mit Spitzen besetzten Büstenhalter, unter dem sich ihre wohlgeformten Brüste erregt auf und ab bewegten. Sie machte sich erneut an seinem Hemd zu schaffen, und jetzt wehrte er sich nicht mehr. Sie streifte ihm das Hemd ab und liebkoste mit ihren nackten Brüsten seinen entblößten Oberkörper. Dabei roch er den Duft ihrer Haut, den er tief einatmete, damit er sich immer an ihn würde erinnern können. Und dann zogen beide gleichzeitig ihre restlichen Kleider aus und begannen mit langsamen, zärtlichen Bewegungen, ihre Körper zu erkunden.

Es war nicht der stürmische, unbesonnene Liebesakt der Jugend, sondern eine behutsame Vereinigung zweier Menschen, die sich in Punkto Liebe nichts mehr vormachen mussten.

René verließ das Haus um vier Uhr morgens, nachdem er über die auf dem Sofa tief schlafende Verena behutsam eine Tagesdecke gelegt hatte. Es waren schöne Stunden gewesen, die er mit ihr verbracht hatte, und er hätte sich gewünscht, neben ihr aufzuwachen und, nachdem sie sich erneut geliebt hätten, für sie das Frühstück zu machen. Eine innere Stimme riet ihm jedoch zu gehen.

Wahrscheinlich würde ihr Mann früher oder später aus Indien mit irgendeiner Erklärung zurückkehren. Er mochte ein Schürzenjäger sein, aber der Aufenthalt in Mumbai musste eine andere Bewandtnis haben. Und was würde dann sein?

Verena wurde um neun Uhr morgens durch das Läuten ihres Mobiltelefons geweckt. Sie wusste zuerst gar nicht, wo sie sich befand und sah sich verschlafen und zugleich verwundert in dem großen Raum um. Doch dann fielen ihr sogleich die Ereignisse der letzten Stunden wieder ein, und sie setzte sich kerzengerade auf dem Sofa auf. Sie rief laut nach René, aber er gab keine Antwort. «René, René, bist du im Bad? Ich mach uns Frühstück», rief sie nunmehr hellwach.

Sie bemerkte, dass seine Sachen fort waren. Sie fasste sich an die nackte Brust, um die aufsteigende Beklemmung zurückzudrängen. Wie war es möglich, dass er nach so vollkommenen Stunden einfach gegangen war?

Im Restaurant und später im Wohnzimmer hatte sie sich beschwingt, lebendig und jung gefühlt. Jetzt, dagegen, kam sie sich müde, welk und alt vor.

Das Telefon hatte aufgehört zu läuten. Sie holte sich aus dem Schlafzimmer ihren Morgenrock und ging in die Küche. Sie brauchte jetzt unbedingt einen Kaffee. Als sie die Tasse aus dem Schrank holte, klingelte das Mobiltelefon erneut. Es war die Putzfrau, die ihr mitteilte, dass sie mit einer Grippe im Bett lag und an diesem Tag nicht kommen konnte.

«Kein Problem, gute Besserung», sagte Verena und beendete das Gespräch. Sie wollte den Apparat schon beiseitelegen, als ihr auffiel, dass das Mitteilungssymbol mit einer roten Zahl versehen war. Sie schaute näher hin und sah, dass sie zwei neue Kurzmitteilungen erhalten hatte. Aufgeregt nahm sie ihre Lesebrille aus der Handtasche, die sie am Abend vorher auf dem Küchentisch abgestellt hatte, und tippte auf das entsprechende Ikon. Sie erstarrte, als sie das fett hervorgehobene Wort Felix las, dem zwei Zeilen folgten:

Rehli, glaubst Du mir, wenn ich Dir versichere, dass ich vorhatte nach Jambi zu reisen, aber dass dann alles anders kam? Gruß und Kuss, Felix.

Sie musste sich setzen, derart zitterten ihre Beine. «Rehli», wie lange hatte er sie nicht mehr so genannt? «Rehli», der leicht heiser aus seiner Kehle entspringende Kosename, hatte sie stets wie ein Magnet angezogen und in seine Arme gleiten lassen.

Ein prickelnder Schauer durchlief ihren Körper, um sich sogleich in Empörung zu verwandeln. Warum, nach so vielen Jahren gerade jetzt? Was hatte er sich dabei gedacht, sie

160

plötzlich mit «Rehli» anzuschreiben, nachdem er sie immer wieder schändlich betrogen hatte und es erst jetzt - siebzehn Tage nach seinem Abflug - für nötig gehalten hatte, ein Lebenszeichen von sich zu geben?

Verena kochte vor Wut. Aber nicht nur, weil er sich erst jetzt gemeldet hatte, sondern weil er es geschafft hatte, Gefühlsregungen in ihr hochkommen zu lassen, die sie in den Stunden mit René erfolgreich verdrängt hatte.

Achtzehntes Kapitel

Das Kleid, das an der Kleiderstange im Nähatelier hing, war ein Traum aus gelber Spitze und weißer Seide. Mit seiner figurbetonten Passform, den kurzen Ärmeln, dem V-Ausschnitt und dem seitlich vernähten Band zum Binden hätte es von Verena sein können.

Felix stand wie angewurzelt davor. Dieser Traum aus Spitze und Seide könnte für die Mädchen aus dem Petite Rose der Auftakt zu einer menschenwürdigen Existenz sein, wäre da nicht die Unsicherheit, die ihn Nacht für Nacht beschlich. Die Frauen arbeiteten schnell und sorgfältig. Unter ihren geschickten Fingern tauchten die Nadeln wie Drachen in die Wolken aus Organza, Chiffon und Spitze ein, wobei sie die Fäden wie bunte Schweife hinter sich herzogen. Aber wie lange würde es noch dauern, bis man ihnen auf die Schliche kam und ihr Konstrukt wie ein Kartenhaus in sich zusammenstürzte?

Die Mädchen hatten in den zehn Nächten unter Anleitung einer gelernten Schneiderin aus dem Bekanntenkreis von Mrs. Astari wahre Wunder vollbracht und nebst dem gelben Kleid, ein paillettenbesticktes Abendkleid, eine Seidenbluse und ein Kostüm aus schwarzem Jacquard mit weißen Tupfen gefertigt. Rajani hatte das Deuxpièces in der vergangenen Nacht fertiggestellt. Lobend hatte ihr Felix über das seidige Haar gestrichen und gemurmelt. «Du bist ja eine echte Koryphäe.» Rajani hatte von ihrer Arbeit aufgeblickt und ihm ein strahlendes Lächeln geschenkt. Sie hatte das Wort «Koryphäe» nicht verstanden, aber erkannt, dass dieser anfangs so überhebliche Mann nicht nur ihre Arbeit, sondern auch sie, Rajani, als Person achtete. «Danke», hatte sie gesagt, und dieses eine Wort hatte die grenzenlose Hoffnung des gesamten Petite Rose auf ein besseres Leben beinhaltet, das jetzt in greifbare Nähe gerückt zu sein schien.

Felix wischte sich eine Träne aus den Augenwinkeln.

«Was hast du?», fragte ihn Christian.

«Es wird nicht funktionieren», antwortete er zwischen zwei Schluchzern.

«Was wird nicht funktionieren?»

«Gestern Abend hatte ich das Gefühl, jemand sei uns gefolgt.»

«Ich habe niemanden bemerkt», versuchte Christian, ihn zu beruhigen.

«Du hast ja auch als erster die Werkstatt betreten. Ich habe das Schlusslicht unserer Gruppe gebildet und beobachtet, wie auf der gegenüberliegenden Straßenseite ein Schatten hinter den geparkten Autos vorbei gehuscht ist.»

«Das hast du dir sicherlich nur eingebildet», beschwichtigte Christian ihn.

Felix schüttelte energisch den Kopf. «Mit ihrem Talent, ihrem Eifer und den strahlenden Gesichtern erinnern die Mädchen mich an Kaktusblüten. Ihre leuchtend rosa Farbe ist betörend, aber ihre Blütezeit nur ganz kurz.»

Christian versuchte den Freund zu trösten und legte den Arm um seine Schultern. «Aber nicht doch, wenn *dein Vertrauen auch nur…*»

Erzürnt riss Felix sich von ihm los. «Wenn du jetzt auch noch dein blödes Senfkorn erwähnst, bringe ich dich um.»

«Das haben einige vor dir auch schon getan», murmelte Christian traurig, aber Felix war schon auf die Straße gerannt und bekam seine Worte nicht mehr mit.

***

Der Besitzer des Petite Rose saß an seinem Schreibtisch und zählte die Einnahmen der letzten zehn Tage, als Baghwan den Kopf in sein Büro steckte.

«Was gibts?», fragte Patel unwirsch, der bei seiner Lieblingsbeschäftigung nicht gestört werden wollte.

«Kann ich reinkommen?», fragte Baghwan und trat ins Zimmer, ohne Patels Zustimmung abzuwarten.

«Ich habe nicht viel Zeit, also was willst du?»

Baghwan machte die Tür geheimnisvoll hinter sich zu und setzte sich auf einen klapprigen Stuhl vor Patels Schreibtisch.

Der Bordellbesitzer verstaute die Notenbündel in einer Schublade und sah Baghwan mit einer Mischung aus Neugier und Ungeduld an.

«Die drei feinen Pinkel vom Hotel machen uns Konkurrenz.»

Patel blickte Baghwan verständnislos an.

«Ich habe beobachtet, wie sie mit deinen Huren in ein verlassenes Gebäude in der Nähe des Ambassador Marine Drive Hotel gegangen sind. Obwohl im Haus kein Licht zu sehen war, sind sie und die Frauen bis in die frühen Morgenstunden dortgeblieben. Dann sind alle wieder herausgekommen, zum Hotel gegangen und durch eine Tür auf der Hinterseite verschwunden. Eine halbe Stunde später sind die Frauen dann durch den Haupteingang auf die Straße getreten, wo ich auf sie gewartet habe.»

«Wer sind *sie*?», fragte Patel gedehnt. Er war sich nicht sicher, ob er Baghwans aufgeregten Redeschwall richtig verstanden hatte.

«Na die drei Ausländer, die vor nicht allzu langer Zeit ins Petite Rose gekommen sind. Der eine von ihnen war ein eigenartiger Kauz, der vor den Nutten auf die Knie gegangen ist.»

Patels Augen weiteten sich vor Schreck. «Wir müssen sofort etwas unternehmen», sagte er und kam hinter seinem Schreibtisch hervor, nachdem er die Schublade mit dem Geld abgeschlossen hatte.

«Nein, nicht sofort», meinte Baghwan, der sich sichtlich

darüber freute, dass er ausnahmsweise seinem Chef einen Schritt voraus war. «Ich bringe deine Huren auch heute Nacht wieder zu den Ausländern. Du wartest in der Nähe des Hotels. Sobald sie hineingegangen sind, steigst du zu mir ins Auto, und wir fahren zu dem Parkplatz, wo ich bis jetzt jede Nacht den Wagen abgestellt habe. Und dann führe ich dich zu der Absteige, in der die Frauen mit den Ausländern ihr Unwesen treiben.»

Patel brachte nur ein Kopfnicken zustande.

***

Das Surren der Ventilatoren, das Rattern der Nähmaschinen und das laute Geplauder einiger Frauen, die sich über den Schnitt eines Abendkleides noch nicht einig waren, widerspiegelten das emsige Treiben in der Werkstatt. Mit jedem Tag, beziehungsweise jeder Nacht wurden die Frauen zuversichtlicher und lebensfreudiger. Selbst bei Asha war der bittere Zug um ihre Mundwinkel verschwunden.

Auch die drei Freunde strahlten übers ganze Gesicht und klopften sich vor Freude gegenseitig auf die Schultern. Zwischen Christian und Felix war der Streit über das Senfkorn längst vergessen. Felix hatte sich bei Christian für seinen Wutausbruch entschuldigt, und Christian hatte seine Entschuldigung mit einem verklärten Lächeln angenommen.

Die Stimmung in der Nähstube war entspannt und das Geschnatter der Mädchen derart ausgelassen, das es sogar das Geräusch der Nähmaschinen und der Ventilatoren übertönte. Aus diesem Grund fiel keinem der Anwesenden auf, dass die Tür einen Spalt breit geöffnet wurde und Patel und Baghwan ihre Köpfe in das Zimmer hineinsteckten. Mit ihren aus den Höhlen heraustretenden Augen und den weit aufgerissenen Mündern glichen sie Papageienfische, die man an Land gezogen hatte, wo sie erbärmlich nach Luft schnappten.

Christian bemerkte die Eindringlinge als erster, ging auf die Tür zu und forderte sie auf einzutreten.

Patel und Baghwan regten sich noch immer nicht. Alles hatten sie erwartet, nur nicht ein Nähatelier, in dem die Flittchen aus dem Petite Rose an Nähmaschinen saßen und Kleider fertigten.

«Was macht ihr da?», schrie Patel, nachdem er sich aus seiner Schockstarre gelöst hatte.

Die Frauen, die noch vor kurzem über den Schnitt des neuen Kleides debattiert hatten, verstummten augenblicklich. Das Rattern der Nähmaschinen erstarb und das Rascheln der Stoffe versiegte. Lediglich die Ventilatoren untermalten mit ihrem monotonen Surren die plötzliche und gespenstische Stille.

«Was macht ihr da?», wiederholte Baghwan lauthals die Frage seines Arbeitgebers.

«Das seht ihr doch. Wir nähen Kleider», antwortete Fred.

«Und was wollt ihr mit den Kleidern machen?»

«Sie verkaufen.»

«Ihr Betrüger, ihr Gauner», schrie Patel, wobei seine Stimme sich zu überschlagen drohte. «Ihr habt meine Huren ausgenutzt und mich um meinen Verdienst gebracht».

Felix trat dicht an ihn heran. «Wir haben dich für jede Nacht und jedes Mädchen fürstlich entschädigt, oder hast du das etwa schon vergessen? Und außerdem haben wir bis heute noch kein Kleidungsstück verkauft. Wir wollen sie verkaufen aber von Betrug kann zu diesem Zeitpunkt nicht die Rede sein.»

Patel erkannte, dass seine Anschuldigungen aus der Luft gegriffen waren, aber er blieb stur.

«Trotzdem», sagte er, indem er mit den Achseln zuckte. «Die Mädchen schaffen ab sofort wieder in Kamathipura an. Baghwan, bring die Schlampen sofort ins Petite Rose zurück».

Baghwan gehorchte der Anweisung und ging auf die

Frauen zu, während Patel sich anschickte, die Nähstube zu verlassen.

«Halt», rief Christian. «Willst du nicht wissen, was wir vorhaben? Ich könnte mir denken, dass auch für dich eine Menge dabei herausspringen könnte.»

Patel hielt inne und kam mit langsamen Schritten wieder in den Raum. Felix näherte sich ihm und wedelte mit einem Bündel Rupien gedankenverloren hin und her.

«Ihr wollt mich reinlegen», sagte Patel und zu den Frauen gewandt, kommandierte er. «Los ihr Flittchen, bewegt euch und macht, dass ihr hier wegkommt.»

Aber dazu war es zu spät: Die Mädchen hatten Blut geleckt. Mit einem Mal erschien ihnen der Ausstieg aus ihrem bisherigen Leben machbar. Sie folgten seiner Anweisung nicht und starrten ihn trotzig an.

Patel war die Aufsässigkeit der Prostituierten nicht entgangen. Zukünftig würden sie sich wahrscheinlich nicht mehr so willig den perversen Wünschen seiner Kunden unterordnen.

«Was habt ihr vor?», fragte er in etwas versöhnlicherem Ton.

Felix erläuterte ihm den Plan, mit Hilfe der Mädchen eine Kleiderkonfektion auf die Beine zu stellen. Sie hätten großes Talent und seien auch bereit, hart zu arbeiten. «Sie haben wahre Kunstwerke geschaffen», sagte er dem Bordellbesitzer und führte ihn zu den bereits fertiggestellten Kleidungsstücken. «Wir sind sicher, dass die Kleider sich gut und für einen ansehnlichen Preis verkaufen lassen», versuchte er Patel zu überzeugen und reichte ihm das gelbe Seidenkleid.

Ehrfurchtsvoll strich der Bordellbesitzer über den edlen Stoff. Im Geist sah er sich bereits als Geschäftsführer einer erfolgreichen Schneiderei.

«Und wie soll es jetzt weitergehen?»

«Nun ich schlage vor», mischte Christian sich ein, «dass

wir ein Ladenlokal mit einem Schaufenster mieten, sodass wir die Kleider dort auch gleich ausstellen können. Ich hatte an Cola...

«Kommt nicht in Frage», unterbrach ihn Patel. «Die Werkstatt wird ins Petite Rose verlegt. Die Miete schmälert den Gewinn. Mein Bordell bietet genug Platz für eine Nähstube und Fenster, die zur Straße gehen, gibt es dort auch.»

«Aber das Petite Rose liegt in Kamathipura, Mumbais Rotlichtmilieu. Dorthin wird sich wohl kaum eine zahlungskräftige Kundschaft verirren», gab Fred zu bedenken.

«Schluss jetzt. Die Werkstatt wird im Petite Rose oder sonst nirgendwo eingerichtet, andernfalls die Nutten wieder auf die Strasse müssen, einschließlich Kumari, die in den letzten Tagen ziemlich folgsam geworden ist.»

«Nun gut, wir versuchen es», lenkten die Freunde ein. Eine Nähwerkstatt in einem Bordell war um einiges besser als der Strich in Kamathipura, vor dem sie die Mädchen unbedingt bewahren wollten.

Gleich am nächsten Morgen erschien Baghwan in Begleitung einiger Männer vor der Nähstube. Sie waren mit einem klapprigen und verrosteten Lastwagen gekommen, der an der nächsten Straßenkreuzung sicherlich den Geist aufgeben würde. Betrübt sahen Fred, Christian und Felix den Männern zu, wie sie unsanft Stück für Stück einluden.

«Nicht so grob», rief Fred erzürnt. «Die Nähmaschinen vertragen keine Schläge.»

Seine Worte verhallten jedoch ungehört. Als letztes flog ein Stuhl auf die Ladefläche, der krachend zu Bruch ging. Dann stiegen die Männer rasch in den Laster ein, knallten die Türen zu und fuhren mit ächzendem Motor davon.

Neunzehntes Kapitel

Felix saß auf seinem Bett, den Kopf in seine Hände gestützt, während Fred und Christian am Fenster des Dreierzimmers standen und auf die im viktorianischen, neugotischen Stil erbauten Gebäude der emsig befahrenen Veer Nariman Road herabschauten. Christian kaute genüßlich an einem *Roti*, den er am Imbissstand auf der gegenüberliegenden Straßenseite gekauft hatte.

Sie waren vor zwei Tagen in das benachbarte, erheblich bescheidenere *Château Windsor Hotel* umgezogen. Nach einem zweiwöchigen Aufenthalt im Ambassador Marine Drive, hatte das Hotel ihnen eine Zwischenrechnung gestellt. Nach dem ersten Schrecken hatte Felix mit einem Check über umgerechnet 9548 Franken die Schuld beglichen, dann aber seinen Begleitern mitgeteilt, dass sie sich diese noble Bleibe nicht mehr leisten konnten.

«Wie kannst du bei unserer verfahrenen Situation ein Fladenbrot essen?», fragte Felix und trat dicht an Christian heran. «Bis jetzt ist es uns nicht gelungen, auch nur ein einziges Kleid zu verkaufen, und das Geld geht langsam zu Ende. Ich kann noch ungefähr fünftausend Franken in unser Projekt einschießen, aber dann ist endgültig Schluß.»

«Heißt das, dass du aussteigst?», fragte Christian betrübt?

«Nicht wenn du im gleichen Maße mitmachst wie wir. Fred hat die Quelle mit den günstigen Stoffen ausfindig gemacht und trotz seiner bescheidenen Mittel die letzte Lieferung beglichen. Aber von dir hab' ich bis jetzt, mit Ausnahme der Linderung meines geschwollenen Fußes und der überheblichen Gleichnisse, mit denen du uns weismachen willst, arme und vertrottelte Sünder zu sein, noch nichts Brauchbares erhalten».

Christian zuckte bei dem Gefühlsausbruch zusammen.

Fred und Felix blickten ihren stummen Begleiter lange an und warfen sich vielsagende Blicke zu. Die Stille hielt lange an und legte sich wie ein bleierner Mantel um sie, bis Christian endlich das Schweigen brach.

«Ich versichere euch, wenn euer Vertrauen auch nur so groß ist wie ein Senfkorn, dann könnt ihr zu einem Berg sagen: Geh' von hier nach oben und er wird es tun.»

«Schon wieder ein nerviges Gleichniss», rief Felix, «ich kann mit diesen dummen Sprüchen nichts anfangen, also lass mich in Zukunft damit in Ruhe.»

Christian zuckte zusammen.

«Ich verstehe nicht, warum wir keine Kleider verkaufen, wo sie doch so chic und einwandfrei gefertigt sind», äußerte sich Fred nachdenklich und trat vom Fenster zurück.

«Weil sie in Kamathipura hängen und es dort für sie keine angemessene Klientele gibt», sagte Felix. «Ich habe das von Anfang an dem blöden Patel gesagt, aber er bestand ja darauf, das Schneideratelier im Petite Rose einzurichten, andernfalls er die Mädchen wieder auf die Straße schicken würde.»

«Wir müssen uns etwas einfallen lassen», meinte Christian.

«Lasst uns morgen nochmals mit dem sturen Patel sprechen. Vielleicht gelingt es uns, ihn umzustimmen.»

«Ja, ein Versuch ist es allemal wert», pflichteten Felix und Christian Fred bei.

Am nächsten Tag brachen sie gleich nach dem Frühstück nach Kamathipura auf. In der Vitrine hing jetzt neben dem gelben Kleid das schwarze Kostüm mit den weißen Tupfen und das mit Pailletten besetzte Abendkleid, das das Herz einer jeden Frau höherschlagen ließ.

Das Taxi setzte sie vor dem Petite Rose ab, aus dem lautes Gezeter bis auf die Straße hinausdrang. Bei näherem Hinhören entpuppte sich das Geschrei als eine wüste Auseinandersetzung zwischen Mr. Patel und Asha, der ehemaligen «Madame» des Petite Rose. Untermalt wurde der lautstarke Wortwechsel von Obszönitäten aus dem Munde von Bhagwan.

«Und ihr geht mir heute Abend wieder anschaffen. Bhagwan wird dafür sorgen, dass kein Freier abgewiesen wird», rief Patel mit sich überschlagender Stimme.

«Das werden wir nicht», schrie Asha zurück.

Auf ein Zeichen von dem Bordellbesitzer, machte Bhagwan einen Schritt auf Asha zu und drehte ihr einen Arm auf den Rücken. Gellendes Schreien erfüllte den Raum.

«Was ist hier los?», rief Felix und betrat Patels Büro, in dem der Streit ausgebrochen war. Als er Asha mit umgedrehtem Arm auf dem Rücken erblickte, stürzte er sich auf Baghwan, der durch das unerwartete Auftreten des Ausländers für einen Augenblick aus dem Gleichgewicht kam und den Griff um Ashas Arm lockerte. Wie eine Schlange wand sie sich aus der Umklammerung und suchte Schutz bei Fred und Christian, die dicht hinter Felix den Raum betreten hatten.

«Patel, dieser Wichser, will uns zwingen, heute Abend wieder anschaffen zu gehen und hat Bhagwan beauftragt, uns dabei nicht aus den Augen zu lassen», kreischte Asha.

«Ganz richtig», pflichtete Patel ihr immer noch schreiend bei. «Mein Vorschuss ist aufgebraucht, und bis jetzt ist kein einziges Kleid verkauft worden.»

Er drehte sich zu Felix um, der zu Bhagwan einen sicheren Abstand eingenommen hatte, und fuhr ihn lauthals an: «Dein Projekt, aus meinem gutgehenden Bordell eine Schneiderwerkstatt zu machen, war nichts als heiße Luft. Rein gar nichts haben wir bis jetzt verkauft, und in der Zwischenzeit haben sich die Freier andere Huren gesucht. Es ist höchste Zeit, dass meine Nutten wieder auf die Straße gehen, damit sie bei den Kunden nicht in Vergessenheit geraten.»

«Ich habe dir von Anfang an gesagt, dass wir das Atelier

in einem anderen Stadtviertel einrichten sollten. Hier in Kamathipura gibt es für unsere Konfektion keine geeignete Kundschaft», erwiderte Felix aufgebracht.

«Schluss mit deinem blöden Geschwätz. Die Frauen gehen heute wieder anschaffen, einschließlich Kumari, und dabei bleibt es.»

Fred, Christian und Felix warfen sich besorgte Blicke zu und zogen sich zu einer kurzen Beratung in ein Nebenzimmer zurück.

Im Petite Rose sprach niemand ein Wort. War das Schweigen auf die Erschöpfung der Streitenden zurückzuführen, oder ganz einfach nur die Ruhe vor dem Sturm?

Die drei Weggefährten waren sich über die Angespanntheit der Lage bewußt. Entgegen seiner Behauptung, nach fünftausend Franken keinen Rappen mehr in das Projekt zu stecken, erklärte Felix sich bereit, seinen Beitrag zu erhöhen. «Das ist aber meine letzte Einlage», sagte Felix in bestimmtem Ton zu Fred und Christian, bevor sie sich wieder zu den anderen gesellten.

«Ich zahle Dir nochmals deinen Ausfall für eine Woche aus. Wenn es uns bis dahin nicht gelingt, wenigstens ein Kleid zu verkaufen, ziehen wir uns aus dem Projekt zurück.» Dann wandte er sich den Frauen zu, die durch das Geschrei angelockt worden und in den Raum der Auseinandersetzung getreten waren, und spornte sie an. «Versucht auch Ihr, Werbung für unsere Kleider zu machen. Geht auf die Straße und bietet Eure Arbeiten feil. Vielleicht trefft ihr auf Touristen, denen die Kleider gefallen.» Und zu Fred gewandt, fragte er: «Was ist mit Deiner Miss Istari Sharma los? Könnte sie in ihrem Stoffladen vielleicht einige unserer Kleider ausstellen?»

Noch bevor Fred antworten konnte, trat Patel mit ausgestreckter Hand vor Felix und rief: «Her mit dem Geld, sonst schicke ich die Mädchen noch heute auf die Straße zurück.»

Felix griff in seine Hosentasche und gab ihm ein Bündel

Rupien. «Den Rest bekommst du morgen, nachdem ich am Geldautomaten war. Und jetzt laß gefälligst die Mädchen in Ruhe, damit sie an die Arbeit gehen können.»

Patel lachte höhnisch und entblößte dabei seine ungepflegten, vom Tabak gelblich verfärbten Zähne.

«Das könnte dir so passen, du Klugscheißer. Noch gehört das Petite Rose mir, und Bhagwan wird selbstverständlich wie eh und je auf die Nutten aufpassen. Und damit du es weißt. Ich gebe Euch noch eine Woche, wenn bis dann nichts geschehen ist, gehen die Frauen wieder anschaffen.»

Fred, Christian und Felix folgten Asha ins Nähzimmer, wo die übrigen Frauen auf sie warteten. Niemand brachte auch nur ein Wort hervor. Lediglich die Augen der Mädchen sprachen Bände. In ihnen widerspiegelten sich Enttäuschung, Angst, Wut und Ohnmacht. Sie waren so nahe an einem menschenwürdigen Dasein dran gewesen, und nun drohten ihre Hoffnungen, ihre Freude und Zuversicht sich in Luft aufzulösen.

«Noch ist nicht alles verloren», sagte Christian in die Stille hinein. «Ich gehe heute noch mit meinem Freund Fred zu Miss Istari Sharma und besorge neue Stoffe. Fertigt so viele Kleider an, wie ihr könnt, auch wenn bis heute noch kein einziges Stück verkauft worden ist.»

Felix warf Christian einen merkwürdigen Blick zu. Er konnte nicht verstehen, woher er seine Zuversicht nahm, fragte aber auch nicht, was er vorhatte.

Während der kommenden Tage war Felix nicht zu gebrauchen. Er fiel in eine tiefe Depression, und auf die Fragen seiner Freunde gab er, wenn überhaupt, nur einsilbige Antworten. An dem gemeinsamen Projekt schien er jegliches Interesse verloren zu haben.

Immer wieder fragte er sich, welcher Teufel ihn geritten hatte, sich auf ein solch wahnwitziges Unterfangen einzulassen. Er verstand etwas von Palmöl, von Vermögensstrukturierung, von Finanzmathematik und von Bilanzen, aber von Fashion nur das Wenige, das er sich von Verena abgeschaut hatte. Sein erlesener Geschmack ließ ihn sofort erkennen, was Chic war und was nicht, aber er hatte zur Modewelt keinerlei Beziehungen, die ihm aus diesem Schlamassel hätten heraushelfen können. Überhaupt konnte er sich nicht mehr erklären, wie er diesem Spinner von Christian hatte folgen können.

Christians anfängliche Anziehungskraft, die Felix derart betört hatte, dass er ihm blind nachgegangen war, war verflogen angesichts der hoffnungslosen Lage, in der sie sich befanden. Ein bis anhin nicht gekanntes Gefühl der Ohnmacht, des Versagens nagte an seinem Ego und überzog das Bild des erfolgreichen Felix von Gunten mit einer hässlichen Patina. Seit der ihm von seinem Vater aufgezwungenen Ausbildung hatte er keinen Fehlschlag mehr erlitten. Umso mehr schmerzte es ihn jetzt, dass er im Begriff war, seine erste, große Niederlage einstecken zu müssen.

«Nun komm schon, Felix, wir werden es schon schaffen», versuchte Fred ihn aufzumuntern.

«Werden wir nicht», gab Felix trotzig zur Antwort. «Wenn nicht noch ein Wunder geschieht, werden wir kein einziges Kleid verkaufen. Unsere Modelle sind zu westlich und kommen bei den Inderinnen, die hauptsächlich den *Salvar Kameez*, ihr wisst schon den dreiteiligen Anzug, oder ihren Sari tragen, wahrscheinlich nicht gut an. Das hätte ich wissen müssen, bevor ich die Idee mit den Prêt-à-porter-Kleidern hatte. Aber ich war von mir selbst so überzeugt, dass ich mich in ein ausweglosees Projekt verrannt habe.»

«Hast du das Gleichnis von dem Senfkorn schon wieder vergessen?», mischte sich Christian in die Unterhaltung ein.

«Ich brauche frische Luft», rief Felix stattdessen und verließ eilig das Zimmer.

Er trat auf die Veer Nariman Road und staunte einmal mehr über das bunte Bild, das sich ihm eröffnete. Er war schon viel in der Welt herumgekommen und hatte zahlreiche Großstädte besucht. Mumbai übertraf jedoch alles, was er bis jetzt gesehen hatte. Die Aromen zahlreicher Gewürze, das Brutzeln der Street-foods am Straßenrand, das Lachen der Kinder, die schönen Frauen in ihren bunten Gewändern und der Lärm der hupenden Autos erfassten ihn wie eine rauschende Welle, die ihn erst an der *Marine Drive Road* aus ihren Fängen ließ.

Er schlenderte den breiten Uferweg entlang, vor ihm die Skyline der Stadt, die trotz des Smogs die zerrissene Schönheit Mumbais enthüllte.

Auf dem Fußweg zwischen dem Meer, das in sanften Wogen gegen die Wellenbrecher schlug, und der achtspurigen und dichtbefahrenen Marine Drive Road, fühlte er sich plötzlich so lebendig, wie noch nie. Er tauchte in den Strom der tausend Einheimischen ein, die alle gekommen waren, um dem Bild ihrer Stadt bei dem bald eintreffenden Sonnenuntergang zu frönen. Hier ein Liebespaar, das eng umschlungen auf der Kaimauer saß und auf das Arabische Meer hinausschaute, dort die Frauen, die in ihren bunten Saris entlang der Uferpromenade flanierten. Und dazu der unverkennbare süßliche Geruch der Stadt, in den sich jetzt der salzige und modernde Mief des Wassers mischte.

Mumbai war etwas Besonderes, und es gab für den Besucher dieser kontrastreichen Metropole nur zwei Möglichkeiten: Sie zu lieben oder sie zu hassen, und Felix begann, sie zu lieben.

Er fühlte, wie seine Gesinnung sich allmählich veränderte. Das Streben nach Erfolg erschien ihm mit einem Mal nicht mehr begehrenswert. Wie ein Besessener war er ständig der Macht und der Karriere hinterhergerannt und dabei in eine Spirale aus Selbstsucht, Rücksichtslosigkeit und Gefühlskälte geraten. Konnte dies mit ein Grund für seine und Verenas gegenseitige Entfremdung sein?

Wie oft hatte sie versucht, ihn davon zu überzeugen, dass das Leben nicht nur aus Ruhm oder dem Erklimmen der Karriereleiter bestand. Er aber war ihren Worten gegenüber taub geblieben, bis sie es schließlich aufgegeben und sich in ihr Schneckenhaus zurückgezogen hatte.

Die aufkeimende Einsicht, dass sein bisheriges Leben ihn je länger je mehr nur noch auslaugte, weil es ihm keine Befriedigung schenkte, hatte ihn viel Geld gekostet. Aber die bisherige Zeit in Mumbai war es wert gewesen. Und er besaß ja immer noch seinen Sportwagen, den er, sollten alle Stricke reißen, verkaufen konnte...

Er schmunzelte als er daran dachte, dass alles anders gekommen wäre, wenn Marga Vogt für ihn einen Platz in der Business- oder Firstclass bekommen hätte.

Er musste lange warten, bis die Ampel auf Grün schaltete und er die Marine Drive Road überqueren konnte. Dann aber lief er schnell auf einen kleinen, allerlei Krimskrams anbietenden Laden zu, den er von der anderen Seite erblickt hatte und ging hinein. Nach einer Weile trat er zufrieden wieder heraus und ging zurück ins Hotel.

Zwanzigstes Kapitel

Felix konnte nicht einschlafen und wälzte sich in seinem Bett hin und her. In dem Dreibettzimmer war es stickig. Der Ventilator an der Decke brachte kaum Abkühlung, aber er traute sich nicht, das Fenster zu öffnen, aus Angst der Straßenlärm könnte Christian und Fred wecken. Mehr noch als die Schwüle machte ihm das Schnarchen seiner beiden Zimmergenossen zu schaffen. Während die Minuten vorbeitickten fragte er sich immer wieder, wie es sein konnte, dass sie vor dem bedeutenden und alles entscheidenden Tag so ruhig schliefen.

Felix hatte sich während der Stunden, die er nun schon wach lag, immer wieder den Kopf zerbrochen, ob die Mannschaft des Petite Rose es geschafft hatte, wenigstens ein Kleid zu verkaufen.

Christian und Fred hatten die letzten beiden Tage im ehemaligen Bordell verbracht und ihm zuversichtlich erklärt, dass viele Stücke gefertigt worden seien. Als er sich jedoch erkundigt hatte, ob die Mädchen einige von ihnen verkauft hätten, waren sie ihm ausgewichen.

«Warum überzeugst du dich nicht selbst und fährst ins Petite Rose?», hatte Christian ihn mehrmals gefragt. Aber Felix hatte sich vor einer Enttäuschung gefürchtet und es nicht über sich gebracht, nach Kamathipura zu fahren.

Er verfiel in einen unruhigen Schlaf und war lange vor seinen Kameraden wach.

Endlich, um halb sieben, rieb Christian sich als erster verschlafen die Augen.

«Wann wollen wir aufbrechen?», fragte Felix ungeduldig.

«Nicht so stürmisch», versuchte Christian, ihn zu beruhigen. «Die Frist läuft heute erst um Mitternacht ab. Wir haben also noch Zeit. Die Mädchen werden sicherlich noch schlafen, nachdem sie während der letzten Tage immer bis spät in die Nacht genäht haben.»

«Könnt ihr eure Unterhaltung nicht auf später vertagen?», fragte Fred, der von dem Wortwechsel wach geworden war.

«Unser Freund ist ziemlich nervös», erklärte Christian. «Allzu lange hält er es hier nicht mehr aus.»

Beim Frühstück brachte Felix keinen Bissen herunter. Er trank lediglich eine Tasse Kaffee nach der anderen, bis Christian ihn ermahnte.

«Du solltest nicht so viel Kaffee trinken, sondern stattdessen etwas essen. Du bist das reinste Nervenbündel. Hab doch Vertrauen.»

Felix warf ihm einen finsteren Blick zu, war aber viel zu unruhig, um darauf etwas zu erwidern. Ein dumpfes Gefühl sagte ihm, dass sie es nicht fertiggebracht hatten, auch nur ein einziges Kleid zu verkaufen.

Endlich, die Zeiger der Uhr über der Anrichte im Restaurant standen auf 08.45 Uhr, erlösten Christian und Fred den zutiefst aufgewühlten und ungeduldigen Felix und brachen mit ihm nach Kamathipura auf.

Im Fenster des Petite Rose hingen unverändert das gelbe Kleid, das schwarz-weiße Kostüm und das mit Pailletten besetzte Abendkleid.

Felix Magen krampfte sich zusammen. Seine schlimmsten Ahnungen hatten sich bewahrheitet. Deshalb hatten Fred und Christian nur ausweichend auf seine Fragen geantwortet.

Mit gesenktem Kopf folgte er ihnen ins Haus. Die Tür war nicht abgeschlossen, weshalb sie nicht klopfen mussten. Sie gingen in Mr. Patels Büro, trafen aber niemanden dort an. In der angrenzenden Werkstatt war auch keiner. Als sie in das größte Zimmer hineinschauten, bot sich ihnen ein trauriges Bild: Shanta, Leela und Rajani, mit Kumari in ihrer Mitte, kauerten auf dem Boden und starrten mit vom

Weinen geröteten Augen ins Leere.

«Was ist mit euch?», fragte Christian.

Shanta hob den Kopf und sah ihn aus traurigen Augen an. Sie wirkte in diesem Augenblick wie ein kleines, verängstigtes Kind, das vergeblich nach seiner Mutter gesucht hat, ohne sie gefunden zu haben.

«Wir haben kein einziges Stück verkauft. Dabei haben wir uns so viel Mühe gegeben», brachte sie unter Schluchzen hervor. Und Kumari sagte mit wimmernder Stimme: «Ich habe solche Angst, wieder auf die Straße gehen zu müssen.» Und dann flüsterte sie kaum hörbar. «Die Männer sind so böse, und es tut so weh.»

Die drei Freunde schauten sich kummervoll und tief besorgt an, bis Felix den Blick von ihnen abwand und sich verstohlen eine Träne aus den Augenwinkeln wischte. Was sollte nur aus diesen armseligen Frauen werden, für die alle Hoffnungen versiegt waren?

Ihm war es jedoch nicht möglich, weiteres Geld in dieses Fass ohne Boden einzuschießen, ohne ihre gemeinsamen Reserven anzuzapfen. Das wäre Verena gegenüber nicht fair! Verzweifelt glitt er neben Shanta auf den Boden und starrte die weißgetünchte Wand an.

«Ich muß noch mal weg», sagte Christian plötzlich. «Shanta, zieh das schwarz-weiß gemusterte Kostüm und die weiße Bluse an und schmink' dich auch. Aber bitte nicht so, wie wenn du anschaffen gehen müsstest. Vielleicht kann ja Leela dir mit einem dezenten Make-up helfen.»

Felix starrte Christian verdattert an. Was hatte sein unergründlicher Kumpan diesmal vor? Und was war das für eine für ihn ungewöhnliche Ausdrucksweise?

Auch Shanta und Leela, die sich erhoben hatten, standen unschlüssig vor Christian.

«Tut, was ich sage und wartet hier, bis ich zurück bin», bat Christian und eilte aus dem Raum, bevor ihn die Anwesenden mit Fragen bestürmen konnten.

Er rannte die Grant Road entlang bis er an die Kreuzung mit der *Hughes Road* kam. Dann bog er links ab und lief weiter bis er den *Juice Salon* erreichte. Während Sekunden blieb er unschlüssig vor dem Frisörgeschäft stehen, zu dem sieben Stufen hinaufführten. Sein Erscheinungsbild zu verändern, empfand er als etwas Unschickliches, etwas Unnatürliches, das fast schon einer Blasphemie gleichkam. Aber die kinnlangen, dunkelbraunen Locken, die seinem schmalen Gesicht etwas Spirituelles, beinahe Ikonenhaftes verliehen, waren seinem Vorhaben abträglich.

Entschlossen stieg er die Stufen hinauf und trat durch die offene Tür in den hellen und geräumigen Raum ein. Es war das erste Mal, dass er eine solche Einrichtung aufsuchte, und das laute Stimmengewirr und die laute Popmusik à la Bollywood verwirrten ihn und ließen ihn zaudernd bei der Kasse verharren. Auch stellte er erschrocken fest, dass sich in dem Salon mehrheitlich Frauen aufhielten. Aber schon näherte sich ihm ein Angestellter und fragte ihn nach seinen Wünschen.

«Kann ich bei Ihnen die Haare schneiden lassen, oder ist das hier nur ein Salon für Damen?»

«Selbstverständlich, wir bedienen auch Herren», antwortete der Mann und führte ihn zu einer Reihe von Sesseln, hinter denen die Waschschüsseln standen.

Für Christian war es eine völlig neue Empfindung, sich die Haare von einem Fremden waschen zu lassen. Die kreisenden Bewegungen, mit denen der Mann das duftende Shampoo in sein Haar einmassierte und der warme Wasserstrahl, mit dem er die Seife wieder ausspülte, lösten in ihm ein nie dagewesenes körperliches Wohlgefühl aus, dem er sich mit allen seinen Sinnen hingab, das er aber sogleich verdammte weil er sich dafür schämte.

Locke um Locke fiel der Schere zum Opfer, bis der Frisör mit seinem Werk zufrieden war. An den Seiten hatte er die Haare kurz geschnitten, sie am Oberkopf aber etwas länger gelassen, was Christian ein modernes, schickes und nahezu unwiderstehliches Aussehen verlieh. Mit gemischten Gefühlen verließ er das Geschäft. War er im Begriff, das Richtige zu tun? Doch dann hörte er in seinem Kopf deutlich die Abschiedsworte des Alten. «Mach es diesmal anders».

Nach einer Ewigkeit betrat Shanta endlich den Raum. Den Anwesenden verschlug es die Sprache: In dem taillierten Kostüm, das ihren schlanken und anmutigen Körper perfekt umspielte, mit dem hochgesteckten Haar, aus dem sich eine widerspenstige Strähne gelöst hatte und in einer sanften Welle herabhing, sah sie reizend aus. Ihre großen Augen waren mit einem feinen Lidstrich diskret unterstrichen, und auf ihre Lippen hatte ein rosa Lipgloss einen seidigen Glanz gezaubert.

«Großes Kompliment Leela, du bist eine wahre Künstlerin. Shanta sieht bezaubernd aus», sagte Christian und stürmte zur Tür hinein.

Er hatte einen dunkelblauen Anzug an, unter dem ein weißes Hemd hervorschaute. Die blau und dunkelrot gestreifte Krawatte passte perfekt zu seinem Outfit, und der moderne Haarschnitt verlieh ihm das Aussehen eines Mannes, der es im Leben zu etwas gebracht hatte.

«Woher hast du den Anzug und was hast du mit deinen Haaren angestellt?», fragte Felix verdutzt, aber Christian antwortete nicht. Stattdessen lud er Shanta ein, sich bei ihm unterzuhaken. Fred blickte sie staunend an, die zusammen das Bild eines wohlhabenden Paares aus der gehobenen Gesellschaft ergaben.

«Was hast du vor?», fragte Felix.

«Gar nichts», erwiderte Christian und setzte wieder einmal sein enigmatisches Lächeln auf. «Ich habe Lust, zusammen mit Shanta, einen Abstecher nach *Malabar Hill* und *Borivali East* zu machen. Ich bin sicher, dass sie noch nie dort war und möchte ihr eine kleine Freude bereiten.»

«Und warum nur ihr?»

Christian zog es vor auf Felix provokative Frage keine Antwort zu geben. Stattdessen zog er Shanta auf die Straße hinaus, rief ein vorbeifahrendes Taxi herbei, zog seine Begleiterin in den Wagen und brauste mit ihr davon.

Felix und Fred schüttelten ungläubig die Köpfe. Was hatte das alles zu bedeuten?

Wieder einmal war Felix drauf und dran in die Luft zu gehen, aber er zügelte seinen Ärger.

«Sollen sie doch machen was sie wollen. Bei unserem Projekt ist ohnehin Hopfen und Malz verloren», murmelte er lakonisch und zog die Schultern hoch.

Nachdem Christian und Shanta gegangen waren, wurde es still im Raum. Die Mädchen hatten sich wieder auf dem Boden niedergelassen und starrten ratlos ins Leere. Alle Schaffenslust war plötzlich aus ihnen gewichen. Bald würde Mr. Patel erscheinen und sie mit Hilfe von Baghwan zwingen, wieder auf die Straße zu gehen. Was hatte es also für einen Zweck, mit neuen Kleidungsstücken zu beginnen, die ohnedies keine Käufer finden würden?

Auch Fred und Felix standen, an eine Wand des Raumes gelehnt, unschlüssig und kleinmütig herum.

«Ich halte es hier nicht länger aus», rief Felix nach einer Weile und schickte sich an, das Petite Rose zu verlassen.

«Warte einen Moment», hielt Fred ihn zurück. «Du kannst die Mädchen doch jetzt nicht einfach ihrem Schicksal überlassen?! Das ist nicht fair.»

«Was soll ich ihnen denn sagen? Dass wir Erfolg haben werden und sie nie mehr auf die Straße müssen, trotz der heute Abend ablaufenden Frist? Nein, ich kann und werde ihnen keine Hoffnungen mehr machen. Wir haben alles versucht, um sie aus ihrem Elend herauszuholen, aber das Schicksal hat es anders gewollt. Das werde ich ihnen klarmachen, denn *das* ist fair».

Felix schickte sich an, das Bordell zu verlassen, und da Fred darauf nichts einzuwenden wusste, folgte er ihm.

«Lass uns für einige Stunden aus Kamathipura verschwinden und uns stattdessen von den schöneren Seiten Mumbais aufheitern. Vielleicht bringt uns das auf andere Gedanken und beschert uns sogar einen Geistesblitz», schlug Fred vor.

Fred war ein Träumer. Sie brauchten keinen Geistesblitz, nur ein Wunder, das die Mädchen aus ihrer hoffnungslosen Lage befreien würde.

Einundzwanzigstes Kapitel

Felix und Fred verbrachten den Tag in Colaba. Auf dem Causeway wimmelte es von Menschen, die sich an den dicht gedrängten Verkaufsständen vorbeischoben. Sie kamen nur schleppend vorwärts. Zuweilen scherten sie aus der Menschenmenge aus, um vor einer besonders farbenprächtigen Auslage zu verweilen. Auf dem Causeway gab es nichts, das es nicht gab. Neben Bergen von Damensandalen in allen Schattierungen hingen schillernde Tücher in ausgefallenen Mustern, und gleich daneben boten Händler Unmengen von gold- und silberfarbenen Halsketten an. Die prächtigen Farben, der intensive Duft der feilgebotenen Gewürze und der Lärm des chaotischen Verkehrs ließen Felix in einen Rausch der Sinne eintauchen, der ihn zeitweilig von seinem Kummer ablenkte.

Als sie genug vom Treiben auf der Einkaufsstraße hatten, schlenderten sie zur Mandlik Road hinüber, die mit ihren von Bäumen umgebenen viktorianischen Cottages einen beruhigenden Kontrast zum betriebsamen Causeway bildete. Auf der lauschigen Terrasse des *Indigos* aßen sie zu Mittag. Hier fühlte Felix sich auf Anhieb wohl. Und als der Champagner Parmesan Risotto mit warmen Pilzen serviert wurde, hatte er nach langer Zeit das Gefühl, wieder in einer ihm vertrauten Welt angekommen zu sein.

Am späteren Nachmittag kehrten sie ins Petite Rose zurück. Sie gingen gleich in eines der Nähzimmer, fanden aber niemanden vor. Auch die übrigen Zimmer waren verwaist.

«Ist jemand hier?», rief Felix.

Niemand antwortete, weshalb Fred sich direkt an die Mädchen wandte: «Leela, Kumari, Rajani, Asha, wo seid ihr?»

Nach einer geraumen Weile, Felix und Fred schickten sich bereits an, das Haus zu verlassen, hörten sie wie jemand die Treppe herunterkam. Es war Rajani. Bei ihrem Anblick verschlug es den beiden Männern die Sprache. Hatte ihr ungeschminktes, reines Gesicht bis gestern den Schmelz der Jugend versprüht, glich es jetzt nur noch einer Fratze. Der Mund war in einem grellen Rot angemalt, die Augen pechschwarz umrandet, und das viel zu dick aufgetragene Make-up gaben ihr das Aussehen eines Clowns aus schlecht gefertigtem Pappmaschee.

«Wie siehst *du* denn aus?», entfuhr es Felix.

Nach einigem Zögern erklärte Rajani ihnen, dass Patel allen Mädchen befohlen hatte, sich wieder so zu schminken, wie sie es vorher taten, als sie noch jeden Abend anschaffen gingen.

«Das kann doch nicht wahr sein», rief Fred entrüstet.

Noch war die Frist nicht abgelaufen. Es war jetzt acht Uhr abends geworden. Noch knappe vier Stunden. Wenn bis dahin nichts geschehen war, würden die Mädchen den gierigen Wölfen erneut zum Fraß vorgeworfen werden.

«Wo bleiben nur Christian und Shanta?», fragte Felix. «Sie müssten doch von ihrem Abstecher nach Malabar Hill und Borivali East längst zurück sein.»

«Malabar Hill ist nicht allzu weit von Kamathipura entfernt, aber wenn sie auch nach Borivali East, das am anderen Ende der Stadt liegt, gefahren sind, kann das noch eine ganze Weile dauern».

«Und bis dann, stehen die Mädchen wieder vor dem Petite Rose», entgegnete Felix aufgebracht, trat ans Fenster und schaute nervös auf die Straße, auf der die Freier bereits nach den Nutten Ausschau hielten.

Nun kamen auch die übrigen Frauen die Treppe hinunter, allen voran Kumari, die die Prozession der grotesken, beinahe kafkaesken Gestalten anführte.

Felix und Fred waren drauf und dran, den Mädchen zuzurufen, sie sollten Patel nicht gehorchen und stattdessen im Haus bleiben, als sie den Bordellbesitzer in Gesellschaft von Baghwani und eines noch gewaltigeren Mannes erblickten, die den Schluss des Reigens bildeten. Da wussten sie, dass es keinen Zweck hatte, sich mit Patel und seinen furchteinflößenden Begleitern anzulegen. Sie hatten auf der ganzen Linie verloren.

Der schwarze Wagen mit dem gelben Dach hielt um Punkt dreiundzwanzig Uhr vor dem Petite Rose.

Ein in einem dunkelblauen Anzug gekleideter, eleganter junger Mann stieg als erster aus. Dann half er seiner Begleiterin beim Verlassen des Wagens. Die Frau war von schlanker Statur und trug ein gut geschnittenes schwarzes Kostüm mit weißen Tupfen, aus dem der Kragen einer hellen Bluse herausschaute. Erstaunt drehten sich einige Passanten nach dem distinguierten Paar um, das so gar nicht in diese Gegend passen wollte.

Die Frau und der Mann gingen die wenigen Schritte auf die Tür des Petite Rose zu, als letzterer plötzlich stehen blieb.

Ungläubig blickte er auf eine kleine Schar von Dirnen, die lustlos in der Nähe des Freudenhauses standen. Langsam ging er auf sie zu, gefolgt von seiner Begleiterin.

Als sie die kleine Gruppe erreichten, blieben beide wie angewurzelt stehen. Das gab es doch nicht. Alle ehemaligen Nutten des Petite Rose standen erneut auf der Straße. Sie hatten einen engen Kreis um Kumari gebildet, im Bestreben sie vor den angehenden Bordellbesuchern zu bewahren.

Auf Anordnung von Patel hatten sie ihre Gesichter grell geschminkt und die Augen mit schwarzem Kajal umrandet, um in ihrer aufreizenden Aufmachung frühere Freier anzulocken. Seit geraumer Zeit standen sie schon auf der Straße. Patels Anweisungen hatten jedoch nicht gefruchtet, denn bis zu der vorgerückten Stunde hatte noch kein Freier angebissen. Vielleicht war es ihr trauriger und zugleich unbeteiligter Blick, vielleicht aber auch einer aus ihren Augen blitzender, bis anhin unbekannter Stolz, der die Männer davon abhielt, sich mit ihnen einzulassen.

«Folgt mir auf der Stelle ins Petite Rose», wies Christian die Mädchen an. «Wir haben gute Neuigkeiten für euch.»

Bemüht als erste das Gebäude zu betreten, drängelten, schoben und stießen die Frauen sich gegenseitig an, wobei der unbeteiligte Blick plötzlich aus ihren Gesichtern verschwand und einem hoffnungsvollen und freudigen Leuchten Platz machte.

Die kleine Gruppe, allen voran Christian und Shanta, stürmten ins Petite Rose und stießen am Eingang mit Fred und Felix zusammen, die dabei waren, das Bordell zu verlassen.

«Kommt zurück», rief Shanta den beiden zu. «Wir haben Gutes zu berichten!»

Die Gruppe drängte in das nächstgelegene Nähzimmer. Shanta und Christian, die als erste den Raum betraten, setzten sich auf den großen Schneidertisch in der Mitte des Zimmers, Felix, Fred und einige der Mädchen auf die Stühle, die um den Tisch standen und die übrigen Frauen – in Ermangelung einer Sitzgelegenheit - auf den Boden.

Im Raum wurde es still. Keiner der Anwesenden wollte auch nur ein Wort der Berichterstattung verpassen. Ihre Blicke, mit denen sie Christian und Shanta fixierten, verrieten Angespanntheit und Nervosität. Lange würden sie sich nicht mehr hinhalten lassen.

«Erzählt schon», bat Felix ungeduldig.

«Wir haben heute Nachmittag zwei Kundinnen gewonnen», platzte Shanta heraus.

«Wie habt ihr denn das fertig gebracht, wo habt ihr sie aufgetrieben?», schrien alle durcheinander. Christian ließ die Anwesenden
einen Moment lang gewähren. Ihm war es wichtig, dass sich die Aufregung legte und er einer ruhigen Zuhörerschaft berichten konnte.

Das aufgeregte Schnattern – jedem im Raum brannten so

viele Fragen unter den Nägeln – wollte nicht enden, bis Christian sich mit lauter Stimme Gehör verschaffte und die Menschen zum Schweigen brachte.

Alle Augenpaare waren auf Christian gerichtet. Dieser nahm sich jedoch Zeit, die Neugier der Anwesenden zu befriedigen. Endlich begann er zu sprechen: «Meinen beiden Freunden hier habe ich bereits gesagt, dass sie an sich glauben müssten», leitete er seine Schilderung ein. «Ich versicherte ihnen, dass wenn ihr Vertrauen auch noch so groß sei wie ein Senfkorn, könnten sie zu diesem Berg sagen geh von hier nach dort und er würde es tun.»

«Oh nein, nicht schon wieder», stöhnte Felix.

Christian fuhr unbeirrt fort, «damit will ich sagen, dass euch nichts unmöglich ist, wenn ihr nur das nötige Vertrauen habt.»

Die Mädchen lauschten andächtig. Er war zwar kein Hindu – das konnte man nur von Geburt aus werden – aber fast so etwas wie ein Guru, der seine «Schülerinnen», die ihn aufgrund seiner Erfahrung und Weisheit verehrten, um sich gesammelt hatte.

«Und weil euer Vertrauen offensichtlich größer war als ein Senfkorn – ihr habt unverdrossen an Euren Kleidern weitergearbeitet und bei der ersten Hürde nicht gleich aufgegeben – ist das Unmögliche jetzt wahr geworden. Wir haben heute zwei Kundinnen gewonnen, die sich am Mittwoch eure Arbeiten ansehen wollen.»

Die Augen der Mädchen begannen zu leuchten, und dann brach Jubel aus.

Es vergingen einige Minuten, bis die im Raum Anwesenden ihre Freude zügelten und Christian fortfahren konnte. «Wie ihr wisst, sind Shanta und ich zunächst nach Malabar Hill gefahren. In diesem exklusiven Viertel wohnt die für unsere Kleidungsstücke in Frage kommende Kundschaft.»

Er hielt für einen Augenblick inne und bedachte Felix mit einem Lächeln, der augenblicklich seinen Ärger vergaß. «In

Malabar Hill suchten wir nicht nur die *Kushuboo Shah Boutique aus*, sondern auch die *Cling Boutique*, wo die weibliche Kundschaft Shantas Outfit mit bewundernden und sehnsüchtigen Blicken bedachte. Die Läden waren aber offensichtlich zu vornehm, als dass ein spontaner Annäherungsversuch zwecks eines harmlosen Interessensaustausches möglich gewesen wäre.

Nachdem wir das erkannten, verließen wir das nach Diskretion und Zugehörigkeit schreienden Malabar Hill und fuhren stattdessen nach Borivali East. Dort gingen wir zunächst in die *Dazzle Boutique*, in der die wenigen Kunden aber zu sehr mit sich selbst beschäftigt waren, als dass sie auf uns aufmerksam wurden, obwohl wir lauthals bekundeten, dass uns verschiedene Saris gefielen.

In der *Khazana Boutique and Fabrics* erging es uns nicht viel besser. Entmutig verließen wir den Laden.

Als wir dann aber die Straße hinuntergingen, packte mich Shanta plötzlich am Ärmel und wies auf die gegenüberliegende Straßenseite. Mein Blick folgte ihrem ausgestreckten Finger, und ich fragte sie, ob sie das Juweliergeschäft mit dem Namenszug *Mahalaxmi Jewellers* meinte. Statt einer Antwort, zog sie mich über die Straße und in den Laden hinein.

Der Verkaufsraum war nicht übermässig groß, dafür aber prunkvoll eingerichtet. Etliche Kunden, die noch nicht hatten bedient werden können, standen vor den Vitrinen und betrachteten die ausgestellten Schmuckstücke. Shanta und ich taten es ihnen gleich.

Nach einer halben Stunde untätigen Herumstehens, bat ich sie zu gehen. Und da geschah das Unglaubliche: eine zierliche Frau um die 40 Jahre alt, zupfte Shanta diskret am Ärmel und fragte sie leise, ob sie ihr Kostüm hier in Mumbai gekauft habe.

Shanta war so verdattert, dass sie für einen Augenblick um eine Antwort verlegen war. Aber dann schlug sie sich großartig und sagte ihr, dass sie es in einem Schneideratelier gekauft hätte, das Pariser Konfektion anfertigt.

Mit leuchtenden Augen erzählte die Frau unserer Shanta, dass sie jahrelang ganz Mumbai nach Schneiderateliers und Läden abgeklappert hätte, die exklusive Kleidungsstücke fertigten oder verkauften, ganz zu schweigen von Pariser Modellen. Und danach fragte sie sie, ob sie ihr die Adresse des Ateliers verraten würde.

Geistesgegenwärtig nannte Shanta ihr die Adresse von Miss Istari Sharma. Die Frau, Mrs Neeraj Mondal wollte gleich morgen kommen, aber die kluge Shanta erklärte ihr, dass der Laden am Montag und Dienstag geschlossen habe.

Ja, und dann hat Mrs. Mondal sich nun für Mittwoch um vierzehn Uhr angemeldet. Sie sagte, sie wolle in Begleitung einer Freundin kommen.»

Christian fuhr sich mit einem Taschentuch über die schweißnasse Stirn.

Mit offenem Mund starrten ihn die Mädchen an. Sie waren über die unglaublichen Ereignisse so verdattert, dass sie unfähig waren, auch nur ein Wort herauszubringen.

Christian blickte gespannt in die Runde, bis er mit seiner Frage die erstarrten Zuhörer in die Gegenwart zurückführte.

«He, Leute, wisst ihr, was das bedeutet?

Seine Frage wurde mit einem geschlossenen Kopfschütteln beantwortet.

«Das bedeutet, dass wir zwei Tage Zeit haben, um aus dem Stoffladen von Istari Sharma ein ansehnliches Atelier zu machen.»

«Seid ihr beiden verrückt geworden?» rief Fred entrüstet, bei dem als erster der Groschen gefallen war. Auch die übrigen begannen nun zu verstehen, was das für sie hieß. Und dann war in dem Nähzimmer plötzlich der Teufel los: Leela, Rajani und Asha umringten Shanta und wollten aus ihrem Mund noch einmal alles über das Gespräch mit Frau

Mondal erfahren.

Fred redete, wild gestikulierend, auf Christian ein und Felix versuchte schreiend, die Mädchen zu übertönen.

Keinem fiel deshalb auf, dass Mr. Patel in Begleitung von Baghwan und einem mit einem Turban bekleideter, monumentaler Inder inzwischen den Raum betreten hatten.

«Was geht hier vor und warum sind meine Nutten nicht beim Anschaffen?», rief der Bordellbesitzer mit schriller Stimme, die sich deutlich von dem Klamauk abhob.

Im Nähzimmer trat Schweigen ein. Entgeistert starrten alle Patel, Baghwan und den Riesen an, der sich Kumari geschnappt hatte und sie jetzt im Würgegriff festhielt.

Christian erlangte als erster seine Fassung zurück und schritt furchtlos auf Mr. Patel zu.

«Die Frist ist noch nicht ganz abgelaufen, und wir haben heute zwei Kundinnen für unsere Konfektionen gewinnen können. Sie werden sich am Mittwoch unsere Kleider ansehen. Sag deshalb Baghwan, er soll Kumari sofort loslassen.»

«Kommt nicht in Frage. Ich wäre ja schön blöd, diesen Trumpf aus der Hand zu geben», höhnte der Bordellbesitzer und gab dem Koloss ein Zeichen, worauf dieser seine gewaltigen Arme noch etwas fester um die nach Luft schnappende Kumari schlang.

«Wieviel verlangst du, damit Kumari freikommt?», schaltete sich Felix ein.

Die von Patel genannte Summe überstieg jegliche Vorstellungskraft und ließ die drei Freunde erbleichen.

«So viel Geld kann ich nicht aufbringen», teilte Felix dem Bordellbesitzer mit.

«Nun, dann geht Kumari gleich jetzt auf die Straße. Sie ist keine Jungfrau mehr, dennoch bezahlen die Freier für sie gutes Geld, obwohl dieses nicht annähernd meinen heutigen Ausfall deckt.»

«Für deinen heutigen Ausfall haben wir dich bereits entschädigt», rief Fred, aber Patel ließ sich davon nicht beeindrucken und gab dem Koloss ein Zeichen, worauf dieser Fred gefährlich nahekam.

Christian, Felix und Fred tauschten untereinander besorgte Blicke aus.

«Wo sollen wir so schnell so viel Geld auftreiben?», fragte Fred bestürzt. Felix antwortete ihm mit einem hilflosen Achselzucken. Die drei Freunde zogen sich in die hinterste Ecke der Nähstube zurück, um zu beraten wie sie am besten vorgehen sollten. Sie kamen aber zum Schluss, dass die Lage aussichtslos war.

Entmutigt überlegten sie hin und her, als plötzlich zwei Männer mittleren Alters mit hoch erhobenen Armen hineinstürmten.

«*Mauta, Mauta*», wimmerte der schmächtigere von beiden, ging auf Patel zu und rief erneut «*Mauta, Mauta*».

«Tot? Ist jemand gestorben?», wollte Patel wissen.

«Jamal Narayan ist tot», sagte der andere Mann.

«Was? Doch nicht etwa Jamal, der Besitzer des «*Red Jasmine*»? fragte Baghwan überrascht und lockerte dabei den Griff um Kumari, der es gelang, sich loszureißen und in die schützenden Arme Christians zu flüchten.

«Ja, genau der, er wurde vor einigen Tagen in einem Hinterzimmer des Bordells tot aufgefunden, und heute Nacht soll es an den Meistbietenden verkauft werden.»

«Ich muss sofort zum Red Jasmine, rief Patel, gab Baghwan und dem Riesen ein Zeichen, ihm zu folgen, und hastete auf die Straße hinaus.

Die Mädchen und die drei Weggefährten blieben wie versteinert zurück. Es dauerte eine ganze Weile, bis sie sich aus ihrer Erstarrung lösten. Zu viele Ereignisse waren an diesem Tag auf sie eingestürmt und hatten sie vollkommen durcheinandergebracht.

Asha, die älteste der Frauen und ehemalige Madame im Petite Rose setzte sich auf einen leergeräumten Nähtisch und klärte die im Raum anwesenden Menschen auf. «Das

Red Jasmine, müsst Ihr wissen, ist in Kamathipura das Bordell, das am meisten Geld bringt, aber keine Prostituierte will dort arbeiten. Die Nutten sind alle blutjung und müssen pro Tag für mindestens zehn Männern die Beine breitmachen. Schaffen sie das nicht, können sie die Freier nach Lust und Laune vergewaltigen. Oftmals sind es auch mehrere, die gleichzeitig über die Frauen herfallen. Und wenn die Schläge hässliche Narben hinterlassen, die kein Makeup mehr verdecken kann, werden sie hinausgeworfen. Sie müssen auch übelste Praktiken über sich ergehen lassen und, wenn sie sich dagegen sträuben, werden sie mit Gewalt dazu gezwungen».

Obwohl Asha alles gesehen und erlebt hatte, war sie bei ihren Erläuterungen rot geworden. Beschämt wand sie ihr Gesicht von der sie anstarrenden Zuhörerschaft ab, und es dauerte eine ganze Weile bis sie ihre Fassung halbwegs wiedererlangte. «Patel, das Schwein, hat sich schon immer für das Red Jasmine interessiert. Aber Jamal Narayan hat nie verkaufen wollen. Nun kommt er vielleicht seinem Ziel näher und lässt uns in Ruhe», schloss sie ihre Schilderung und hob resigniert die Schultern.

Im Raum brachte keiner ein Wort heraus, bis Felix aufsprang und auf die Mädchen zuging. Sein Geschäftssinn kehrte seit langem wieder zu ihm zurück. Er war jetzt wieder der alte, erfolgreiche Manager, wie zu Beginn seiner Reise in den Fernen Osten.

«Was steht Ihr hier noch rum. Lasst uns die Gunst der Stunde nutzen und alle Kleider, Nähzeug und Stoffe zusammenpacken und sie zu Istari Sharma bringen.»

«Halt, halt», rief Fred aufgebracht, «sie weiß ja noch gar nichts von unserem Vorhaben! Und wenn sie nun nicht darauf eingeht?»

«Das richtige Angebot wird sie schon überzeugen», antwortete Felix.

«Löst du alle deine Probleme vornehmlich mit Geld?»,

fragte Christian.

«In der Regel schon, aber vielleicht hast du eine bessere Idee?!», schnappte Felix zurück.

«Ruhig, ruhig» ermahnte Fred die Streithähne. «Ich werde Istari morgen anrufen.»

«Nein, jetzt gleich», befahl Felix.

«Hast du eine Ahnung wie spät es ist? In Indien gehen die Menschen meistens um 11.00 Uhr zu Bett und jetzt ist es nach eins.»

«Ruf sie bitte gleich an», bat Christian. «Die Zeit rennt uns davon.»

Fred ließ sich erweichen und tippte die Nummer in sein Mobiltelefon ein. Er musste lange warten, bis Mrs. Istari Sharma abnahm.

Alle lauschten angespannt dem einseitigen, temperamentvollen, teils hitzigen Wortwechsel, im Bestreben, sich darauf einen Reim zu machen.

Endlich, nach bangen Minuten, beendete Fred das Gespräch. Seine Gesichtszüge hatten sich entspannt. «Sie ist einverstanden», rief er mit bebender Stimme.

Erneut breitete sich im Nähzimmer Jubel aus, in dem Freds letzte Worte untergingen.

«Aber, aber...»

Das Freudengeschrei verebbte, sodass er sich wieder Gehör verschaffen konnte. «Aber nur unter der Bedingung, dass wir ihren Laden nach dem Besuch von Mrs. Mondal wieder in Stand setzen. Und am Verkaufserlös will sie natürlich auch beteiligt werden.»

Die Freude wurde durch Freds Nachsatz augenblicklich gedämpft, aber Felix ließ sich seine zurückgekehrte Zuversicht nicht nehmen.

«Warten wir erst einmal den Mittwoch ab, dann sehen wir weiter.»

Christian begann erneut das Senfkorn heraufzubeschwö

ren, wurde jedoch von Freds warnendem Blick augenblicklich zum Schweigen gebracht.

Zweiundzwanzigstes Kapitel

Die im Stoffladen von Mrs. Istari Sharma herrschende Anspannung war bis auf die Straße hinaus spürbar. Dabei war die Neugestaltung hervorragend gelungen.

Über dem Eingang prangte ein von Felix gefertigtes Schild mit der Aufschrift *Rose de Paris,* unter der er den Eiffelturm und die Umrisse einer schwarzen Rose gemalt hatte. Das «petite» hatte er weggelassen.

«Eine geglückte Arbeit» hatte Christian bewundernd zu Felix gesagt, als sie beide das Schild anbrachten. «Du hast wirklich Talent. Hast du niemals daran gedacht, etwas mit Kunst zu machen?»

«Dafür ist es jetzt zu spät», hatte Felix geantwortet und mit den Achseln gezuckt. Christian, jedoch, war der Schmerz im Gesicht des Freundes nicht verborgen geblieben.

Das vor einigen Tagen noch geschmacklos gestaltete und mit viel zu vielen Stoffen überladene Schaufenster hatte sich in eine in Beige Tönen gehaltene Auslage verwandelt, in deren Mitte nur das mit Pailletten bestickte Abendkleid hing.

Im Inneren des Ladens hatten Patels ehemalige Dirnen, in Zusammenarbeit mit Christian, Felix, Fred und Mrs. Sharma wahre Wunder gewirkt.

Der ehemalige Verkaufsraum war in eine Sitzecke und einen Showroom, in dem Mrs. Sharmas Stoffe auslagen, unterteilt worden. Neben der Polstergruppe stand eine Kleiderstange, an der die gefertigten Konfektionen hingen. Auf kleinen Beistelltischen standen Blumensträuße und kleine Etageren mit *jalebi,* den frittierten indischen Teigspiralen, die Mrs. Sharma bis tief in die Nacht hinein gebacken hatte. Der ganze Stolz des Raumes bestand jedoch in einem alten Standspiegel, den Fred bei einem «garage sale» ergattert, und dem Felix mit Hilfe einer goldenen Patina einen gewissen «Shabby Chic» verpasst hatte, sowie einer Schneiderbüste, um die ein Hauch von gelbem Organza drapiert worden war.

Freds Cousin hatte einen alten Lastwagen aufgetrieben und Tische, Stühle, Nähmaschinen und beim eiligen Aufbruch vergessenes Material zu Mrs. Sharma geschafft. Nicht alles hatte in ihren bescheidenen Räumlichkeiten Platz gefunden. Ein Nähtisch, zwei Stühle und eine Nähmaschine waren im Hof deponiert worden und hofften inständig auf regenfreie Tage.

Nun standen Mrs. Sharma, Asha und Rajani im Verkaufsraum, während sich der Rest der Truppe in den Hinterraum verzogen hatte. Immer wieder blickte Felix auf seine Armbanduhr, bis es Fred zu bunt wurde. «Nun schau nicht immer auf die Uhr. Du machst mich ganz nervös, und Mrs. Mondal wirst du dadurch auch nicht schneller herzaubern können.»

«Und wenn sie nun nicht kommt?!»

«Sei nicht immer so pessimistisch, sie wird schon kommen», meinte Fred, obwohl er sich seiner Sache auch nicht sicher war.

Gegen sieben Uhr abends hatte die Anspannung einer tiefen Betrübtheit Platz gemacht.

Mrs. Sharma und Rajani hatten den Verkaufsraum verlassen und waren nun ebenfalls ins Hinterzimmer gekommen, wo Leela mit frisch aufgebrühtem Tee das traurige Grüppchen von dem Fiasko abzulenken versuchte, jedoch umsonst. Auch die Blechbüchse mit den jalebi, die Mrs. Sharma jetzt herumreichte, verfehlte ihre Wirkung. Keiner brachte auch nur einen Bissen hinunter.

Felix ließ sich auf einem Stuhl nieder und starrte verbissen vor sich hin. Fred saß im Schneidersitz auf dem Boden, den Kopf in beide Hände gestützt. Kumari, Rajani und Shanta kauerten auf der Erde und weinten still vor sich hin.

Lediglich Christian lehnte unbeteiligt an der Wand und

hatte wieder den verklärten Gesichtsausdruck angenommen, für den Felix ihn hätte umbringen können.

Die Mädchen waren bereits im Begriff aufzubrechen – Freds Cousin hatte in seinem Haus für die Frauen ein vorübergehendes Massenlager eingerichtet – und auch Felix und Fred schickten sich an, ins Hotel zurück zu fahren, als Asha, die im Verkaufsraum die Stellung gehalten hatte, aufgeregt ins Hinterzimmer stürzte.

«Mrs. Sharma, Rajani», rief sie aufgeregt. «Kommt schnell in den Verkaufsraum. Zwei große schwarze Wagen haben vor dem Geschäft angehalten.»

Alle drängten in den Showroom, aber Christian hielt sie mit strenger Stimme zurück.

«Es gehen nur Mrs. Sharma und Asha. Der Rest bleibt hier, oder wollt Ihr die Boutique in einen Jahrmarkt verwandeln?»

Beschämt und zugleich enttäuscht gehorchte die kleine Schar.

Leela schloss schnell die Verbindungstür zu den vorderen Räumlichkeiten und gesellte sich zu den anderen ins Hinterzimmer.

Hier war die Anspannung fast greifbar, während im Verkaufsraum Mrs. Sharma und Asha bemüht waren, den Eindruck von geschäftlichem Miteinander zu vermitteln.

Die Eingangstür, für die Christian einen Dekorbogen gezimmert hatte, wurde aufgestoßen und vier zierliche, in bunten Brokatsaris gekleidete Frauen betraten den Laden. Mit Genugtuung blickten sie sich in dem Raum um, der im Gegensatz zu den meisten vollgestopften Verkaufsstätten in der Stadt durch seinen Minimalismus Luft zum Atmen bot.

Frau Sharma lud die Frauen ein, auf der Polstergruppe Platz zu nehmen und bot ihnen eine Tasse Darjeeling Tee an. Dazu servierte Asha jalebi.

Es herrschte eine entspannte Atmosphäre, doch das Ver

kaufsgespräch wollte nicht so recht in Gang kommen.

Gerade noch rechtzeitig, bevor die Begeisterung der angehenden Kundinnen auf gefährliche Weise abgeflaut wäre, betrat Felix durch die Verbindungstür den Verkaufsraum.

Er hatte Christians Bitte entsprochen, der zu ihm mit eindringlicher Stimme gesprochen hatte: «Geh bitte nach vorne, ich glaube, dass Mrs. Sharma und Asha mit der Situation überfordert sind».

Felix ließ seinen ganzen Charme spielen, ohne dabei seinen Geschäftssinn zu vernachlässigen. «Wie darf ich den Damen behilflich sein?», fragte er in freundlichem und sehr professionellem Ton und deutete eine leichte Verbeugung an.

Frau Mondal sprach als erste und erzählte, dass sie die Adresse von einer Kundin erhalten hätte.

«Mir hat ihr Kostüm so gut gefallen, dass ich sie ansprach und fragte, wo sie das Stück gekauft habe, und da gab sie mir Ihr Atelier an.»

Mrs. Sharma schaute die Kundin befremdet an. Wie kam sie dazu, in Felix den Besitzer *ihres* Stoffladens zu sehen. Felix überspielte den gefährlichen Augenblick, indem er der Kundin zum Munde redete.

«In der Tat», behauptete er selbstsicher. «Das haben wir letzte Woche leider verkauft, aber wir können es jederzeit für sie anfertigen lassen, vielleicht aus einem anderen Stoff?!»

Mrs. Mondal wirkte etwas unschlüssig. Felix schritt auf die fahrbare Kleiderstange zu und rollte sie zu den Damen hinüber. Er nahm das aus gelber Spitze und weißer Seide gefertigte Kleid mit der figurbetonten Passform, den kurzen Ärmeln, dem V-Ausschnitt und dem seitlich vernähten Band zum Binden aus der mobilen Garderobe heraus und zeigte es herum.

Die Augen der vier Frauen begannen zu leuchten, und

dann gab es kein Halten mehr. Jede wollte das Kleid haben, von dem es nur ein einziges Modell gab. Felix zeigte ihnen die schlichte elegante, weiße Bluse, ein türkisfarbenes Seidenkostüm mit weißer Bordüre und zuletzt das mit Pailletten besetzte Abendkleid, das er aus dem Schaufenster herausgenommen hatte.

In der kleinen Kabine probierten die Damen sämtliche Kleidungsstücke an. Sie waren den zierlichen Frauen wie auf den Leib geschnitten, und aus diesem Grund kauften sie alle.

Als nichts mehr da war, zeigte Felix ihnen diverse Abbildungen von weiteren Modellen, die er vom Internet heruntergeladen und im *Colo Photo Shop* hatte ausdrucken lassen. Sie suchten verschiedene Kreationen und die entsprechenden Stoffe dazu aus. Asha musste Maß nehmen und versichern, dass die Stücke in zwei Wochen abholbereit seien.

Obwohl die Preise weit unter denjenigen von Malabar Hill lagen, hatte das Rose de Paris an diesem Abend so viel Umsatz gemacht, wie Patels Bordell nicht einmal in vier Monaten erzielt hatte.

Felix verabschiedete die ersten Kundinnen mit einem gewinnenden Lächeln und einer tiefen Verbeugung und dankte ihnen überschwänglich für den Einkauf. Dann ließ er, nachdem die Frauen im Fonds der Limousinen eingestiegen und davongebraust waren, die Tür sanft ins Schloss fallen.

Erst jetzt merkte er, dass sein Hemd am Rücken klebte und ihm der Schweiß von der Stirn tropfte.

Sie alle waren von den arbeitsreichen Tagen und insbesondere von der Anspannung des Nachmittags völlig erschöpft. Nichtsdestotrotz ließen sie es sich nicht nehmen, ihren ersten Erfolg gebührend zu feiern. Sie kehrten im kleinen Restaurant an der Ecke ein und ließen es sich bei *Tandoori Chicken* und *Byriani.* gutgehen.

Als Felix, Fred und Christian endlich im Taxi saßen und

zurück ins Hotel fuhren, wandte Felix sich an Christian und fragte: «Wie bist du auf die Idee gekommen, die Kleider aus Stoffen in überaus grellen Farben fertigen zu lassen? Ich hätte eher dezentere Materialien ausgesucht, aber die Kombination aus Indien und Paris hat offensichtlich Anklang gefunden.»

«Man muss behutsam vorgehen, wenn man Menschen für Neues begeistern will.»

«Eine weise Einstellung, der wir den heutigen Erfolg zu verdanken haben.»

«Ja», meinte Christian nachdenklich, «ich habe sie mir jedoch schmerzlich erkaufen müssen».

«Wie meinst du das?», wollte Felix wissen, aber Christian ging nicht auf seine Frage ein, und Felix war zu erschöpft, um nachzufragen.

«Wo ist eigentlich das schwarz-weiße Kostüm geblieben?», fragte Fred.

«Asha hat es vorsorglich ins Hinterzimmer gebracht», klärte Christian ihn auf.

«Kluges Mädchen».

Zurück in ihrem Hotelzimmer, verfielen Christian und Fred sofort in einen tiefen Schlaf. Obwohl Felix müde war, wollte er noch etwas erledigen: Aus der Nachttischschublade zog er eine Postkarte hervor. In seiner fast unleserlichen Handschrift kritzelte er einige Worte auf die Karte und versah sie mit einer Adresse. Dann klebte er die Briefmarke aus dem Krämerladen an der Marine Drive Road drauf und ging an die Reception, wo er darum bat, die Karte für ihn aufzugeben. Zufrieden kehrte er aufs Zimmer zurück, legte sich ins Bett und schlief mit einem zufriedenen Lächeln augenblicklich ein.

Dreiundzwanzigstes Kapitel

Sie blieben in Mumbai bis zur Fertigstellung der von Mrs. Mondal und deren Freundinnen bestellten Konfektionen. Die Kleidungsstücke wurden aufwendig genäht und sogar mit dem Label Rose de Paris versehen. Die Etiketten waren Freds Idee gewesen. Er hatte eine kleine Produktionsstätte in Dharavi mit ihrer Anfertigung beauftragt.

Am Tag, an dem die Kleidungsstücke zur Abholung bereit waren, kam Mrs. Mondal schon am Vormittag in die Rose de Paris. Sie wurde wiederum von ihren Freundinnen begleitet. Letztere hatten in der Zwischenzeit die Werbetrommel gerührt, mit dem Erfolg, dass sich ihnen noch weitere Frauen angeschlossen hatten.

In dem kleinen Laden stand man sich gegenseitig auf den Füßen, aber dieser Umstand tat dem Verkauf keinen Abbruch. Im Gegenteil, das Gedränge beflügelte die Neuankömmlinge und stürzte sie in einen sagenhaften Kaufrausch.

Nach einigen Tagen teilten Felix und Christian Fred mit, dass für sie nun die Zeit gekommen sei, wieder nach Hause zurückzukehren.

Christian hatte sie über sein Zuhause im Dunkeln gelassen, obwohl Felix ihn immer wieder danach gefragt hatte. Er aber, hatte lediglich sein enigmatisches Lächeln aufgesetzt und ihm gesagt, dass er über Rom in seine Heimatstätte zurückfliegen wolle.

«Das trifft sich gut», hatte Felix ihm gesagt. «Rom bedeutet zwar einen Umweg nach Zürich, aber ich war noch nie in der Heiligen Stadt.»

«Und was ist mit dir Fred?», erkundigte sich Felix. «Kommst du mit uns?»

Fred, der neben Mrs. Sharma stand, legte besitzergreifend einen Arm um ihre Schultern und schüttelte den Kopf.

«Nein, ich bleibe in Mumbai. Ich habe in Istari nicht nur die Frau gefunden, nach der ich in den vergangenen Jahren verzweifelt gesucht habe, sondern in der Boutique Rose de Paris auch eine Aufgabe fürs Leben. Die Mädchen aus dem Petite Rose werden weiter für uns arbeiten, und mit ihrer Hilfe werden wir hoffentlich eine gutgehende Konfektion auf die Beine stellen. Wir haben ihnen bereits den ersten Lohn ausbezahlt.»

«Du bist ein Glückspilz, den wir sehr vermissen werden», sagte Felix und umarmte den Freund. «Ich beneide dich. Aber ich freue mich auch für *unsere* Mädchen, um die wir uns keine Sorgen mehr zu machen brauchen. Versprich mir, dass du immer gut auf sie aufpassen wirst.»

«Ich verspreche es», erwiderte Fred und wischte sich eine Träne aus den Augenwinkeln. Aber nicht nur er hatte beim Abschied feuchte Augen. Die Mädchen weinten bitterlich und umarmten Christian und Felix immer wieder. Sie klammerten sich an ihnen fest und wollten sie nicht mehr loslassen, bis Mrs. Sharma ein Taxi herbeiwinkte und die beiden Männer energisch in das Innere des Autos beförderte.

Als Felix und Christian ihr nochmals zuwinkten, bemerkten sie, dass auch ihr Tränen über das Gesicht liefen.

Im Taxi, das sie zurück zum Hotel fuhr, lehnte Felix sich entspannt in den Sitz zurück. «Ich bin glücklich, dass es uns gelungen ist, den armen Frauen aus dem Petite Rose die Chance auf eine bessere und würdige Zukunft zu ermöglichen. Nun können wir getrost nach Hause fliegen.»

«Noch nicht ganz», erwiderte Christian. «Wir haben noch eine letzte Aufgabe zu erledigen.»

***

Im sechstausendfünfhundert Kilometer entfernten Zürich kehrte Marga Vogt von der morgendlichen Kaffeepause übelgelaunt in ihr Büro zurück. Dr. Bärbeiss hatte die Unterlagen für die Vorstandssitzung bemängelt, die sie mit großer Sorgfalt am Vorabend vorbereitet hatte. Sie hatte ihn ausdrücklich gefragt, ob er für die Besprechung noch weitere Schriftstücke benötigte. Er hatte verneint. Kurz vor dem Meeting war ihm jedoch eingefallen, dass etliche Dokumente fehlten. Verdrießlich hatte er sie angewiesen, diese in aller Eile zu beschaffen. Aus unerklärlichen Gründen war ihr jetziger Chef mit ihrer Arbeit unzufrieden. Ständig hatte er etwas an ihr auszusetzen. Sie wusste, dass sie eine tüchtige Assistentin war, aber zwischen ihr und Bärbeiss stimmte die Chemie einfach nicht. Sie fürchtete sich noch immer davor, Felix von Gunten könnte seine Drohung wahrmachen und ihre Entlassung einleiten. Vielleicht hatte er dies bereits getan, was das Verhalten von Bärbeiss erklären würde. Er hatte nur noch keinen Ersatz für sie gefunden.

Der firmeninterne Briefbote hatte in der Zwischenzeit die Post auf ihrem Schreibtisch deponiert. Lustlos ging sie den Stapel durch: Fachzeitschriften, Firmencouverts von Mitarbeitern mit Unterlagen für die Geschäftsleitungssitzung, Rechnungen zur Begutachtung und Freigabe... und eine Postkarte. Es war eine Ewigkeit her, seit sich eine Ansichtskarte in der Post verirrt hatte. Heutzutage verschickte niemand mehr Urlaubsgrüße in Form von bunten, Fernweh erweckenden Postkarten. WhatsApp erledigte diese Aufgabe effizienter und billiger. Neugierig sah sie sich die Frontseite an und erstarrte, als sie darauf den Schriftzug *Gateway of India* erblickte, unter der ein monumentaler Torbogen abgebildet war. Ihre Hände begannen zu zittern, und es vergingen einige Minuten, bis sie sich dazu überwand, die Karte umzudrehen. Sie war an sie adressiert. Und auf der linken für den Text reservierten Spalte waren in fast unleserlicher Schrift nur vier Wörter hastig niedergeschrieben worden: *Danke für die Eco, F.*

Du lieber Himmel, die Karte stammte von Felix. Sie kannte seine Hieroglyphen, die ihr oft Kopfzerbrechen bereitet hatten. Sie konnte sich auf seine Mitteilung keinen Reim machen, nur gerade so viel, dass er seine Drohung, ihre Kündigung zu veranlassen wohl doch nicht wahrgemacht hatte. Wie sonst hätte er ihr für die economy class gedankt. Immer wieder las sie die wenigen Worte, die zwar einen zusammenhängenden Satz bildeten, in ihren Augen jedoch keinen zusammenhängenden Sinn ergaben.

Sie wollte die Karte schon beiseitelegen, als es ihr wie Schuppen von den Augen fiel: Irgendetwas musste in der Eco vorgefallen sein, für das er sich bei ihr bedankte. Vielleicht hatte er jemanden kennengelernt, vielleicht auch etwas erfahren, das für ihn von Bedeutung war. Dem Geheimnis um Felix' Verbleib in Indien war sie keinen Schritt nähergekommen, aber wenigstens hatte seine Postkarte ihr die Angst vor einer Entlassung genommen.

Das Schnarren des Tischtelefons unterbrach ihre Grübelei. Missmutig hob sie ab und leierte in den Hörer hinein: «Palm Oil Holding, Marga Vogt am ...»

«Hier ist Verena von Gunten», schnitt Felix' Frau ihr das Wort ab.

Marga fühlte wie ihr abwechselnd heiß und kalt wurde, und am anderen Ende der Leitung vernahm Verena, wie die Angerufene pfeifend Luft entweichen ließ.

«Oh entschuldigen Sie die Störung, aber hätten Sie Lust heute nach Feierabend zu mir zu kommen? Ich bereite uns einen Imbiss vor.»

Marga war zu verdattert, um sofort zu antworten. Sie überlegte fieberhaft, ob sie die kurzfristige Einladung annehmen, oder einen Termin vorschützen sollte.

Verena wusste nichts von dem Verhältnis, das sie mit Felix gehabt hatte, und von ihr würde sie auch nichts darüber erfahren. Trotzdem war Marga auf Verenas nähere Bekanntschaft nicht besonders erpicht. Wenn sie ihr aber heute absagte, würde sie zu einem späteren Zeitpunkt eine erneute Einladung erhalten, die sie dann wohl oder übel annehmen musste. Es kam also nicht darauf an, und Marga wollte das Treffen so schnell wie möglich hinter sich bringen. Deshalb nahm sie Verenas Einladung an und beendete schnell das Gespräch. Bis Geschäftsschluss fiel es ihr jedoch schwer, sich auf ihre Arbeit zu konzentrieren.

**

Als Marga um halb sechs Uhr abends Feierabend machte, war es in Mumbai zweiundzwanzig Uhr. Zeit für Christian und Felix, ein letztes Mal nach Kamathipura zu fahren. Es hatte Christian Erhebliches an Überzeugungskraft gekostet, seinen Freund dazu zu bringen, ihn zu begleiten.

«Was sollen wir noch dort?» hatte Felix gefragt. «Wir haben den Mädchen den Anfang einer menschenwürdigen Existenz ermöglicht, der Laden läuft, und auch Fred hat in der liebenswerten und überaus attraktiven Mrs. Sharma sein Glück gefunden.»

«Und was ist mit Patel?» hatte Christian erwidert. «Was macht dich so sicher, dass er unsere Mädchen zukünftig in Ruhe lassen wird?»

Felix war das Blut in den Adern gefroren. In seiner Überschwänglichkeit hatte er den Bordellbesitzer ganz vergessen.

«Und wie sollen wir das anstellen?» Hast du eine Idee?»

Christian gab darauf keine Antwort.

«Bitte zur Grant Road», wies er den Fahrer des Taxis an, obwohl weder er noch Felix eine Ahnung hatten, wo sich das Red Jasmine genau befand. Felix Intuition sagte ihm, dass es nicht allzu weit entfernt von Patels ehemaligem Bordell liegen musste. Der Mann, der lauthals Mauta Mauta gerufen hatte, war zu Fuß zu ihnen gekommen und Jamal Narayan, der verstorbene Besitzer des Red Jasmine, schien in Kamathipura wie ein bunter Hund bekannt gewesen zu sein. Sie würden sich durchfragen müssen, aber Felix war sich sicher, dass sie das Bordell finden würden.

Die beiden Männer gingen auf der Grant Road in Richtung Westen und fragten die Nutten auf der Straße, ob sie wüssten, wo sich das Red Jasmine befände. Statt einer Antwort, warfen ihnen die Frauen finstere Blicke zu. Das Red Jasmine und ihre Huren bedeuteten Konkurrenz für sie, weshalb sie die Adresse nicht leichtfertig preisgeben wollten.

Die Suche erwies sich schwieriger als von Felix angenommen. Sie befragten zuerst eine Reihe von Prostituierten auf der rechten Straßenseite und dann diejenigen auf der linken. Keine der Befragten gab an, Bescheid zu wissen. Und die Grant Road nahm kein Ende. Felix war drauf und dran aufzugeben, als Christian ihn am Hemdsärmel festhielt und auf die abwechselnde, in rot und blau flimmernde Leuchtschrift am Anfang einer Querstraße deutete.

«Da ist es», rief Felix aufgeregt, nachdem es ihm gelungen war, die flackernden Buchstaben zu entziffern und sie zum Schriftzug Red Jasmine aneinanderzureihen.

Das Haus, in dem das Freudenhaus angesiedelt war, machte einen nicht ganz so heruntergekommenen Eindruck wie das Petite Rose und war auch beträchtlich größer. Ob es Patel gelungen war, es zu erwerben?

Die beiden Freunde näherten sich dem Eingang, vor dem zahlreiche Nutten standen. Das Geschäft musste in dieser Nacht flau sein, überlegte Felix, dem die vielen untätigen Frauen während ihres Abschreitens der Grant Road, aufgefallen waren.

Als sie unter der Reklame standen, konnten sie im grellen, aufflammenden Licht für den Bruchteil von Sekunden die Gesichter der Huren erkennen und erschauderten: Das waren keine Huren, Nutten, Dirnen, oder wie man sie sonst zu bezeichnen pflegte. Das waren Kinder, die der Kindheit beraubt worden waren und mit leeren Augen Dinge sahen, die sie nicht hätten sehen dürfen!

Christian und Felix betraten unbehelligt das Gebäude. Den Heranwachsenden vor dem Haus fehlte die Erfahrung, auf Freier einzugehen und mit ihnen den Preis zu verhandeln. Sie waren erleichtert, wenn sie nicht belästigt wurden und ihre zarten, unfertigen Körper die Brutalität des Tieres im Mann nicht erdulden mussten.

«Wir müssen diesen armen Geschöpfen da draußen helfen», meinte Christian erzürnt.

«Lass es gut sein, Mann», erwiderte Felix. «Wenn wir heute diesen helfen, stehen morgen wieder neue dort. Wir können nicht allen beistehen. Nicht einmal Gott bringt das fertig, oder hast du eine Erklärung für das Elend und die Ungerechtigkeit auf unserem Planeten?»

Christian fuhr zusammen und sah Felix mit leerem Blick an.

«Was ist? Bist du über meine Aussage empört? Wichtig ist doch, dass wir uns vergewissern, dass Patel *unsere* Mädchen in Ruhe lässt. Deshalb sind wir doch hergekommen, oder etwa nicht?»

Das wirkte. Christians Blick kehrte aus einer längst vergangenen Welt in die Realität zurück.

«Nun gut», sagte er zerknirscht und sah sich suchend in dem dürftig erleuchteten Flur um.

Er war breiter als derjenige im Petite Rose, aber nicht weniger schäbig. Hier hatte keiner sich bemüht, die Trostlosigkeit der schmierigen Wände mit ausgeblichenen und abgewetzten indischen Tüchern zu cachieren. Auch in diesem Bordell mündeten verschiedene Türen, die alle geschlossen waren, in den Gang. Nur eine, am Ende des Korridors, war einen Spalt breit offen und ließ einen schmalen Lichtkegel in das Halbdunkle fallen.

Die beiden Männer schlichen sich an die Tür heran, stießen sie mit der Schuhspitze einige Zentimeter weiter auf und spähten in einen Raum, der einem notdürftig eingerichteten Bürozimmer glich.

Patel saß zurückgelehnt in seinem abgewetzten Sessel - ein Überbleibsel aus dem Petite Rose - in der einen Hand ein *Kingfisher strong beer*, an dem er genüsslich nippte und in der anderen eine dicke Zigarre.

«Die Geschäfte scheinen ja ganz gut zu gehen», sagte Felix und betrat zusammen mit Christian den Raum.

Als Patel die Eindringlinge erblickte, weiteten seine Augen sich vor Schrecken und Entsetzen.

«Sie schon wieder?»

Er erhob sich aus dem Sessel, um eine Klingel hinter seinem Schreibtisch zu betätigen, aber Felix war schneller als er und zwang ihn, sich wieder zu setzen.

«Wir wollen dir nicht ans Leder», versuchte Christian ihn zu beschwichtigen. «Wir wollen nur sichergehen, dass du die Mädchen aus dem Petite Rose zukünftig in Ruhe lässt».

Patel witterte hinter Christians unbedachten Worten sofort Geld, und Felix ärgerte sich einmal mehr über die Arglosigkeit und das Gottvertrauen seines Freundes.

«Nun ja», nahm Patel den Faden auf. «Die Geschäfte würden erheblich bessergehen, wäre da nicht der Kredit, den ich aufnehmen musste, um den Zuschlag für mein neues Bordell zu erhalten. Euer Vorhaben, aus dem Petite Rose eine gut gehende Konfektion zu machen, hat außer Spesen nichts gebracht. Ihr seid schuld daran, dass ich mir eine neue Existenz aufbauen musste.»

«Die Spesen haben wir berappt. Du hast keine zusätzlichen Auslagen gehabt, oder hast du vergessen, dass wir dich für Deine Ausfälle fürstlich entschädigt haben?», machte Felix ihm in vorwurfsvollem Ton weiß, während er sich gleichzeitig bemühte, seine Erleichterung so gut es ging zu verbergen. Denn offensichtlich wusste Patel nichts von dem Erfolg, den seine ehemaligen Mädchen mit ihren

Kleidern erzielt hatten. Dazu war Mumbai zu groß und Mrs. Sharmas Atelier noch zu unbekannt und außerhalb seiner Reichweite. Er warf Christian einen warnenden Blick zu, doch dieser war sich seines Fehlers bewusstgeworden, hüllte sich in Schweigen und starrte teilnahmslos die schmierigen Wände an.

«Wie hoch ist denn der Kredit, den du aufgenommen hast?», erkundigte sich Felix.

Patel nannte eine astronomische Summe, von der Felix wusste, dass sie aus der Luft gegriffen war. Er hatte jedoch von dem geldgierigen Patel nichts anderes erwartet. Sein Kredit, wenn er überhaupt einen hatte aufnehmen müssen, betrug höchstens einen Bruchteil des genannten Betrages.

Er machte sich an seinem linken Handgelenk zu schaffen, nahm seine Breitling Armbanduhr ab und war im Begriff, sie Patel zu überreichen, als Christian aus seiner gespielten Teilnahmslosigkeit erwachte und Felix' Arm festhielt.

«Lass das», befahl er ihm in barschem Ton, und wandte sich dem Bordellbesitzer zu: «Wie wäre es, wenn du uns das Petite Rose verkaufen würdest?»

Patel starrte Christian mit offenem Munde an.

«Hast du jetzt völlig den Verstand verloren?», fragte Felix den Freund.

«Mein Verstand war noch nie so klar wie jetzt», entgegnete Christian und zog ein ansehnliches Bündel Rupien aus seiner Hosentasche.

Die Augen des schmierigen Inders drohten aus den Höhlen zu treten. Auch Felix wunderte sich, wo Christian das Geld herhatte, aber er hatte sich bereits daran gewöhnt, dass bei dem Freund alles etwas anders war.

Patel griff nach den Noten, aber Christian war schneller als er und hielt die Scheine in die Höhe.

«*Ich* bestimme den Preis», sagte er zu Patel und nannte ihm die Summe, die er für das Petite Rose zu zahlen bereit war.

Der Bordellbesitzer lehnte sich in seinem Sessel zurück, nahm einen Zug aus der Zigarre und stieß den Rauch in kleinen Ringen aus. «Du hast sie wohl nicht mehr alle. Für den Preis verkaufe ich niemals»!

Hinter Christians Angebot witterte Patel das große Geschäft, das ganz große Geschäft, das ihm ein sorgenfreies Leben bescheren würde. Er wusste, dass er am längeren Hebel saß. Dem eigenartigen und versponnenen Fremden und seinem gewieften Begleiter waren die Mädchen aus dem Petite Rose aus unerklärlichen Gründen ans Herz gewachsen. Sie würden jeden Preis für das Bordell zahlen.

«Nun, was seid ihr bereit für das Petite Rose hinzublättern, damit ich *eure* Huren nicht mehr belästige? », fragte er und nippte genüsslich an seinem Bier.

«Den Preis, den ich dir genannt habe und keine Rupie mehr.»

«Dann kommen wir nicht ins Geschäft», sagte Patel in abschließendem Ton und wandte sich wieder seiner Zigarre zu.

Für einen Augenblick sagte keiner der Männer ein Wort. Felix wollte etwas entgegnen, aber der Freund bedeutete ihm mit einer Handbewegung zu schweigen. Christian nahm den Stuhl, der vor dem Schreibtisch stand, stellte ihn vor Patel ab und setzte sich rittlings darauf. «*Āpaṇa vikrī karāla*, du wirst verkaufen», begann er in fließendem Marathi, der in Patels Kreisen meist gesprochenen Sprache.

Patel blickte ihn ungläubig an. Sein Mund war zu einem unverschämten Grinsen verzogen, das aber gefror, als Christian weiter auf ihn einredete. Dicke Schweißperlen bildeten sich auf seiner Stirn, und sein Gesicht war aschfahl geworden. Felix verstand kein Wort. Er glaubte aber, den Namen «Bhagwan» aus Christians Redeschwall herausge hört zu haben.

In seinem Sessel wurde Patel immer kleiner. Aus seinem Gesicht war der Spott verflogen. Stattdessen wurde es von unsäglicher Angst verzerrt. Er schien mit allem, was Christian sagte, einverstanden zu sein und nickte immer wieder mit dem Kopf.

Schließlich stand Christian auf, und sagte nun wieder auf Englisch. «Nun, da du gewillt bist, uns das Petite Rose zu dem von uns genannten Preis zu verkaufen, werden wir uns morgen um 10.30 Uhr beim Notar treffen». Er gab Patel die Adresse und fügte hinzu. «Dieser wird einen rechtlich gültigen Vertrag zwischen dir als Verkäufer und meinem Freund hier als Käufer, aufsetzen. Sobald ihr das Dokument unterschrieben habt, bekommst du einen Teil des von mir bestimmten Kaufpreises.»

«Warum nur einen Teil?», wagte Patel zu fragen, der den ersten Schrecken überwunden zu haben schien.

«Den Rest gebe ich dir, nachdem du eine eidesstattliche Erklärung unterschrieben hast, wonach deine ehemaligen Dirnen aus dem Petite Rose dir gegenüber keinerlei Verpflichtungen mehr haben.»

Patel überlegte: Seit er das Red Jasmine erstanden hatte, war sein Verdienst nicht schlecht gewesen. Verglichen mit dem Petite Rose, warf es pro Nacht sogar einen höheren Ertrag ab. Seine ehemaligen Nutten waren von den drei Ausländern derart aufgewiegelt worden, dass es eine ganze Weile dauern würde, bis er sie wieder gefügig gemacht hätte. Der Verkauf des Petite Rose war das Beste, das ihm angesichts der gegebenen Umstände passieren konnte. Aber wieso knüpfte dieser Spinner die Übergabe der gesamten Summe an die eidesstattliche Erklärung? Das ging ihm gegen den Strich.

«Nun, was ist, willst du nicht mehr? Oder soll ich dafür sorgen, dass Baghwan dir Beine macht», fragte Christian verärgert und schickte sich an zu gehen.

«Halt», rief Patel. «Ich werde morgen um 10.30 Uhr beim Notar an der *Vikas Road* sein.

«In Ordnung», entgegnete Christian und verließ mit einem völlig entgeisterten Felix das Bordell.

Als sie an den Mädchen vorbeikamen, hätte Christian das Geld am liebsten ihnen gegeben, aber es verhielt sich so, wie Felix gesagt hatte. Würde er diese von der Straße wegholen, stünden am nächsten Tag wieder neue dort. In dem Augenblick fragte er sich, wie Gott Vater das zulassen konnte, schämte sich aber augenblicklich für seine Ungläubigkeit. Im Stillen bat er Gott um Verzeihung und erkannte im Gebet, dass Sein Reich sich mit der Vorstellung der Menschen nicht in Einklang bringen ließ. Erst wenn die Menschen heil würden, konnte die Welt gesunden!

«Womit hast du ihn gefügig gemacht? In welcher Sprache hast du mit ihm gesprochen und was hat es mit Baghwan auf sich?», sprudelte es aus Felix heraus, während sie im Taxi saßen und zurück ins Hotel fuhren.

Christian hüllte sich einmal mehr in Schweigen.

Felix rüttelte an seinem Ärmel. «Wieso muß *ich* den Vertrag unterschreiben? Jetzt werde ich zu guter Letzt auch noch Besitzer eines Bordells in Mumbais schlimmstem Rotlichtmilieu. Wie soll ich das jemals meiner Frau erklären?»

Christian zuckte mit den Achseln. «Wenn die Zeit dafür reif ist, wird dir schon das Richtige einfallen».

Felix starrte Christian ungläubig an, obwohl er zugeben musste, dass Christians Plan genial war. Das Freudenhaus Petite Rose würde auf legalem Wege aufhören zu existieren und mit seinem Verschwinden jegliche Verpflichtung der Mädchen gegenüber Patel. *Sein* Problem war aber da mit nicht gelöst.

«Aber warum kannst *du* nicht das Petite Rose kaufen und die eidesstattliche Erklärung unterschreiben?», fragte Felix eindringlich und nun sichtlich verärgert.

«Ich kann nichts kaufen und schon gar kein ehemaliges Bordell.»

«Ich aber schon, wie? und warum *du* nicht?»

«Das wirst du noch früh genug erfahren.»

«Du bist vielleicht ein lustiger Vogel. Ist dir klar was du mit diesem Geschäft von mir verlangst?

«Bitte, tue mir den Gefallen. Du wirst es nicht bereuen», bat Christian und schenkte dem Freund ein verklärtes Lächeln.

Aufs Neue ärgerte Felix sich über die Überheblichkeit seines Freundes, der seine Fragen einmal mehr nicht beantwortete. Er verspürte einen unbändigen Drang, ihn zu verletzen, ihn für seinen Frust zu bestrafen. Er drehte sich zu Christian um und sagte in verächtlichem Ton: «Auch bei dir scheint das Ziel die Mittel zu rechtfertigen. Eine Erpressung hätte ich Dir aber wahrhaftig nicht zugetraut».

Christian gab darauf keine Antwort. Felix' Worte hatten ihn tief getroffen. In seiner unendlichen Güte verzieh er jedoch dem Freund, so wie er vielen vor ihm verziehen hatte.

Vierundzwanzigstes Kapitel

Marga Vogt parkte ihren Wagen vor der Villa an der Forsterstraße. Neben den modernen und luxuriösen Glaspalästen wirkte das altmodische, vornehme Haus fast fehl am Platz, obwohl sein Anspruch an die edle Gegend durchaus legitim war.

Verena musste ihre Ankunft beobachtet haben, denn noch bevor Marga den Klingelknopf betätigte, wurde die Eingangstür geöffnet.

«Ich freue mich, dass Sie so kurzfristig kommen konnten. Bitte treten Sie ein», begrüßte Verena sie mit einem warmen Lächeln.

Nach ihrer ersten, eher frostigen Begegnung wunderte sich Marga über Verenas Freundlichkeit. Sie dankte Verena mit einem gekünstelten Lächeln. Aus den Augenwinkeln beobachtete sie die elegante Erscheinung ihrer Gastgeberin, die schwarze Leggins und ein weites schwarz-weißes Oberteil trug. Ihre schmalen Füße steckten in schwarz-weißen Ballerinas von Chanel.

Marga konnte nicht verstehen, weshalb Felix ihr diese attraktive und anmutige Frau als vorzeitig verblüht geschildert hatte. Entweder besaß er keine Augen im Kopf, oder er hatte einen Vorwand für seine Affäre gesucht.

Verena führte sie in ein geräumiges Wohnzimmer, in dem Marga sich sogleich wohl fühlte. Auf dem Couchtisch vor dem Sofa stand ein Kühler mit einer Flasche Weißwein und eine Etagère mit Lachs- und Bündnerfleisch-Sandwiches.

Marga blickte mißbilligend auf die noble Verpflegung.

«Ich habe uns nur einen kleinen Imbiss vorbereitet», sagte Verena.

Sie nahm die Flasche aus dem Kühler, schenkte Marga und sich ein und erhob ihr Glas. «Prost», sagte sie und lehnte sich in ihrem Sessel zurück. Beide Frauen nippten an ihren Gläsern, und Marga fragte sich, was das Ganze zu bedeuten hatte. Sie wurde zunehmend nervöser und bedauerte bereits, die Einladung angenommen zu haben.

Als ob Verena ihre Gedanken erraten hatte, brach sie unvermittelt das Schweigen und erkundigte sich nach ihrer Arbeit und ob sie mit ihrem neuen Chef gut auskam.

«Überhaupt nicht», vertraute Marga sich ihr an. Herr Dr. Bärbeiss ist so bärbeißig wie sein Name. Ich kann ihm nichts recht machen.»

Verena schaute sie aus mitleidsvollen Augen an. «Kommen Sie, ich möchte Ihnen etwas zeigen». Sie führte Marga ins angrenzende Esszimmer und bat sie, an den Tisch zu treten, auf dem eine große, dicke Pappmappe lag. Sie löste die Schleifen an den Seiten, klappte den Schutzkarton auf und enthüllte den Inhalt.

Mit geweiteten Augen starrte Marga auf das erste Blatt. Die darauf zu sehende Landschaft war nur angedeutet, dennoch leuchtete sie in ineinanderfließenden, zarten Pastellfarben und vermittelte dem Betrachter, das Gefühl, ein Teil von ihr zu sein. Die nächsten Bilder waren nicht weniger spektakulär und zeugten von einer ausgereiften Maltechnik.

«Wer hat das gemalt», fragte Marga schließlich.

«Mein Mann».

«Felix hat das gemalt!?», entfuhr es Marga. «Ich wusste gar nicht, dass er malt», fügte sie hinzu. Ihr fiel es schwer den arroganten Manager mit dem Autor der Kunstwerke in Verbindung zu bringen.

«Ich in dieser Qualität auch nicht, bis ich die Mappe mit den Bildern hinter der Kommode im Schlafzimmer entdeckte. Er hat mir vor langer Zeit einmal erzählt, dass er gerne die Akademie der Bildenden Künste in München besucht hätte, aber auf Wunsch seines Vaters stattdessen in die Wirtschaft gegangen sei. Felix hat hin und wieder kleine

Stillleben oder unbedeutende Landschaftsbilder gemalt, sozusagen als Zeitvertreib, aber es ist eine Ewigkeit her, seitdem ich ihn mit dem Mahlblock gesehen habe. Ich habe einem mir bekannten Galeristen die Bilder gezeigt. Er war von ihnen ebenso angetan wie Sie. Er möchte eine Ausstellung veranstalten.»

«Darf er denn das, ohne das Einverständnis Ihres Mannes?», fragte Marga.

«Wahrscheinlich nicht, aber nachdem er so lange weg ist und ich keine Ahnung habe, was er in Indien treibt, und ob er überhaupt zurückkommt, pfeife ich auf das was rechtens ist. Die Galerie meines Bekannten ist nicht groß und kann daher keine aufwendigen Kataloge drucken lassen. Deshalb habe ich mir gedacht, dass Sie mir vielleicht helfen könnten.»

«*Ich*? Wie kommen Sie auf mich?»

«Nun ja, Felix hat sie immer gerühmt. Sie würden ausgezeichnete Präsentationen machen, allerlei Computerprogramme beherrschen und sich mit dem Abede, nein Adebe…»

«Sie meinen mit dem Adobe Photoshop?»

«Ja, das ist es, dieses Programm hat Felix erwähnt, aber ich kenne mich in diesen Sachen überhaupt nicht aus.

Marga wusste nicht, was sie darauf sagen sollte und schwieg bis Verena sie unverblümt fragte. «Hätten Sie Lust, den Katalog für die Ausstellung der Bilder meines Mannes zu gestalten? Natürlich nicht umsonst.»

Marga dachte über ihre Anstellung bei Bärbeiss nach und wie ungern sie in den vergangenen Wochen zur Arbeit gegangen war. Vielleicht beinhaltete Frau von Guntens Angebot die Gelegenheit zu einem Neuanfang, einer Wende in ihrem Leben.

«Ich kann es ja versuchen», meinte sie in der Stimme ein nicht zu überhörendes Zögern, von dem Verena sich aber nicht beirren ließ. «Wunderbar», rief sie erfreut. «Dann mache ich morgen mit Mario, dem Galeristen, gleich einen Termin aus, damit wir alle gemeinsam das Vorgehen besprechen können».

Fünfundzwanzigstes Kapitel

Flug Turkish Airline 721 nach Istanbul war nun zum Einsteigen bereit. Die Passagiere der First und Business Klasse durften das Flugzeug als erste betreten. Felix und Christian erhoben sich von ihren Sesseln im Wartebereich und gesellten sich zu der kleinen Gruppe privilegierter Mitreisender.

Christian war es anzusehen, dass es ihm dabei in seiner Haut nicht wohl war. Er hätte es vorgezogen, hinten in der Holzklasse zu fliegen, wo die Menschen eher seinem Naturell entsprachen.

Nach dem Vertragsabschluss bei dem Notar, der ohne Komplikationen über die Bühne gegangen war, hatten die beiden Freunde sich während eines ganzen Tages über die Reisemodalitäten gestritten: Felix' Rückflug war für die Businessclass ausgestellt worden, weshalb ihm eine Umbuchung gestattet war. Christians Rückflug in Economy, hingegen, war verfallen, weil er die billigste, nicht umbuchbare Variante für seine gesamte Reise gewählt hatte. Felix hatte Christians Flug mit seinen Meilen, die er im Laufe seiner vielen Geschäftsreisen gesammelt hatte, gekauft.

«Warum soll ich der Fluggesellschaft etwas schenken? Deine Annehmlichkeit hat mich keinen Cent gekostet!»

«Dieser Luxus steht mir nicht zu», hatte Christian geantwortet. «Ich bin ein demütiger Mensch, der sich nicht von anderen abheben will. *Denn wer sich selbst erhöht, der wird erniedrigt werden; und wer sich selbst erniedrigt, der wird erhöht werden.*»

Felix hatte ihn kopfschüttelnd angesehen und seine wenigen Habseligkeiten in der neuen Reisetasche verstaut. Dann hatte er für einen Augenblick innegehalten und war nachdenklich zu Christian getreten.

«Das ist doch Christus Gleichnis vom Pharisäer und dem

219

Zöllner. Wieso nimmst *du* ständig *Seine* Worte in den Mund?»

Christian hatte darauf nichts entgegnet, auch als Felix ihm die Frage nochmals stellte. Aber mit der Zeit hatte er sich daran gewöhnt, dass sein unergründlicher Reisegefährte ihm nicht immer antwortete. Und sich nochmals mit ihm streiten, wollte er nicht.

«Mr. von Gunten, Mr. Goldinger, willkommen an Bord.» Mit dieser persönlichen Anrede begrüßte sie eine charmante Flugbegleiterin und geleitete sie zu ihren breiten und komfortablen Businessclass-Sitzen. Felix machte es sich in seinem Sessel sofort bequem, während Cristian sich auf die äußerste Kante setzte und bekümmert vor sich hinstarrte.

«Du kannst dich ja gar nicht richtig anschnallen», meinte Felix, drückte ihn in den Sitz hinein und befestigte den Sicherheitsgurt.

«Deine Fürsorge rührt mich», sagte Christian und schenkte dem Freund ein liebevolles, warmes Lächeln.

Und da war es mit einem Mal wieder, dieses Gefühl von Glückseligkeit, von Geborgenheit und Zufriedenheit, die er während der letzten Tage so sehr vermisst hatte.

Wenige Minuten später wurde ein Erfrischungsgetränk serviert, wobei sie zwischen frisch gepresstem Orangensaft und frisch zubereiteter Limonade aus Limetten und Minze wählen konnten.

Im hinteren Teil der Maschine war man immer noch mit dem Boarding der Passagiere der Economyclass beschäftigt. Sobald dieses beendet war, wurden die Motoren angelassen. Nachdem sie ausgetrunken hatten, räumte die Flugbegleiterin ihre Gläser ab und reichte ihnen ein heißes Erfrischungstuch.

Christian machte Anstalten, sich aus seinem Sitz zu erheben.

«Wo willst du hin?», fragte Felix. «Wir starten in wenigen Augenblicken.»

«Ich will hinten reisen, hierher hat mich der Fürst dieser Welt geführt, damit ich der Versuchung erliege.»

«Bist du verrückt geworden? Was redest du da für einen Schwachsinn von Fürsten und Versuchung?», rief Felix aufgebracht.

Aus den Lautsprechern ertönte die Stimme des Captains, der sie aufforderte, ihre Sitzgurte zu schließen und die Lehnen ihrer Sitze hochzuklappen, da die Maschinen nun zum Take-off bereit sei.

Mit einem tiefen Seufzer setzte Christian sich wieder und schloss seinen Sicherheitsgurt. Felix blickte den Freund kopfschüttelnd an. Was war nun schon wieder in ihn gefahren? Er nahm sich vor, nach dem Start ein klärendes Gespräch mit ihm zu führen. Das war er ihm schuldig! Während der gemeinsamen Wochen in Indien war ihm Christian ans Herz gewachsen, obwohl er nicht immer mit ihm gleicher Meinung war. Seine Weltfremdheit, seine zeitweilige Entrückung, seine Demut und Ruhe gingen ihm jedoch auf die Nerven, vielleicht weil er damit nichts anzufangen wusste und deshalb verunsichert war.

Nach einer Viertelstunde hatten sie ihre Reiseflughöhe erreicht. Felix lockerte seinen Sitzgurt und beugte sich zu dem Freund. Er wollte unbedingt mit ihm reden. So viele Dinge gingen ihm durch den Kopf, auf die er sich keinen Reim machen konnte. Doch Christian schlief. Enttäuscht lehnte Felix sich in seinem Sitz zurück und blätterte im Bordmagazin.

Christian erwachte, als die Flugbegleiterin den Passagieren die Menükarte reichte, aus der sie das Mittagessen auswählen konnten. Zur Auswahl standen Kebab, Satay Spieße und allerlei andere Speisen. Nachdem Christian und Felix ihre Wahl getroffen hatten, fand Felix die Zeit für gekommen, um mit dem Freund zu reden.

«Sag mal, Christian», begann er etwas unbeholfen, «was hast du mit deiner Aussage gemeint, dass der Fürst dieser

Erde dich hierhergeführt hat, damit du der Versuchung erliegst?»

«Die Regierung Satans ist dabei, einen großen Teil der Menschen zu versklaven. Satan schenkt ihnen die Gier, aus der heraus sie mit Waffen handeln, mit denen sie sich bekriegen und umbringen, aus der heraus sie unnütze Dinge tun und das Vergängliche lieben. Satan macht sie zu unersättlichen Ungeheuern, die nicht nur sich selbst, sondern alles um sich herum zerstören. Sie freveln gegen Gott, weil sie die von Ihm erschaffene Herrlichkeit nicht ehren. Sie scheren sich einen Dreck um die göttliche Ordnung, ohne zu merken, dass sie sich immer weiter und schneller ins Verderben stürzen.»

Felix dachte lange über Christians Worte nach: Er hatte recht. Die Welt befand sich tatsächlich in einem erbärmlichen Zustand. Aber ob der Urheber dieser Misere wirklich Satan war, bezweifelte er.

«Ich habe dich während unserer gemeinsamen Zeit als einen überaus demütigen und gütigen Menschen erlebt. Ich glaube deshalb nicht, dass du so schnell der Versuchung durch Satan erliegst. Du fliegst nicht freiwillig Businessclass. Vielleicht bin ich sogar der Teufel, der dich vom rechten Pfad abbringen will.»

Christian starrte ihn verdutzt an. «Hältst du dich wirklich für Satan?»

«Nein», erwiderte Felix mit seinem typischen Grinsen. «Obwohl ich es war, der dich in die Businessklasse geschleppt hat. Aber Spaß beiseite, *du* warst es, der mich auf den rechten Pfad gebracht hat. Wäre ich dir nicht begegnet, würde ich noch heute unnützen Dingen nachrennen und mit meiner Hilfe dazu beitragen, dass die Palm Oil noch weitere Flächen Urwalds abholzt und wehrlosen Menschen den Lebensraum nimmt. Ich hoffe, dass ich von diesem neuen und unbekannten Weg nicht abkomme. Wahrscheinlich werde ich hin und wieder rückfällig werden, dennoch wünsche ich mir, dass ich die Kraft und den Willen aufbringe, immer wieder zu ihm zurückzufinden.»

Christian schenkte ihm ein freudiges Lächeln.

Felix nutzte die Gunst der Stunde. «Willst du mir jetzt vielleicht verraten wer du wirklich bist und woher du kommst?»

«Dafür ist es noch zu früh. Hab' noch etwas Geduld.»

Felix schmunzelte. Er hatte sich daran gewöhnt von Christian nicht immer die Antwort zu bekommen, auf die er gehofft hatte.

Das Mittagessen wurde auf einem mit einer Stoffserviette ausgekleideten Tablett serviert. Die von Christian bestellten Rigatoni waren zu einem Kunstwerk zusammengestellt worden, und beim Anblick der Satay-Spieße lief Felix das Wasser im Mund zusammen, obwohl sie noch vor kurzem das Frühstück eingenommen hatten. Die Getränkeauswahl war groß und reichte von frischen Fruchtsäften, Soft- und Heissgetränken über Wein, Bier und erlesenem Champagner.

Nach dem Kaffee wollte Felix, das Gespräch weiterführen. Doch schon bald überkam ihn eine wohlige Schwere. Er schlief ein und erwachte erst, als die Maschine sich im Anflug auf den *Istanbul-Atatürk Airport* befand.

Die Atmosphäre auf dem Flughafen war hektisch, weshalb Felix davon abließ, das an Bord eingeleitete Gespräch fortzuführen. Auch war Christian nicht besonders gesprächig. Er war plötzlich durstig geworden und steuerte auf ein Café zu. Felix folgte ihm. Es war nicht sehr einladend, aber für die VIP-Lounge reichte die Umsteigezeit nicht aus.

Sie setzten sich an einen leeren Tisch und tranken schweigend ihr Mineralwasser. Obwohl sie von Kindergeschrei, lautem Stimmengewirr, plärrenden Lautsprecheransagen umgeben waren, hing jeder seinen eigenen Gedanken nach.

Felix hoffte, in Rom die ersehnten Antworten zu finden,

obwohl er den Eindruck hatte, dass auch die Heilige Stadt sie ihm nicht geben würde.

Sechsundzwanzigstes Kapitel

Mario, der Galerist entpuppte sich als ein fröhlicher Mann Mitte dreißig. Seine wachen, dunklen Augen musterten die beiden Frauen mit aufrichtigem Interesse, aber noch mehr galt sein Augenmerk der großen Mappe, die Verena unter dem Arm trug.

«Ich habe die Bilder ja bereits gesehen, aber hier werden sie eine ganz andere Wirkung entfalten», sagte Mario und streckte Verena zur Begrüßung die Hand hin.

«Und das ist unsere Assistentin, Marga Vogt, sie kennt sich gut mit Computern aus, und würde bei der Erstellung des Katalogs mitwirken.»

«Sehr erfreut», entgegnete Mario, nahm Margas Hand und schüttelte sie kräftig. Sie war sofort von seinem lustigen Zwinkern angetan und schenkte ihm ein warmes Lächeln.

Gemeinsam beugten Mario, Marga und Verena sich über die Mappe und begutachteten nochmals die Bilder.

«Sie sind wirklich grandios», sagte Mario, nahm einige aus dem Stapel und hielt sie nacheinander gegen die Wand. «Perfekt», sagte er. «Schade, dass wir hier nicht so viel Platz haben, alle aufzuhängen, aber mir wird schon etwas einfallen, wie wir die anderen ebenfalls dem Publikum zugänglich machen können.»

Mario und Marga arbeiteten gut zusammen. Der Galerist war ein qualifizierter Kunstsachverständiger, der einen sicheren Instinkt für die Platzierung der Bilder hatte und in welcher Reihenfolge sie im Katalog aufgelistet werden sollten. Bei dem Entwurf ließ er Marga freie Hand.

Im Gegensatz zu Bärbeiss, war Mario von ihrer Arbeit äußerst angetan. Sie war sorgfältig und speditiv. Mario erkannte sofort diese Eigenschaften. Sie war eine Kraft, die er in seiner Galerie gut gebrauchen könnte. Vor zwei Jahren hatte die Galerie begonnen anzulaufen, und mittlerweile wuchs ihm die Arbeit über den Kopf.

Als sie nach Feierabend an den letzten Änderungen zu dem Katalog tüftelten, fragte er Marga, ob sie sich vorstellen könnte, für ihn zu arbeiten. Sie musste nicht lange überlegen. Endlich würde sie dem verhassten Bärbeiss den Rücken kehren und einer sinnvollen Arbeit nachgehen können. Sie besiegelten ihre neue Zusammenarbeit mit einem festen Handschlag.

Zu Hause dachte Marga noch lange über diese gütige Vorsehung nach. Wie war sie sich noch vor wenigen Wochen vom Schicksal betrogen vorgekommen, dabei hatte Gott nur eine Tür zugeschlagen, dafür aber eine andere geöffnet!

***

René Egli hatte sich seit über einer Woche nicht mehr bei Verena gemeldet. Sie hatte ihn mehrmals angerufen, ihn aber nie erreicht. Auch einige SMS hatte sie ihm geschickt, jedoch vergebens. Sie zermarterte sich den Kopf, warum er nichts mehr von ihr wissen wollte und kam immer wieder zum gleichen Schluß: Nachdem sie ihm die Mappe mit den Bildern von Felix gezeigt und ihm ihre Begeisterung über deren Qualität nicht vorenthalten hatte, war eine Veränderung in ihm aufgetreten. Es war dumm von ihr gewesen, ihm die Werke ihres Mannes zu offenbaren. Dessen war sie sich jetzt bewusst, aber ihre Überschwänglichkeit war mit ihr durchgegangen. Dabei hatte sie ihm versichert, dass es ihr nur um die Qualität der Arbeiten ging, keineswegs mehr um den Künstler selbst. Aber René hatte ihr nicht geglaubt. Er hatte gespürt, dass sie sich noch nicht endgültig von ihrem Mann gelöst hatte und in seinen Augen für eine neue Beziehung noch nicht bereit war. So schnell es der Anstand zuließ, hatte er sich verabschiedet und war zu seinem Auto geeilt. Das war jetzt neun Tage her, neun lange Tage, in denen Verena sich überlegte, ob sie Felix zurücknehmen würde, sollte er jemals den Weg nach Hause finden.

Siebenundzwanzigstes Kapitel

Das drei Sterne Hotel *Museum* an der *Via Tunisi* 8 lag nur einen Steinwurf vom Vatikan entfernt.

Nach dem elfstündigen Flug hätte Felix gerne geduscht und sich umgezogen. Trotz der Reise in der Businessklasse war er müde und fühlte sich schmutzig. Zudem setzte ihm die Zeitverschiebung zu. Aber Christian wollte so schnell wie möglich zum Petersdom und drängte zum Aufbruch. Leichtfüßig schritt er über den Petersplatz, dessen gigantische Ausmaße ihn kalt zu lassen schienen. Auch die Kolonnaden mit ihren zahlreichen dorischen Säulen, auf denen ebenso zahlreiche Heiligenstatuen errichtet worden waren, im Bestreben die Gläubigen hier in ihre Arme zu schließen, beeindruckten ihn nicht. Sein Interesse galt ausschließlich der Kathedrale. Ein frischer Herbstwind fegte über den Platz und ließ Felix trotz seiner Strickjacke frösteln. Er schlang die Arme um seinen Körper und folgte mit gesenktem Kopf seinem Reisegefährten.

Sie betraten die Basilika durch einen Seiteneingang, hinter dem das im Barock Stil erbaute Gotteshaus sich ihnen in seiner ganzen Pracht eröffnete. Felix stockte der Atem, als er den im Zentrum stehenden Thron erblickte, über dem eine Taube im Strahlenkranz als Symbol des Heiligen Geistes schwebte. Die Glasmalerei in dem ovalen weiß-gelblichen Fenster aus Alabaster versprühte Bündel von Lichtstrahlen, und der ganz in Gold gehaltene obere Teil des Kunstwerkes verdeutlichte nicht nur den immensen Reichtum der Kirche, sondern auch ihre damit verbundene Macht.

Er trat einige Schritte zurück, um Berninis Hochaltar näher zu betrachten. Sein Blick glitt an den gewundenen, im oberen Teil mit Olivenlaub verzierten Säulen hinauf und verweilte bei den stehenden Engeln an den Ecken des Bal dachins.

Im nördlichen Seitenschiff stieß er auf die östlichste Kapelle der *Pietà*. Als er der aus hellem Carrara Marmor gefertigten Gruppe von Michelangelo Buonarroti gewahr wurde, dankte er im Stillen, dass er Christian nach Rom gefolgt war. Die mit ihrem fließenden Gewand bekleidete anmutige und sanfte Madonna, in ihren Armen den Leichnam Christi, war das Schönste, das er bisher gesehen hatte. «Michelangelo muß bei der Erschaffung dieses Kunstwerkes von göttlicher Hand geführt worden sein. Anders kann ich mir die Reinheit, die Perfektion und das Ebenmaß nicht erklären, zumal er erst in seinen Zwanzigern war, als er das Werk schuf», sagte Felix zu Christian, der ihm bis hierher gefolgt war.

Christian antwortete nicht, und wieder einmal hätte Felix gerne gewusst, was in dem Freund vor sich ging.

Als sie vor dem monumentalen Altaraufbau mit dem Bronzethron und den gigantischen Figuren der Kirchenlehrer Ambrosius, Athanasius, Johannes Chrysostomos und Augustinus standen, schaute Felix zu Christian. Er war zur Salzsäule erstarrt und murmelte. «Das habe ich nicht gewollt.»

«Was meinst Du?», fragte Felix, aber Christian antwortete nicht, sondern starrte verbittert auf den Altaraufbau. Erst als Felix einige Schritte zurücktrat, um Berninis Hochaltar nochmals zu betrachten, erwachte Christian aus seiner Gelähmtheit. Er packte Felix am Ärmel und zerrte ihn wieder zu dem gigantischen Aufbau unter dem Alabasterfenster. «Gottes Reich ist nicht von dieser Welt. Es ist ein geistliches Reich ohne Prunk und Verschwendung. Hier wird auf den Bund mit Gott gepocht, aber nicht nach Seinem Willen gelebt. Siehst du nicht, dass hier die Liebe zu weltlichen Dingen und das Streben nach Reichtum stärker sind als die Hingabe zu Gott?» Auf die vier Kirchenväter zeigend, fuhr er aufgebracht fort. «Warum sind unter dem Heiligen

Geiste nur diese in Überlebensgröße dargestellten Kirchenväter verewigt? Den Aposteln Jesus wurde der Auftrag erteilt, *alle* Menschen zu Seinen Jüngern zu machen. Tauft sie auf den Namen des Vaters und des Sohnes und des Heiligen Geistes und lehrt sie, alles zu befolgen, was ich euch geboten habe, hat Christus gesagt. Inmitten dieses Prunks kann ich weder Demut, Barmherzigkeit noch Nächstenliebe ausmachen.»

Felix war um eine Antwort verlegen. Bis jetzt hatte er sich wenig mit dem christlichen Glauben auseinandergesetzt. Für ihn hatte Jesus Christus zweifelsohne existiert. Anders waren die über Ihn verfassten Schriften nicht zu erklären. Aber dass *Er* der Sohn Gottes sein sollte, fiel ihm schwer zu glauben. Auch war die Überlieferung, wonach Maria durch den Heiligen Geist Christus empfangen haben sollte, zu entrückt, als dass er das bedingungslos hätte annehmen können.

Felix konnte sich an den Herrlichkeiten nicht satt sehen, im Gegensatz zu Christian, der von der Prachtentfaltung erdrückt wurde. Als sie auf den Petersplatz hinaustraten, atmete er tief durch, blieb stehen und nahm für einige Momente wieder eine weltvergessene Haltung ein. Er richtete seine Augen gen Himmel als würde er beten.

Felix entfernte sich einige Schritte von ihm. Er spürte, dass der Freund jetzt allein sein wollte.

Endlich hatte Christian sich wieder gefasst. Er schritt auf den in einiger Entfernung stehenden Felix zu.

«Ich danke dir für dein großes Einfühlungsvermögen», sagte er, wobei seine Augen eine einnehmende Wärme und tiefe Demut ausstrahlten. Und in der Weite des majestätisch-riesigen Platzes spürte Felix erneut, wie ein Mantel der Freude ihn umschloss. Der Wind war noch stärker geworden und vereinzelte Regentropfen peitschten ihm ins Gesicht. Trotzdem spürte er die Kälte nicht. Er hatte das Gefühl, auf Wolken zu schweben und einem bisher vergessenen Gott näher zu kommen.

Für die Sixtinische Kapelle war es schon zu spät. Um diese Zeit hatten die Vatikanischen Museen bereits geschlossen.

«Lass uns diese morgen besuchen», schlug Felix beim Abendessen im *Habemus Pizza* vor, einer Pizzeria, die sie auf ihrem Rückweg ins Hotel entdeckt hatten.

«Morgen findet die Papstaudienz statt. Wir müssen uns früh auf dem Petersplatz einfinden, wollen wir Plätze ergattern, die uns eine Sicht auf den Heiligen Vater ermöglichen.» Christian sprach bestimmt und duldete keinen Widerspruch.

Schweigend aßen sie zu Ende. Felix hatte sich in der entlegenen Ecke des Restaurants vorgenommen, Christian die Fragen zu stellen, die ihn bewegten, aber mit einem Mal verging ihm die Lust dazu. Nach

einem Espresso und dem letzten Schluck Wein, beglich Christian die Rechnung und stand auf. Beinahe im Laufschritt gingen sie zu ihrem Hotel zurück und nach einem knappen Gute Nacht auf ihre Zimmer. Obwohl Felix müde war, wollte er noch nicht zu Bett gehen. Nach dem Abendessen mit dem einsilbigen Christian verspürte er das Bedürfnis, sich noch einige Zeit unter Menschen zu mischen. Der Portier empfahl ihm, mit dem Taxi in das dreieinhalb Kilometer entfernte *Trastevere* zu fahren. «Trastevere ist der lebendigste Stadtteil Roms. Mit seinen kopfstein-bepflasterten schmalen Straßen, seinen vielen Bars und Restaurants sowie seinen versteckten Renaissancevillen, ist es einen Besuch wert», meinte er.

Als Felix an der *Piazza Santa Maria* aus dem Taxi stieg wurde er sogleich von dem pulsierenden Leben gefangengenommen. Zahlreiche junge Leute tummelten sich auf den engen Gassen, oder saßen rauchend in den Außenbereichen der Restaurants, wo kundenfreundliche Wirte Heizstrahler hatten anbringen lassen.

Er ließ sich treiben und stand plötzlich vor dem *In Vino Veritas*. Gelächter und fröhliches Stimmengewirr drangen aus der Weinbar bis auf die Straße hinaus und forderten ihn auf einzutreten. Er erkämpfte sich seinen Weg bis zum Tresen und stand lange mit einem Glas Rotwein in der Hand und beobachtete die lebhaften Römer, die alle wild durcheinander sprachen.

Felix legte die knapp vier Kilometer zum Hotel zu Fuß zurück. Er kam vorbei am *Palazzo Corsini*, dessen Fassade die Kunstschätze in seinem Innern erahnen ließ, schlenderte am Ufer des Tibers entlang, bis auf der anderen Seite des Flusses die hell erleuchtete Engelsburg in Erscheinung trat. Er konnte sich von dem Anblick lange nicht losreißen, bis er in der kühlen, nächtlichen Brise, die durch seine Strickjacke hindurchdrang, zu frösteln begann. Er beschleunigte seine Schritte und kehrte durchgefroren ins Hotel zurück. Nach einer warmen Dusche schlüpfte er unter die Bettdecke und schlief sofort ein.

Sie waren unter den ersten, die sich auf dem Petersplatz einfanden. Wie Christian es angestellt hatte, die begehrten Eintrittskarten zu bekommen, war Felix ein Rätsel, aber er hatte ihn nicht danach gefragt, sondern folgte ihm schweigend zu ihren Plätzen. Sie saßen gleich hinter einer weiß verkleideten Abschrankung, an der Seine Heiligkeit in gut drei Stunden auf seinem umgebauten Range Rover vorbeifahren würde.

Felix nutzte das Warten, um seinen Blick an den vier Säulen tiefen Kolonnaden vorbeiziehen zu lassen. Sie waren ein Meisterwerk, und er freute sich, sie in Ruhe zu betrachten.

Noch gaben die auf den Platz strömenden Besucher den Blick auf den Fuß des aus Ägypten nach Rom gebrachten Obelisken in seiner Mitte frei. Der Steinpfeiler war von gigantischem Ausmaß. Mit seiner auf den Himmel gerichteten Spitze schien er aufzeigen zu wollen, dass der Platz, auf dem er stand, den Eintritt zu dem mächtigsten, prunkvollsten aber auch geheimnisumwittertsten Gotteshaus auf Erden freigab.

Felix konsultierte den Reiseführer, den er bei der Ankunft in Rom am Flughafen erstanden hatte, und staunte nicht schlecht, als er las, dass das Gewicht des Steinpfeilers dreihundert Tonnen betrug und zu seiner Aufstellung hundertfünfzig Pferde und neunhundert Männer benötigt worden waren. Ein eigenartiges Gefühl beschlich ihn. War es das Majestätische, das von dem Platz und dem Dom ausgestrahlt wurde? War es die immer größer werdende Ansammlung von Gläubigen oder die Aussicht, den Stellvertreter Christus auf Erden aus nächster Nähe zu sehen? Je näher die Audienz heranrückte, desto betroffener wurde er. Auch Christian war sehr erregt. Seine Gesichtszüge waren angespannt, und er starrte unentwegt auf den unter dem Baldachin aufgestellten Lehnstuhl, in welchem der Papst Platz nehmen würde. Felix wurde von den drängelnden Menschen dicht an den Freund gedrückt. Obwohl dieser von den Ereignissen um ihn herum absorbiert war, spürte Felix wie von ihm diese ungeheuerliche Kraft ausging, die ihm Geborgenheit, Freude und ein unbeschreibliches Glücksgefühl verlieh.

Ein plötzliches Raunen ging durch die Menge, als aus den Lautsprechern die Stimmen der Kardinäle ertönten, die nacheinander die Pilger in ihren jeweiligen Landessprachen begrüßten. Das war das Zeichen, dass der Heilige Vater bald in Erscheinung treten würde.

Als endlich der weiße Range Rover mit dem winkenden Papst auf dem Platz eintraf, schwollen die Stimmen der Pilger zu einer donnernden Woge an, die sich in einem begeisterten *Papa Papa* brach.

Im Schritttempo rollte der offene Wagen an den rufenden Menschen vorbei. Immer wieder wurde ein Kind über die Abschrankung gehoben. Ein Leibwächter nahm es in Empfang und reichte es dem Heiligen Vater. Der Papst liebte Kinder. Jedes einzelne wurde von ihm gestreichelt und sein Köpfchen mit einem Kuss bedacht.

Jetzt hielt der Rover bei Christian und Felix an. Hinter Christian drängte sich der Vater eines zweijährigen Jungen vor und hielt den Sohn einem Leibwächter hin. Dieser hob den Buben hoch, damit er vom Papst den Segen entgegennehmen konnte. Das Kind wurde dem überglücklichen und tief bewegten Mann zurückgegeben, und der Wagen rollte an.

«Halt», rief der Heilige Vater unerwartet, und das Gefährt hielt augenblicklich an. Er stieg aus und schritt auf die Abschrankung zu, hinter welcher Christian und Felix standen. Lange betrachtete er Christian. Dann befahl er ihm, über die Abschrankung zu steigen.

Ein Raunen ging durch die Menschen rundherum. Sie alle wollten so nahe wie möglich am ungewöhnlichen Geschehen sein und fingen an zu drängeln und zu stoßen. Augenblicklich tauchten Sicherheitskräfte auf, die die Menge zurückdrängten. Einer der Beamten zerrte auch Christian zurück, ließ ihn aber sofort los, als der Papst ihm mit einem Handzeichen gebot, ihn in Ruhe zu lassen.

«Neige dein Haupt», sagte der Heilige Vater zu Christian. Dann nahm er sein Gesicht in seine Hände und hauchte ihm einen Kuss auf die Stirn, bevor er vor ihm auf die Knie ging und in den Worten des Johannes zu ihm sprach: «*Das Wort ward Fleisch und wohnt unter uns, und wir sehen seine Herrlichkeit als des eingeborenen Sohnes vom Vater, voller Gnade und Wahrheit*».

Die erregten Menschen, die das Geschehen aus nächster Nähe mitverfolgten, verstummten. Mit weit aufgerissenen Augen starrten sie auf Christian, der dem Heiligen Vater die Hand reichte, damit dieser sich wiederaufrichtete.

«Der Schweizer Gardist soll diesen Mann in mein Arbeitszimmer bringen. Wenn das vorbei ist», sagte er und beschrieb mit seinem Arm einen weiten Bogen über den Petersplatz «will ich mit ihm allein sein.»

Ein Leibwächter erinnerte den Papst daran, dass er nach der Generalaudienz einen Termin mit Monsignore Bertola hatte.

«Verschiebt ihn. Das hier ist wichtiger.»

«Ich möchte meinen Jünger bei mir haben», sagte Christian zum Papst und zeigte auf den verdatterten Felix.

Seine Heiligkeit nickte und wies den Gardisten an, Christian und Felix in den zweiten Stock des apostolischen Palastes zu begleiten.

Dann stieg er wieder in den Rover und fuhr weiter.

Die Menge war unruhig. Die Menschen wollten wissen, was geschehen war. Als sie jedoch den Range Rover mit dem winkenden Papst auf den Baldachin zufahren sahen, war der kleine Zwischenfall vergessen.

Felix nahm die Audienz wie durch einen Schleier wahr, und auch der Papst wirkte unkonzentriert. Nach der Verlesung der Heilung der Schwiegermutter des Simon Petrus aus dem Marcus Evangelium, brachte er nur mit Mühe die Begrüßung der Gläubigen über die Lippen. Dennoch wurde sie mit dröhnendem Applaus quittiert. Als der Beifall abklang, hatte sich der Heilige Vater wieder in der Gewalt. Er erklärte den andächtig zuhörenden Menschen, dass Jesus Christus Simons Schwiegermutter, die er nicht berührte, nur dank der Macht seiner heilenden Kraft hatte gesunden lassen.

«Christus Wirken ist von zahlreichen Begegnungen mit Menschen geprägt. Zu den Armen und Kranken hat er sich am stärksten hingezogen gefühlt und sie nur durch seine Macht geheilt. Er hat uns trotz unserer Beeinträchtigungen, die Möglichkeit gegeben, frei zu sein und in der Begegnung eine besondere Beziehung zu Ihm aufzubauen. Sein Händedruck tröstet die Verlassenen und seine Barmherzigkeit erreicht sogar die Menschen in Ketten.»

Felix vermochte nicht länger den Worten des Papstes zu

folgen. Er hatte genug gehört, um allmählich zu verstehen: Fred hatte im Cockpit der Singapore Airlines, Flug 345, die Herzschwäche nur dank der Macht Christians heilender Kraft überstanden. Und *ihm* hatte Er die Freiheit für eine Begegnung mit Ihm gegeben, damit er eine besondere Beziehung zu Ihm aufbaute. Nicht er, Felix, hatte den schäbigen Bordellbesitzer dazu gebracht, von den Mädchen des Petite Rose abzulassen. Es war Christian gewesen, der dank seiner Kraft das Schlimmste verhindert hatte. Je mehr er darüber nachdachte, desto logischer erschien ihm das Geschehen in Mumbai. Jetzt verstand er auch Christians Reaktion beim Anblick der sich prostituierenden Kinder vor dem Red Jasmine. Er wollte gar nicht an die Worte denken, die er Christian beim Anblick der Halbwüchsigen gesagt hatte: Lass es gut sein, Mann. Wenn wir heute diesen helfen, stehen morgen wieder neue dort. Wir können nicht allen beistehen, nicht einmal Gott bringt das fertig… Und den Freund auch noch als Erpresser hinzustelle!!

Felix erschauerte, als ihm die Wahrheit wie Schuppen von den Augen fiel. Er dachte an Christians Gleichnisse, mit denen er, wie seinerzeit Jesus, ihm den Weg hatte aufzeigen wollen, und schämte sich, weil er sie nicht gedeutet hatte. Aber konnte es sein, dass Christian Goldinger wirklich Jesus Christus war? Er schüttelte den Kopf, so als wollte er den benebelnden Schleier, der sich über seinen Verstand ausgebreitet hatte, abschütteln. Nein, das war nicht möglich, dass er wochenlang mit Christian zusammen gewesen war, ohne in ihm den Messias zu erkennen. Aber war Christus vor zweitausend Jahren von vielen Menschen nicht ebenfalls verkannt worden? Felix fröstelte, und er hatte Angst. Angst vor dem neuen Alten. Angst vor dem Übernatürlichen, dem Spirituellen, Angst vor dem Unbekannten, welches die Menschen zu kennen glaubten und als unumstößlich akzeptierten. Der Heilige Vater hatte als einziger in Christian den Heiland erkannt, im Gegensatz zu ihm, aber im Gegensatz zu ihm war *sein* Glaube unerschütterlich.

Der Schweizer Gardist klopfte Christian und Felix auf die Schulter und gab ihnen ein Zeichen, ihm zu folgen. Sie drängten durch die Menschenmassen bis zu den Kolonnaden und liefen bis zum Ende des Säulenganges. Das Bronzetor wurde von weiteren Gardisten bewacht, die auf Befehl des sie begleitenden Wehrmannes einen Flügel öffneten. Sie durchschritten das *Portico di Constantino* und gelangten zur *Scala Regia,* der majestätischen Königstreppe. Sie kam Felix monumental vor, so wie es Bernini mit der Verjüngung des Treppenhauses nach oben beabsichtigt hatte. Von dort gelangten sie in die *Sala Regia* und wurden von den aufwändigen Fresken fast erschlagen. Immer wieder murmelte Christian. «Das habe ich nicht gewollt».

Felix musste Christian nicht mehr nach dem Sinn seiner Worte fragen, denn jetzt verstand er: Für Ihn, der in einem Stall geboren worden war, für Ihn, den Sohn einfacher Eltern, der sein ganzes Leben Liebe, Barmherzigkeit und Demut gepredigt hatte, hatte diese Selbstdarstellung des Papsttums in der zweiten Hälfte des XVI Jahrhunderts mit seinen spiegelnden Marmorböden und den Fresken etwas Widersprüchliches an sich. Hier, inmitten dieser Pracht, wurde die Hingabe zu Gott von der Liebe zu weltlichen Dingen und dem Streben nach Reichtum zunichte gemacht.

Der Gardist führte sie durch einen Seitengang, wo sie am Ende den Aufzug in die zweite Etage nahmen. Das schlichte Arbeitszimmer des Heiligen Vaters stand in krassem Gegensatz zu den prächtigen Räumlichkeiten im Erdgeschoss. Der große altmodische Schreibtisch, auf dem das XXI Jahrhundert lediglich in Form eines Computers Einzug gehalten hatte, beherrschte das Zimmer. Vor ihm standen zwei Stühle für die wenigen Besucher, die der Papst in diesem Raum empfing. Die vielen Bücher, die die Wände fast vollständig bedeckten, milderten die Strenge des Raumes.

Christian fühlte sich in dieser fast asketischen Umgebung sichtlich wohl und setzte sich auf einen der Besucherstühle vor dem Schreibtisch.

Felix hätte jetzt die Möglichkeit gehabt, Christian die Fragen zu stellen, die ihm seit Mumbai auf der Zunge brannten. Obwohl die Identität seines Wegbegleiters nun fest zu stehen schien, beschäftigten ihn noch weitere Geschehnisse. War es Zufall gewesen, dass Flug 345 in Mumbai notgelandet war, oder hatte Christian das so bestimmt? Und was wäre gewesen, wenn er ihm nicht gefolgt wäre? Hatte Christian es womöglich darauf abgesehen, dass er sich ihm anschloss?

Die Generalaudienz war beendet und der Heilige Vater würde bald zu ihnen stoßen. Er nahm einen Schluck aus einem der Wassergläser vor ihnen und wartete angespannt auf die Begegnung mit dem Heiligen Vater.

Wie die meisten Christen, kannte auch Felix seine Heiligkeit aus Zeitschriftenabbildungen und Auftritten im Fernsehen. Auch hatte er bei der Generalaudienz einen kurzen Blick auf den Papst persönlich erhaschen können. Er war jedoch keineswegs auf den Mann vorbereitet, der einige Minuten später ins Zimmer trat. Statt des gemessenen Würdenträgers, der auf dem Petersplatz von einer Aura von Pomp und Feierlichkeit umgeben worden war, kam ein bescheidener Herr, dem der Schalk ins Gesicht geschrieben stand, unbefangen auf sie zu. Wäre er nicht mit der weißen Soutane und der ebenfalls weißen *Mozzetta* bekleidet, Felix hätte in ihm das Oberhaupt der rund 1,2 Milliarden Katholiken nicht erkannt.

Mit ausgestreckter Hand kam der Papst auf Felix zu, der ganz verlegen wurde und nicht wusste, ob er diese küssen und vor Seiner Heiligkeit auf die Knie gehen, oder sie nur schütteln sollte.

«Es genügt, wenn Sie meinen Händedruck erwidern», sagte der Papst lächelnd.

Felix wollte etwas entgegnen, aber der Heilige Vater wandte sich bereits Christian zu und ließ sich vor ihm nieder.

«Oh Herr vergib mir, wenn ich gesündigt habe, vergib mir, wenn ich Dich betrübt habe und vergib mir, wenn ich Dich nicht genug geliebt habe».

«Erhebe dich», sagte Christian und half, dem gebrechlichen alten Herrn wieder auf die Beine zu kommen. «*Ich entschuldige nicht die Sünde, aber ich bin nicht der unbarmherzige Richter, der die Sünder verurteilt.*»

Nach einem Klopfen an der Tür betrat einer der beiden Sekretäre den Raum und verkündete, das Mittagessen sei serviert.

«Darf ich Sie zu einem bescheidenen Mal einladen?», fragte der Heilige Vater seine Besucher. Christian nickte, worauf der Papst seinen Gästen ein Zeichen gab, ihm zu folgen. Langsam schritt Seine Heiligkeit einen breiten Gang, dessen Boden ebenfalls mit glänzendem Marmor ausgekleidet war, entlang und betrat das Esszimmer. Prälat Bernheim und erster Sekretär schickte sich an, den drei Männern zu folgen. Der Papst hielt ihn jedoch zurück, indem er ihn freundlich anlächelte. «Bitte entschuldigen Sie, aber heute nicht. Ich möchte mit meinen Besuchern allein speisen.»

Der Sekretär gehorchte, aber man sah ihm an, dass das Verhalten seiner Heiligkeit ungewöhnlich war und gegen das strenge Ritual des Vatikans verstieß.

Der Raum war klein und wurde durch einen weiß gedeckten Tisch beherrscht. Seine Möblierung war schlicht und unterschied sich kaum von einem Esszimmer in südländischen Wohnhäusern.

Der Gang vom Arbeits- in den Speiseraum hatte den Heiligen Vater sichtlich angestrengt. Schwerfällig ließ er sich auf einen Stuhl nieder. Auf sein Zeichen hin, nahmen auch Christian und Felix Platz.

Dem Papst entgingen die Blicke, mit denen seine Gäste

das kostbare Geschirr und die Kristallgläser mit eingraviertem Monogramm bewunderten, nicht.

«Ein Relikt meines Vorgängers», rechtfertigte er verschmitzt den Luxus und lockerte mit seiner Bemerkung die verhaltene Stimmung auf.

Felix brachte kaum einen Bissen hinunter. Mit dem Papst und dem vermeintlichen Sohn Gottes im XXI Jahrhundert an einem Tisch zu sitzen, war zu viel für ihn. Da machte sein Verstand nicht mit. Aber mit Verstand waren die Ereignisse, die mit dem Antritt seiner Reise in der Economyclass begonnen hatten, sowieso nicht zu erklären.

Er verpasste einen Großteil der Unterhaltung. Doch bei der Erwähnung des Wortes *Golgatha* wurde er hellhörig. Er sah zu dem Heiligen Vater hinüber und erschrak über dessen aschfahles Gesicht. Was war mit Golgatha? War das nicht der Ort, an dem, den neutestamentlichen Evangelien zufolge, Jesus von Nazareth gekreuzigt worden war?

«Von hier aus gehe ich nach Golgatha», klärte ihn Christian auf, «dort erwartet mich Gott Vater.»

«Warum Golgatha?», fragte Felix bestürzt.

«Weil ich Seinen Auftrag nicht erfüllt habe.»

«Was für einen Auftrag?»

«Die Welt zu einem besseren Ort zu machen», erwiderte Christian.

«Hat Er dich da nicht mit einer ziemlich untragbaren Aufgabe betraut?», fragte Felix und schlug sich sogleich auf den Mund, als ihm seine Vermessenheit bewusstwurde. «Ich bitte um Verzeihung, aber du *hast* die Welt besser gemacht. Du hast den Mädchen aus dem Petite Rose eine bessere Zukunft gegeben. Du hast Fred geheilt, und ihm mit Istari Sharma und dem Rose de Paris einen neuen Lebensinhalt geschenkt...» Er hielt inne und fuhr dann erregt fort. «Und aus mir hast du einen besseren Menschen gemacht. Ich habe vieles in meinem Leben falsch gemacht. In den letzten Jahren bin ich nur dem Geld und dem Ansehen in einer rücksichtslosen Gesellschaft nachgejagt und habe dabei die Menschen, die etwas für mich empfanden, gedemütigt und vor den Kopf gestoßen. In Mumbai habe ich gelernt, wieder zu leben, aber anders als zuvor. In deiner Nähe habe ich unbeschreibliche Glücksmomente erlebt, eine fast übersinnliche Kraft gespürt, die mir einen neuen Weg aufgezeigt hat. Hin und wieder werde ich mich sicherlich auf Abwegen verirren, aber ich bin fest entschlossen, das Ziel nicht aus den Augen zu verlieren.» Erschöpft griff er nach dem Wasserglas und leerte es in einem Zuge.

Ein Lächeln umspielte die Lippen des Heiligen Vaters. «Herr, du hast in diesem Manne einen wahrhaftigen Jünger herangezogen.»

Auch Christian lächelte und schaute Felix wohlwollend an. «Das ändert aber nichts daran, dass ich nach Golgatha muss.»

«Und was wird in Golgatha geschehen? Wirst du erneut gekreuzigt werden?»

Christian schwieg.

«Dann begleite ich dich», rief Felix in beschützendem Ton.

«Nein, auf dich warten andere Aufgaben. Dein Platz ist jetzt in Zürich.»

«Aber… du kannst doch nicht allein nach Golgatha gehen?!»

«Ich werde nicht allein gehen, Seine Heiligkeit wird mich begleiten.»

Felix machte den Mund auf und klappte ihn dann wieder zu. Unschlüssig wanderte sein Blick von Christian zum Papst und zurück. Auf einmal fühlte er sich in dem Esszimmer fehl am Platz.

Christian spürte seine Befangenheit. «Ich möchte mit dem Heiligen Vater ein Gespräch unter vier Augen führen», sagte er zu Felix, der ihm ein dankbares Lächeln schenkte.

Anschließend drehte Christian sein Gesicht dem Papst

zu: «Mein Freund wünscht sich, die Sixtinische Kapelle zu sehen. Wäre es möglich, dass einer deiner Sekretäre ihn dorthin begleitet? Wenn wir unser Gespräch beendet haben, werde ich ihn dort aufsuchen.»

Der Papst betätigte einen Knopf unter der Tischplatte, worauf Prälat Bernheim das Zimmer betrat. Felix war sich fast sicher, dass er während des Mittagessens vor der Tür Horchposten bezogen hatte. Schließlich waren die Umstände mehr als ungewöhnlich.

«Bringen Sie diesen Mann in die Sixtinische Kapelle», befahl ihm der Papst und wies auf Felix.

Prälat Bernheim wollte etwas erwidern, aber das Gesicht des Papstes duldete keine Widerrede. Widerwillig gehorchte er und verließ mit Felix den Raum.

Nachdem der erste Sekretär des Papstes die Tür des Esszimmers geschlossen hatte, machte sich in dem Raum eine fast unheimliche Stille breit. Mit gesenktem Blick starrte der Papst auf das weiße, gestärkte Tischtuch, in das er mit dem Nagel seines rechten Zeigefingers konzentrische Kreise zog.

«Fürchte Dich nicht», brach Christian das Schweigen. «Seitdem du Papst geworden bist, habe ich dein Wirken sorgfältig verfolgt».

Der Heilige Vater hob sein Haupt und starrte den Gottessohn angsterfüllt an.

«Und bist du zufrieden, Herr?»

«Nicht ganz, aber von all denen vor dir, bis du mir der Liebste.»

Der Heilige Vater blickte Christian gerührt und zugleich verständnislos an.

«Mir gefällt deine Demut, deine Bescheidenheit, deine Volksnähe. Die von dir angestrebten Veränderungen gehen mir jedoch zu langsam und zu zaghaft voran.»

Der Papst senkte erneut den Kopf und dachte über die Worte des Erlösers nach. Er wollte gerade zu einer Antwort ansetzen, als dieser weitersprach.

«Der Prunk, mit dem die meisten Gotteshäuser ausgestattet sind, widerstrebt mir. Mein Reich ist ein geistliches Reich, das auf Pracht und Verschwendung verzichtet. In den katholischen Kirchen und besonders hier im Vatikan aber, ist die Liebe zu weltlichen Dingen und das Streben nach Reichtum ausgeprägter als die Hingabe zu Gott.»

«Du hast recht», entgegnete der Papst nachdenklich, «die Prachtentfaltung und die mit ihr einhergehende Verausgabung gehören sicherlich nicht in dein Reich. Wir Menschen sind jedoch erdverbundene, einfältige und niedrige Wesen, wenn es um den Glauben geht. Über die Jahrtausende hinweg haben die Gotteshäuser in ihrer formvollendeten Anmut und mit ihrem prächtigen, fast verzaubernden Innenleben den Glauben an einen weltentrückten, nicht greifbaren Gott für uns Menschen fassbar und somit möglich gemacht. An den weltlichen Kirchen haben wir uns festgehalten, wenn wir uns zu dem Glauben an dich bekannt haben.»

Christian lächelte. «So kann man es auch sehen, aber jetzt, da die Gotteshäuser stehen, könnte die Kirche und insbesondere der Vatikan nicht mit einem weniger aufwändigen Hofstaat auskommen?»

Seine Heiligkeit senkte beschämt den Kopf. «Wenn Du wüsstest, wie schwierig sich dies gestaltet», murmelte er.

«Der Weg zur Tugend war schon immer lang und beschwerlich, aber je länger du auf ihm schreitest, desto leichtfüßiger wirst du ihn gehen.»

Der Heilige Vater nickte, aber der Blick, mit dem er Christian anschaute, drückte Verunsicherung aus. «Werde ich auch die Kraft haben, diesen Weg zu gehen? Du weißt ja, dass es mit meiner Gesundheit nicht zum Besten steht.»

Christian legte seine rechte Hand auf die Schulter des Papstes und sah ihn aus mitfühlenden Augen an. «Du bist nicht aus einer Laune heraus zum Stellvertreter Christi auf Erden ernannt worden. Du bist zum obersten Hirten erkoren worden und bist deinen Schafen gegenüber, insbesondere den Ärmsten unter ihnen, eine Verpflichtung eingegangen. Du bist anders als Deine Vorgänger. Enttäusche die Menschen, die in Deine Hände ihre Hoffnung gelegt haben, nicht.

Der Papst senkte in Demut sein Haupt und dachte über die Worte des Messias nach. Er wusste, dass seine vom Begründer der «Theologie des Volkes» übernommene Auffassung, dass die Kirche sich eindeutig auf die Seite der Armen zu schlagen habe, bei vielen seiner Anhänger große Zuversicht geweckt hatte. Er durfte diese Menschen keinesfalls enttäuschen, aber hatte der Messias schon einmal darüber nachgedacht, wie einsam es auf dem Tron des Pontifex Maximus war? Er stand allein einem Heer von konservativen, apodiktischen, in ihren Privilegien gefangenen Kirchenmännern vor, die seit langem gewohnt waren, im Gleichschritt zu marschieren.

«Die Kirche hat mich genügend gehuldigt», sagte Christian, «jetzt ist es an der Zeit, dass sie meine vorgelebte Demut, Nächstenliebe und Selbstlosigkeit an diejenigen weitergibt, die es am nötigsten haben. Sie kann es sich erlauben, großzügig zu sein, aus ihren Reichtümern zu schöpfen und sie unter die Armen zu verteilen, so wie ich es damals gepredigt habe. Und vergiss nicht, vor meinen Augen seid Ihr Menschen alle gleich. Ich verdamme keinen wegen seiner Andersartigkeit und auch nicht jene, die eine Lebensform gewählt haben, die von der Kirche nicht gebilligt wird.»

«Ich werde es nicht vergessen. Aber Herr gib mir die Kraft, den Weg zu bestreiten, den Du für mich vorgesehen hast.»

Christian lächelte den Heiligen Vater voller Zuversicht an, nahm aus seiner Hosentasche einen abgewetzten Lederbeutel heraus und knüpfte ihn auf. «Reiche mir deine rechte Hand», sagte er zum Papst.

Der oberste Kirchenhüter streckte sie ihm zitternd entgegen.

Christian nahm sie in seine Hände und streifte dem obersten Kirchenhüter den vergoldeten Silberring vom Finger. Dann entnahm er seinem Beutel einen schweren Goldring, auf dessen Platte der in einem Kahn stehende Petrus dargestellt war. Unter dem Boot waren die Buchstaben INRI eingraviert. «Das ist der einzige und alleinige Fischerring, und nur du sollst ihn tragen. Nimm ihn mit ins Grab, damit er nach deinem Ableben nicht zertrümmert wird.

«Herr, ich bin eines solchen Geschenks nicht würdig», stammelte seine Heiligkeit und glitt von seinem Stuhl vor Christian auf die Knie. Er küsste seine Füße und umklammerte anschließend seine Knie.

Christian half ihm wieder auf die Beine, und als der Papst ihm das Gesicht entgegenstreckte, liefen Tränen über seine Wangen.

Der Messias reichte ihm ein Glas Wasser, das er in einem Zug leertrank.

Christian wartete, bis der Papst sich beruhigt hatte und sagte dann. «Es ist Zeit, dass ich meinen «Jünger» in der Sixtinischen Kapelle aufsuche. Ich bin ihm noch einige Antworten schuldig.»

Der Papst warf ihm einen fragenden Blick zu, doch Christian unterließ es, ihn aufzuklären. Stattdessen nannte er ihm den Treffpunkt und die Uhrzeit für ihren gemeinsamen Aufbruch nach Golgatha und ging auf leisen Sohlen in den Korridor hinaus.

Achtundzwanzigstes Kapitel

An diesem frühen Nachmittag wurde den Besuchern der Zutritt zu der Sixtinischen Kapelle plötzlich verwehrt. Die in einer langen Schlange ausharrenden Touristen waren verärgert und beschwerten sich lautstark über die außerordentliche Schließung. Der Protest nützte ihnen jedoch nichts. Die Tür blieb verschlossen. Murrend zerstreuten sich die Menschen, weshalb sie nicht bemerkten, dass kurz darauf die Tür zur Kapelle einen Spalt breit geöffnet wurde, um einen Mann hinein zu lassen, der von einem schwarz gekleideten Geistlichen eskortiert wurde. Als der Mann im Inneren der Kapelle verschwunden war, schloss der Gottesdiener die Tür und entfernte sich mit schnellen Schritten.

Vom Esszimmer im zweiten Stock des apostolischen Palastes bis zum Erdgeschoss, in dem sich die Sixtinische Kapelle befand, war es nicht weit gewesen. Trotzdem fühlte Felix sich so erschöpft, wie ein Durchschnittsläufer nach einem Marathon.

Nachdem die Tür hinter ihm ins Schloss fiel, glitt er an ihr herunter, bis er auf dem Marmorboden hockte, den Kopf an den Rahmen gelehnt. Lange verharrte er in dieser Stellung, unfähig einen klaren Gedanken zu fassen. Sein Gehirn weigerte sich, Bilder zuverlässig zu speichern und die vielen Eindrücke und Empfindungen sauber zu trennen.

Die sakrale Lautlosigkeit, in die er nach dem bewegenden Morgen plötzlich hineingestoßen worden war, begann eine lindernde und beruhigende Wirkung auf ihn auszuüben. Die wohltuende Stille stellte keinerlei Forderungen an ihn, hier wurde ihm nichts abverlangt, er durfte einfach nur sein. Und aus diesem Zustand heraus, nahm er langsam seine Umgebung wahr.

Er stand auf und zwang sich, die Wandgemälde als erste zu betrachten und sich die Deckenmalerei bis zuletzt aufzusparen. Endlich bog er seinen Kopf nach hinten. Ihm stockte der Atem, als er die Fresken der Schöpfungsgeschichte sah.

Michelangelo hatte den Propheten Zacharias und Jona so viel Leben eingehaucht, dass der Betrachter das Gefühl hatte, sie könnten jeden Moment von der Decke herabsteigen. Die Körperhaltung der Menschen in der Abbildung *Die Flut* widerspiegelte Angst und Entsetzen. Jene die es jedoch bis ans Ufer geschafft hatten, drückten in der Umarmung ihrer Liebsten Freude und Dankbarkeit aus. Die Kälte, die Adam gespürt haben musste, als er aus dem Paradies vertrieben wurde, übertrug sich auch auf Felix, und bei der Betrachtung der «Erschaffung Adams», fragte er sich, ob nicht eine höhere Macht Michelangelos Hand geführt hatte. Lange konnte er seine Augen von dem Ausschnitt, in dem Gottvater mit ausgestrecktem Zeigefinger Adam zum Leben erweckt, nicht abwenden.

Bis zu dem Zeitpunkt seines Aufenthaltes in Indien hatte er sich über die Existenz eines allmächtigen Gottes nur wenige bis gar keine Gedanken gemacht. Ohne seine Mutter hätte er die Bibel nie gelesen. Christus Lebensgeschichte war ihm wie allen Christen bekannt, aber er war kein Glaubender. Eine Kirche betrat er nur zu Hochzeiten, Taufen und Beerdigungen, und, seit die moderne Kosmologie den Beginn des Universums auf den Urknall zurückgeführt hatte, war die Religion für ihn immer stärker in den Hintergrund getreten. Seit seiner Jugend hatte er nicht mehr gebetet. Sein Lebenswandel hatte ihm nicht gestattet, sich Gott im Gebet zu nähern, und allmählich war ihm der Glaube abhandengekommen. Angesichts der Geschehnisse und der Vollkommenheit der Bildnisse in diesem fast magischen Schrein, fragte er sich, ob es nicht doch einen Gott gäbe.

Die Tür wurde mit einem Knarren geöffnet. Christian kam herein. Er betrachtete nachdenklich die Bildnisse an der Nordwand mit den Geschichten aus seinem Leben.

Dann wandte er sich zu Felix: «Hier bin ich, bereit deine Fragen zu beantworten.»

Felix, der das klärende Gespräch so lange herbeigesehnt hatte, war mit einem Mal verlegen. Er hatte nicht mehr damit gerechnet, dass Christian ihm diese Brücke bauen würde und wusste nun, da er die Möglichkeit erhalten hatte, sie zu überqueren, nicht wie er beginnen sollte.

Christian ließ ihm Zeit, während er die Deckenfresken betrachtete.

Endlich überwand Felix seine Beklemmung: «Warum hast du dich mir gegenüber erst heute als Jesus Christus zu erkennen gegeben?»

Christian lächelte. Er schien, diese Frage erwartet zu haben. «Weil du dafür noch nicht bereit warst.»

Die Antwort kränkte Felix. Wie konnte Christian das behaupten? War er ihm nach der Notlandung nicht bedingungslos gefolgt? Seinen Job hatte er verloren, seine Frau in Unwissenheit gelassen, ganz zu schweigen von den beträchtlichen Mitteln, die dieses Unterfangen ihn gekostet hatte.

«Siehst du», sagte Christian, der seine Gedanken erraten hatte, «*du bist noch immer nicht bereit, zu mir zu kommen und das Leben zu finden.*»

«Verdammst du mich nun?», fragte Felix kleinlaut.

Erneut bedachte Christian ihn mit einem gütigen Lächeln. «Was ich dem Heiligen Vater gesagt habe, sage ich auch zu dir. *Ich entschuldige nicht die Sünde, aber ich bin nicht der unbarmherzige Richter, der die Sünder verurteilt.*»

Felix schöpfte Mut. «Warum hast du den Mädchen vom Petite Rose nicht gleich geholfen?»

«Ich musste erst Gewissheit erlangen, dass sie zu einem Lebenswandel bereit waren.»

Wie konnten diese armen Frauen zu einem Lebenswandel *nicht* bereit sein? Jedes andere Leben war besser, als sich Nacht für Nacht zu prostituieren und ihre geschundenen

Körper von brutalen Freiern misshandeln zu lassen. Für Felix grenzte Christians Behauptung an Arroganz, und er konnte die Worte des Freundes nicht nachvollziehen. Er hielt es jedoch für besser, darauf nicht einzugehen und fragte stattdessen: «Wenn du von Gottvater den Auftrag bekommen hast, aus dieser Welt eine bessere zu machen, warum hast du das nur im kleinsten Kreis getan?»

«Es wäre zu einfach gewesen.»

Felix blickte ihn fragend an.

«Wenn ich alle Menschen aus dem Elend erlöste, würde ich ihnen die Freiheit nehmen, sich zwischen Gut und Böse zu entscheiden.»

Felix suchte Halt in der Betrachtung der Wandbilder. Diese verschwammen vor seinen Augen jedoch zu unheimlichen Fratzen. Das Gespräch hatte eine andere Wendung genommen. Er hatte keine Klarheit erhalten, sondern war verwirrter als zuvor.

Christian legte einen Arm um seine Schultern. «Ich weiß wie unverständlich das alles für dich ist, aber ich verzeihe dir deine Ungläubigkeit.»

Wieder ärgerte Felix sich über die Überheblichkeit des Freundes,

oder empfand er ihn nur so, weil in seinem Innern sich etwas dagegen sträubte, in diesem Mann den Sohn Gottes zu sehen?

Über Christians Antlitz huschte ein Anflug von Traurigkeit. «Denkst du ich sei überheblich, wenn ich behaupte, dass die Menschen selbst für ihr Elend verantwortlich sind?»

Felix erschrak. Dem Freund waren seine Gedanken, insbesondere sein Urteil nicht verborgen geblieben. Beschämt senkte er seine Augen und blickte zu Boden.

«Gott hat euch Menschen einen Verstand gegeben und seine Hilfe angeboten. Ich bin für euch am Kreuz gestorben und habe euch gezeigt, was Gut und Böse ist. Doch wenn ihr Gott verwerft und glaubt, dass ihr ohne Ihn besser zurechtkommt als mit Ihm, dann wird es auf der Welt immer Not und Elend geben.»

Felix benötigte einige Augenblicke, bis der Sinn von Christians Worte zu ihm durchdrang. «Aber, aber …» Er hielt inne, fuhr sich mit den Händen durch das Haar und fragte schließlich völlig verstört: «Aber, dann bist du doch umsonst am Kreuz gestorben?»

«Nicht ganz», erwiderte Christian, «immerhin machen meine Anhänger über dreißig Prozent der Weltbevölkerung aus, und unter ihnen gibt es auch einige, die nach Demut, Nächstenliebe und Barmherzigkeit streben.»

«Aber», wandte Felix ein, «die Welt ist noch immer ein Platz voll von Elend und Leid. Vielleicht noch elender, als sie es zu deiner Zeit war. Heißt das nun, du musst ein zweites Mal gekreuzigt werden, damit wir Menschen unsere Freiheit endlich dazu benutzen, zwischen Gut und Böse, die richtige Wahl zu treffen?»

Christian lächelte, aber es war ein trauriges Lächeln, und seine Augen schwammen in einem Meer von Tränen. «Es ist für mich, Zeit zu gehen», sagte er und schritt auf die Tür zu.

«Halt», rief Felix und stellte sich ihm in den Weg. «Lass mich mit Dir nach Golgatha gehen!»

Christian schüttelte den Kopf. «Für Golgatha fehlt es dir an Überzeugung.»

Felix starrte Christian an. «Du wirst mir fehlen», sagte er mit rauer Stimme.

Christian begab sich schweigend zur Tür und stieß sie einen Spalt weit auf. Doch bevor er endgültig durch sie verschwand, drehte er sich nochmals um und rief, «ich werde immer bei dir sein. Und solltest Du einmal nicht mehr weiterwissen, denke an das von dir so belächelte Senfkorn».

Wenige Augenblicke später öffnete sich die Tür von neuem und Prälat Bernheim betrat das Gotteshaus.

«Kommen Sie», befahl er kurz angebunden, «ich bringe Sie nach draußen.»

Auf dem Petersplatz ging ein kalter Wind und die heftigen Böen trieben blaugraue Wolkenfetzen vor sich her.

Lange stand Felix auf dem weiten Platz, bis er zu frösteln begann. Er knöpfte seine Jacke zu, steckte die Hände in die Hosentaschen und machte sich mit schnellen Schritten in Richtung Hotel auf. Er hoffte, Christian noch einmal zu begegnen, aber an der Rezeption sagte man ihm, dass Signore Goldinger bereits abgereist sei.

Er bat den Concierge, ihm einen Flug am späten Nachmittag nach Zürich zu buchen und ging in sein Zimmer um zu packen. Er war gerade dabei, den Reißverschluss der in Mumbai erworbenen Reisetasche zuzuziehen, als das Telefon klingelte.

«Hier ist der Concierge. Es tut mir leid, aber die Maschine um 19.35 Uhr ist leider ausgebucht. Ich habe für Sie nur noch einen Platz auf Alitalia 574 morgen um 15.30 Uhr bekommen.»

«In Ordnung. Haben Sie vielen Dank für ihre Bemühungen», erwiderte Felix und legte auf. Erst als er unter der Dusche stand, fiel ihm ein, dass er es versäumt hatte, den Concierge zu fragen, ob er für ihn in der Businessclass oder in Economy gebucht hatte. Ein verschmitztes Lächeln umspielte seine Lippen. Vor noch nicht so langer Zeit wäre es für ihn undenkbar gewesen, mit dem gemeinen Pöbel zu reisen. Heute jedoch war es ihm völlig gleichgültig.

Nachdem er sich abgetrocknet hatte, schlüpfte er in den hoteleigenen Bademantel und legte sich ins Bett. Er wollte sich kurz ausruhen, bevor er sich ein Restaurant in Trastevere suchen würde.

Er schloss die Augen und versank augenblicklich in einen tiefen und traumlosen Schlaf.

Neunundzwanzigstes Kapitel

Felix wurde von einem ungewohnten Rumpeln in der Magengegend wach. Er konnte sich das eigenartige Rumoren nicht erklären, drehte sich auf die Seite und versuchte wieder einzuschlafen.

Durch einen Spalt der nicht gänzlich zugezogenen Vorhänge, drang ein Lichtstrahl in das verdunkelte Zimmer und tanzte unternehmungslustig auf seiner Nase.

Verärgert schlug er die Bettdecke zurück und stellte fest, dass er immer noch den Bademantel trug. Er zog die Vorhänge auf und blickte auf die sonnenbeschienen bunten Häuserfronten auf der gegenüberliegenden Straßenseite. Ist es denn möglich, dass ich so lange geschlafen habe, fragte er sich. Er hatte einen Bärenhunger.

Schnell wusch er sich das Gesicht, fuhr sich mit dem Kamm durch die zerzausten Haare, zog sich an und eilte in den Speisesaal.

Die Normalität des Raumes, der Anblick eines gut bestückten Frühstücksbuffets, der Duft von frisch gebackenem Brot und geröstetem Kaffee, ließen die Ereignisse des gestrigen Tages in den Hintergrund treten. Aber schon nach der dritten Tasse Kaffee traten sie wieder in den Vordergrund. Alles deutete darauf hin, dass sein Wegbegleiter in der Tat Gottessohn war. Andernfalls hätte ihn der Heilige Vater nicht als solchen erkannt. Und doch tat sich Felix schwer, das zu akzeptieren. Die Erklärungen, die Christian ihm in der Sixtinischen Kapelle gegeben hatte, überzeugten ihn nicht. Wie hatte es ein Vater zulassen können, dass sein Sohn für das Wohl der Menschheit am Kreuz gestorben war und es jetzt wieder tun musste, weil die Menschen sich nicht belehren ließen? Felix war sich sicher, die Menschen würden auch nach einer erneuten Kreuzigung weiterhin morden, Kriege führen, sich belügen und einander neiden.

Felix tat sich schwer mit dem Gedanken, dass er in Christian dem Sohn Gottes begegnet war, aber vielleicht durfte er nicht alles hinterfragen.

Die Passagiere des Fluges Alitalia 574 wurden zum Flugsteig 28 gebeten. Der Concierge des Infinity Hotels hatte Felix einen Sitz in der vorletzten Reihe der Economyclass gebucht. Es würde wohl noch eine Weile dauern, bis er an Bord gehen konnte. Gelassen lehnte er sich in seinem Sitz der Wartezone zurück und beobachtete die Fluggäste, die vor ihm Einlass in die Maschine erhielten. Er fühlte sich entspannt. Die Angst, die ihn vor Flugreisen stets befiel, war verschwunden und hatte einem Gefühl innerer Ruhe Platz gemacht. Konnte es sein, dass Christian sein Versprechen, stets bei ihm zu sein, bereits in die Tat umgesetzt hatte? Obwohl er eingeklemmt zwischen zwei Mitreisenden saß, hielt die Entspannung den ganzen Flug lang an. Erst nachdem er in Zürich seinen Wagen für 1472 Franken ausgelöst hatte und sich auf dem Heimweg befand, befiel ihn ein mulmiges Gefühl: Würde sein Hausschlüssel noch ins Schloss passen, oder hatte Verena es auswechseln lassen, nachdem ihr Ehemann zwei Monate und sechs Tage ohne Erklärung von zu Hause ferngeblieben war? An ihrer Stelle hätte *er* den Zylinder ausgewechselt.

Er steckte seinen Garagenschlüssel ins Schloss. Er passte noch und ebenso passte der Schlüssel zur Verbindungstür ins Haus. Er stieß einen Seufzer der Erleichterung aus. Verenas Golf stand nicht in der Garage. Er wusste nicht, ob er sich über ihre Abwesenheit freuen, oder darüber enttäuscht sein sollte. Aber hatte er ernsthaft angenommen, dass sie zu Hause war und wie ein gefügiges Haustier auf ihn wartete?

Er parkte den Maserati in der Garage, holte seine Reisetasche und den Aktenkoffer aus dem Fonds des Wagens und ging ins Haus. Im Schlafzimmer stellte er das Gepäck ab. Dann ging er in die Küche, um die Kaffeemaschine einzuschalten.

Der farbenfrohe Katalog auf dem Küchentisch erregte seine Aufmerksamkeit. Er trat näher an den Tisch heran und schaute auf die Frontseite. Sie zeigte eine mit Farben übersäte Staffelei, auf der mehrere Pinsel mit unterschiedlichen Büscheln lagen. Die Abbildung kam ihm bekannt vor. Und dann las er:

Felix von Gunten – Impressionen
14. – 30. Oktober 2016
Galerie Artium – Haumesserstrasse 20 – 8038 Zürich

Er schlug den Katalog auf, aus dem eine Karte auf den Boden fiel. Sie war eine Einladung für die Vernissage am 14. Oktober. Er blätterte weiter und erkannte alle seine Bilder wieder.

Er stürmte aus der Küche, nahm zwei Stufen auf einmal und betrat keuchend das Schlafzimmer. Mit aller Kraft rückte er die Kommode von der Wand ab. Seine bestgehütete Mappe war verschwunden. Was hatte das alles zu bedeuten? Und wer hatte den Anstoß zu der Ausstellung gegeben? War es Verena gewesen? Wie war sie seinem Geheimnis auf die Spur gekommen?

Er lief wieder in die Küche und las nochmals die Karte: Die Einladung war für die Vernissage am 14. Oktober um 19.30 Uhr in der *Galerie Artium,* Haumesserstrasse 20 ausgestellt. Und heute war der 14. Oktober!

Die Zeiger der Küchenuhr über der Anrichte standen auf 18.10 Uhr. Er könnte es noch schaffen. Er lief ins Badezimmer, riss sich die Kleider vom Leib und zog sich um. Nach einigen Minuten kam er wieder heraus, holte seinen Wagen aus der Garage und raste um 18.30 Uhr die Straße hinunter.

An diesem Donnerstagabend war der Verkehr chaotisch, und alle Ampeln hatten sich gegen ihn verschworen. Sie wechselten auf Rot, sobald er sie erreichte.

Kurz vor halb acht bog er in die Haumesserstrasse ein.

Nirgends ein Parkplatz. Nach langem Suchen fand er endlich eine Parklücke, rannte die Gasse hinunter, bog links in die Haumesserstrasse ein und betrat atemlos die Galerie, als die Vernissage bereits voll im Gange war.

Der Raum war brechend voll. Die Besucher standen dichtgedrängt vor den Exponaten, ein Umstand, der es Felix erlaubte, sich unbemerkt in den Raum zu schleichen. Er ließ seinen Blick umherschweifen und musste zugeben, dass der Raum nicht nur schön, sondern auch geschmackvoll gestaltet war.

Obwohl die Bilder ohne sein Einverständnis ausgestellt worden waren, war er stolz, dass eine Galerie sich für seine Werke interessiert hatte und so viele Gäste an die Vernissage gekommen waren.

Die Tür der Galerie wurde aufgestoßen und ein kühler Luftzug drang in den überhitzten Raum ein. Felix war also nicht der einzige, der zu spät kam.

Ein großer Mann mit zerzaustem, blondem Haar und freundlichen, braunen Augen betrat die Galerie. Er mischte sich nicht unter die Besucher im vorderen Teil des Raumes, sondern machte lediglich ein paar Schritte auf die beiden Bilder zu, die an der Wand gegenüber dem Eingang hingen. Lange stand er vor den Gemälden und betrachtete sie kritisch. Felix trat neben den Fremden und fragte: «Gefallen sie Ihnen?»

«Jetzt, da ich sie gerahmt und an einer Wand hängen sehe, gefallen sie mir sogar sehr gut.» Und indem er auf die roten Punkte auf kleinen Holztafeln neben den Bildern zeigte, fügte er hinzu. «Diese beiden sind bereits verkauft. Offensichtlich hat Felix von Gunten den Nerv der Zeit getroffen.»

«Kennen Sie den Maler persönlich?», fragte Felix verwirrt.

Dem Unbekannten blieb die Antwort erspart, da ihm in diesem Augenblick eine attraktive Frau Anfang dreißig ein

Glas Champagner von einem Tablett reichte. Sie machte einen Schritt auf Felix zu, der von der massigen Gestalt des großen Blonden halb verdeckt war.

«Möchten Sie auch ein Glas… »

Die Worte blieben ihr im Hals stecken und das Tablett in ihrer Hand schwankte bedenklich, als Felix hinter dem Blonden hervortrat.

«Felix», schrie sie. Die Gläser fielen klirrend zu Boden.

«Marga, was machst *du* denn hier?», fragte Felix.

Der Lärm lockte nicht nur viele Besucher, sondern auch Mario und Verena an den Schauplatz des Unglücks.

Verena starrte ihren Mann an, der ebenso verblüfft zu sein schien, wie sie: Seine verblühte, grauhaarige und spießige Maus, die er bei seinem Abflug nach Singapur zurückgelassen hatte, war in seiner Abwesenheit zu einer attraktiven, ungezwungenen und reifen Schönheit erblüht.

Hatte seine Abwesenheit etwa zu dieser Metamorphose beigetragen, oder war dies das Werk eines anderen Mannes, fragte sich Felix, wobei letztere Vermutung eher der Wahrheit entsprechen dürfte und ihm einen Stich ins Herz versetzte.

Inzwischen war auch Mario, der Galerist, zu Felix getreten. In der peinlich anmutenden Situation erkannte der gewiefte Kunsthändler augenblicklich *die* Marketingchance seines Lebens. Er rief die Gäste zusammen und ließ sie in einem Halbkreis antreten. «Verehrte Gäste, meine Damen und Herren, liebe Freunde und Bekannte, Felix von Gunten, der verschollen geglaubte Maler der Exponate hat uns mit seiner Anwesenheit an der heutigen Vernissage überrascht. Deshalb haben wir auf der Einladung *in Abwesenheit des Künstlers* geschrieben. Wir bitten diesen Umstand zu entschuldigen, sind aber überzeugt, dass Herr von Gunten Ihnen ab sofort zur Verfügung steht und dem einen oder anderen auch ein Autogramm geben wird.»

Die Anwesenden verfielen in frenetischen Applaus, ein

schließlich Verena und Marga.

Nur einer nahm an dem allgemeinen Aufruhr keinen Anteil. Die strahlende Verena, die ihren Mann neugierig betrachtete, bewies ihm, dass er Recht gehabt hatte, als er die Beziehung zu ihr abrupt und brutal beendete. Verena war für eine neue Partnerschaft noch nicht bereit. Sie hatte sich aus verletztem Stolz, Kränkung und Torschlusspanik in seine Arme geworfen.

So unauffällig wie er gekommen war, verließ er den Raum.

Dreissigtes Kapitel

Das Taxi setzte Felix und Verena nach Mitternacht vor ihrer Villa ab. Sie waren als letzte gegangen. Felix hatte angeboten, beim Aufräumen zu helfen und war – zu Margas und Verenas Verblüffung – in die kleine Küche gegangen und hatte die Gläser abgewaschen.

«Wir brauchen nochmals vier saubere Gläser, um auf den Erfolg des heutigen Abends anzustoßen», hatte Mario ihm zugerufen. Und zusammen hatten sie an einem der runden Stehtische eine ganze Flasche Champagner geleert.

«Sind alle Bilder verkauft worden?», hatte Felix den Galeristen gefragt.

«Bis auf zwei.»

«Können Sie sie mir zeigen?»

Es waren zwei seiner ersten Bilder, die zufällig nebeneinander hingen. Felix hatte sie lange und eingehend betrachtet. Nach bangen Minuten hatte Felix eines der Bilder abgehängt und es Marga überreicht. «Ich hoffe doch, dass mir das gestattet ist?», hatte er schelmisch grinsend einen erleichterten Galeristen gefragt. Und dann hatte er sich zu seiner früheren Assistentin gewandt und etwas verlegen eine Entschuldigung hervorgebracht. «Als Entschädigung für mein Verhalten.»

«Ich habe gar nicht gewusst, dass du ein derart ekliger Chef gewesen bist», hatte Verena dazwischengerufen und ein Taxi bestellt.

Die Stimmung kippte, als Verena und Felix das Haus betraten. Eine spürbare Beklemmung hing in der Luft. Hatten sie vor Felix Abreise das entfremdete, aber vertraute Zusammenleben noch ertragen und sich damit so gut es ging arrangiert, standen sie sich jetzt wie zwei Unbekannte gegenüber.

Schließlich brach Verena das Schweigen. «Ich glaube, du

bist mir eine Erklärung schuldig», sagte sie, ging ihm voraus ins Wohnzimmer, holte zwei Gläser und eine Whiskyflasche aus dem Barschrank, stellte sie auf den Couchtisch und schenkte sich einen großzügigen Schluck ein. Dann ließ sie sich in einen Sessel fallen, bereit sich anzuhören, was ihr Mann zu berichten hatte.

Felix tat es ihr gleich, setzte sich aber auf die äußerste Kante des Sofas ihr gegenüber. Sein weiteres Zusammenleben an der Seite einer Frau, die er während Jahren gedemütigt, mit Kälte für nicht begangene Fehler gestraft hatte, hing an einem seidenen Faden. Obwohl der Raum schlecht geheizt war, bedeckten kleine Schweißperlen seine Stirn.

«Warum bist du in Indien geblieben?», fragte Verena unverblümt.

Felix sah sie ernst an. «Weil ich Jesus Christus begegnet bin.»

Es war das erste Mal, dass Felix Christian mit dem Sohn Gottes gleichsetzte, aber er bemerkte es nicht.

Verena sah ihn entgeistert an und setzte sich in ihrem Sessel auf.

«Willst du mich veräppeln? Das ist wohl die unverschämteste Lüge, die du mir jemals aufgetischt hast!

Felix sprang auf, trat auf sie zu und drückte sie in ihren Sessel.

«Bitte Verena, gib mir eine allerletzte Chance, dir alles zu erklären. Danach kannst du mich rausschmeißen.»

«Schenk mir bitte noch etwas zu trinken ein», sagte sie zu ihrem Mann, und, nachdem sie das Glas in einem Zug geleert hatte, lehnte sie sich zurück und wartete gespannt.

«Du wirst dich bestimmt noch daran erinnern, dass Marga mir einen Flug in der Economyclass gebucht hat», begann Felix.

Verena nickte und bestätigte seine Aussage. «Ja, du warst darüber sehr aufgebracht.»

«Mir wurde ein Mittelsitz in einer Dreierreihe zugeteilt.

Den Sitz zu meiner rechten Seite belegte ein Asiat, der während des ganzen Fluges geschlafen hat. Links von mir nahm ein großer, schlanker Mann Anfang dreißig seinen Platz ein, der sofort bemerkte, dass mir seine Nähe mißfiel. Er bot mir an, den Sitz mit ihm zu tauschen. Dann hätte ich wenigstens den Gang zu meiner linken Seite frei und etwas mehr Beinfreiheit. Er stellte sich mir als Christian Goldinger vor und reichte mir die Hand. Ich nahm sie widerwillig, doch als er zudrückte, fühlte ich, wie eine eigenartige und wohltuende Kraft sich meines ganzen Körpers bemächtigte. Und erst seine Augen, Verena. Ich habe noch nie Augen von einer solchen Güte und Demut gesehen.» Er hielt einen Moment inne, führte sein Glas zum Mund und nahm einen kräftigen Schluck. Und dann erzählte er ihr, wie Captain Fred Holliger plötzlich einen Herzanfall erlitt und Christian sich anerbot, zu ihm ins Cockpit zu gehen. «Er blieb eine ganze Weile bei ihm, und als er wieder herauskam, war der Captain wohlauf. Er sagte mir, der Pilot hätte nur eine Herzschwäche gehabt, aber heute weiß ich, dass es ein Herzinfarkt war und dass Holliger nur dank Christians Kraft geheilt wurde.»

Verena lauschte der Erzählung ihres Mannes, ohne ihn auch nur ein einziges Mal zu unterbrechen.

«Nach einigen Stunden Flug teilte uns der Kapitän mit, dass ein Triebwerk ausgefallen sei und wir in Mumbai, dem nächstgelegenen Ausweichflughafen notlanden müssten.»

«Von der Notlandung habe ich gelesen, aber wieso um alles in der Welt bist du in Mumbai geblieben, statt auf einer anderen Maschine den Weiterflug nach Singapur anzutreten?»

«Weil dieser Christian mir beim Aussteigen eröffnete, dass er beschlossen habe, in Mumbai zu bleiben.»

«Und seinetwegen bist du dann ebenfalls in Indien geblieben?»

Verena blickte ihren Mann ungläubig an. Man sah ihr an,

dass sie an seinem Verstand zu zweifeln begann, und tatsächlich fragte sie sich, ob es möglich war, dass man ihn irgendwo in Indien einer Gehirnwäsche unterzogen hatte.

«Verena», sagte Felix eindringlich, «du kannst dir nicht vorstellen, welche Wirkung Christian auf die Menschen ausübt. Fred Holliger, der Captain, ist ihm ebenfalls gefolgt. Ich weiß nicht was im Cockpit geschehen ist, außer dass Holliger nach einer guten halben Stunde wieder wohlauf war, aber er muss wohl das gleiche wie ich gespürt haben. «In Christians Nähe habe ich mich leicht, beschwingt, voller Lebensfreude, unbeschwert und so glücklich gefühlt wie nie zuvor. Ich wollte diese Empfindungen noch länger auskosten und Fred Holliger wahrscheinlich auch.»

«Und was ist dann in Indien passiert?»

«Christian wollte in Indien bleiben, um die Not der Ärmsten unter den Armen zu lindern. Mit ihm sind wir nach Dharavi, Mumbais größtem Slum gegangen, wo Christian sich eine Möglichkeit erhoffte, die Menschen aus ihrem Elend herauszuholen. Aber in Dharavi leben längst nicht die Ärmsten unter den Armen. Christian war zutiefst enttäuscht, als er herausfand, dass es in Dharavi seiner Hilfe nicht bedurfte. Seine leuchtenden Augen wurden plötzlich stumpf vor Gram. So ging es einige Tage lang, bis mir der Concierge im Hotel eines Abends anbot, mir ein Callgirl aufs Zimmer zu schicken.»

Verenas Augen weiteten sich.

«Bitte Verena, es ist nicht so wie du denkst. Ich habe nicht mit dem Callgirl geschlafen. Als das Mädchen sich auszog, bemerkte ich auf ihrem Rücken eine große, frische Narbe. Ich fragte sie, ob man sie geschlagen habe, und dann erzählte sie mir von den menschenunwürdigen Bedingungen, unter denen sie und die übrigen Prostituierten arbeiten müssten und nannte mir den Namen des Bordells. Wir besuchten das Petite Rose und überzeugten uns selbst von dem Elend.

«Was, du warst im Bordell?» fragte Verena entsetzt und machte erneut Anstalten, sich zu erheben.

«Ja, sogar mehrmals, aber keiner von uns hat auch nur mit einer der Frauen geschlafen. Bitte», flehte Felix, «hör mir bis zum Ende zu.

Und dann erzählte er ihr von dem Nähatelier in der Nähe des Hotels, der Verlegung ins Petite Rose nachdem sie aufgeflogen waren und dass es ihnen lange Zeit nicht gelang, auch nur ein einziges Kleid zu verkaufen.

«Aber warum nicht, wenn sie so schön waren, wie du behauptest», fragte Verena jetzt aufrichtig interessiert.

«Weil sich das Atelier im Rotlichtmilieu befand und die Menschen, die dort verkehren, nicht die geeignete Kundschaft waren.»

Verena erinnerte sich wieder an die Abrechnungen von Felix Kreditkarte, von der fünf Nähmaschinen und etliche Ventilatoren abgebucht worden waren. Langsam begannen die Dinge, einen Sinn zu ergeben.

«Wir waren völlig verzweifelt», fuhr Felix fort. «Wir hatten Mr. Patel, den Bordellbesitzer mit erklecklichen Summen – keine Angst sie stammten samt und sonders aus meinem Privatvermögen – für einige Zeit ruhiggestellt, aber dann wurde es ihm zu bunt. Zumal ich gesagt hatte, dass ich nun kein Geld mehr erübrigen könnte. Er wollte endlich wieder regelmäßige Einnahmen von seinen Huren einstreichen und drohte ihnen, sie wieder auf die Straße zu schicken, einschließlich der kleinen Kumari, die doch erst fünfzehn war.»

Verena starrte ihren Mann entsetzt an, wobei ihre Augen feucht wurden. «Diese armen Mädchen», rief sie mitleidig. «Müssen sie noch immer auf den Strich gehen?»

«Nein», erwiderte Felix und berichtete von Christians rettendem Einfall, eines der Mädchen in ein schwarzes Deux-Pièces zu stecken und mit ihm dann durch die feinen Strassen Mumbais zu schlendern, bis sie die Aufmerksamkeit einer reichen Kundin erregten. «Heute weiß ich, dass wir den Erfolg des Nähateliers, welches wir später in Rose de Paris umbenannten, einzig und allein Christian zu verdanken haben. Er war es, der dafür gesorgt hat, dass Fred, der Captain, den Stoffladen von Mrs. Istari Sharma ausfindig machte, dass sie einwilligte ihren Laden in ein Atelier zu verwandeln und dass der schmierige Patel zur richtigen Zeit in den Besitz des Red Jasmine kam und so von *unseren* Mädchen abließ.»

Verena schmunzelte über Felix Formulierung. Die ehemaligen Prostituierten hatten es ihm offensichtlich angetan, und seine unschuldige Zuneigung rührte sie.

«Ich Esel habe lange nicht gemerkt, wen ich an meiner Seite hatte. Erst als der Heilige Vater vor Christian niederkniete, weil er in ihm den Sohn Gottes erkannte, dämmerte es mir», sagte Felix und beschrieb in allen Einzelheiten, was sich in Rom zugetragen hatte.

Verena starrte ihn mit offenem Mund an. Sie begann den Worten ihres Mannes Glauben zu schenken. Soviel hätte er sich nicht ausdenken können. Als Felix sie aber abschließend wissen ließ, dass Christian sich nach Golgatha aufgemacht hatte, wo er erneut gekreuzigt werden würde und dass der Heilige Vater mit ihm gegangen sei, war es für sie zu viel. Sie war kreidebleich geworden und begann, heftig zu zittern.

Felix stand auf, flößte ihr noch etwas von dem Whisky ein und hüllte sie in die Tagesdecke. Nach einer Weile erholte sie sich und setzte sich aufrecht in ihrem Sessel hin. «Warum um Himmels Willen hast du mir aus Indien nicht darüber berichtet?»

«Hättest du mir denn geglaubt?»

Sie schüttelte den Kopf.

Es war inzwischen vier Uhr morgens geworden. Beide waren sie todmüde.

«Schmeißt Du mich jetzt raus?», fragte Felix mit unsicherer Stimme.

Verena starrte ihren Mann lange an. Er war ein Mistkerl gewesen und hatte sie während Jahren schändlich behandelt. In Indien war ihm jedoch etwas widerfahren, das ihn menschlicher, weicher, ja fast schon liebenswert gemacht hatte. Sie wusste nicht, ob sie seine Wandlung tatsächlich diesem mysteriösen Christian zu verdanken hatte, aber sie gefiel ihr. Sie streckte die Hand nach ihm aus, ging mit ihm nach oben, wo sie auf die Tür des Gästezimmers wies. «Du schläfst vorläufig hier. Du musst mir Zeit geben, das alles zu verdauen, aber vielleicht gibt uns dein Christian ja noch einmal eine Chance.»

Felix nickte, nahm sein Gepäck aus dem gemeinsamen Schlafzimmer und trug es ins Gästezimmer. Dann schloss er behutsam die Tür, blickte zur Decke und murmelte: «Danke, mein Freund, Du scheinst wahrhaftig an meiner Seite zu sein.»

Einunddreißigstes Kapitel

Er hatte Christian zu früh gedankt.

Nachdem er sich ins Bett gelegt hatte, verfiel er augenblicklich in einen bleiernen Schlaf. Doch schon nach kurzer Zeit erwachte er. Unruhig wälzte er sich von einer Seite auf die andere, klopfte das Kopfkissen auf und zupfte die Bettdecke zurecht. Irgendetwas hinderte ihn daran, die ersehnte Nachtruhe zu finden. Die Leuchtzeiger der kleinen Uhr auf dem Nachtisch standen auf viertel nach fünf. Es war noch viel zu früh, um aufzustehen. Er drehte sich nochmals auf die andere Seite, versuchte eine bequeme Stellung einzunehmen und schloss die Augen. Aber schon nach wenigen Minuten begann sein Nacken zu schmerzen und der Arm, auf den er seinen Kopf gelegt hatte, wurde taub. Zum wiederholten Mal fragte er sich, warum er nicht einschlafen konnte, und dann wurde ihm plötzlich bewußt, dass seine Schlafstörung damit zu tun hatte, dass er Verena nicht die ganze Wahrheit gesagt hatte. Vielleicht hatte ihre Frage, warum er ihr aus Indien nicht geschrieben hatte, ihn verunsichert. Vielleicht war es auch die Erleichterung darüber gewesen, dass seine Frau ihm wenigsten zugehört und ihn nicht sofort aus dem Haus geworfen hatte, die ihn den Kauf des Bordells hatte verschweigen lassen. Er fuhr aus den Federn und setzte sich kerzengerade auf die Bettkante. Er musste Verena über den Erwerb des Freudenhauses in Kenntnis setzten, gleich beim Frühstück, aber wie? Er zermarterte sich den Kopf, wie er ihr schonend beibringen sollte, dass er auf Christians Drängen hin seine Unterschrift unter einen notariell beglaubigten Kaufvertrag gesetzt hatte, durch den er zu einem Bordellbesitzer in Mumbai's bekanntestem Rotlichtmilieu geworden war.

Ein gequältes Stöhnen entfuhr seiner Brust. Verena würde ihm niemals abnehmen, dass der Plan, mit dem

Erwerb des Bordells die Mädchen aus dem Petite Rose frei-
zukaufen, Christians Idee gewesen war. Nur mit Mühe und
Not hatte sie einige der Ereignisse in Indien nachvollziehen
können, an Christians Identität aber große Zweifel gehegt,
und nun sollte sie ihm zu guter Letzt auch noch die Geschic-
te mit dem Bordell abkaufen?

Er stützte die Ellenbogen auf seine Knie ab und nahm
den Kopf in die Hände. Panik kam in ihm auf. Was sollte
aus ihm werden? Die Hoffnung auf einen möglichen Neuanfang mit Verena hatte sich in Nichts aufgelöst.

Plötzlich fiel ihm das Gleichnis mit dem Senfkorn ein.
Vielleicht war es für ihn an der Zeit, endlich mehr Zuversicht zu erlangen!

Mit eingefallenem Gesicht kam Felix um viertel nach
acht in die Küche. Verena saß bereits am Frühstückstisch.
Unter ihren Augen zeichneten sich dunkle Schatten ab, wo-
raus er schloss, dass auch sie während der Nacht kein Auge
zugetan hatte.

«Möchtest du einen Kaffee?», fragte sie.

«Sehr gerne», antwortete er, dankbar für die Galgenfrist,
die Verena, nichtsahnend, ihm einräumte. Er wusste noch
immer nicht, wie er es anstellen sollte, sie über das Bordell
in Kenntnis zu setzen.

Verena reichte ihm die Kaffeetasse und setzte sich wieder. Sie zeigte auf den Brotkorb. «Die Brötchen sind ganz
frisch. Ich konnte nicht schlafen und war daher schon früh
beim Bäcker.»

«Du auch nicht?», fragte Felix gequält.

«Hattest du etwas anderes erwartet?»

«Eigentlich nicht, aber da ist noch etwas, das ich dir verschwiegen habe und das du wissen musst.»

«Wie? Es kommt noch dicker?»

Felix nickte, brachte aber kein Wort heraus.

«Nun komm schon, raus mit der Sprache.»

«Ich…, ich habe in Mumbai das Petite Rose gekauft.»

«Das Petite Rose gekauft?», fragte Verena und blickte ihren Mann verständnislos an. Nach einer schlaflosen Nacht war ihr Verstand vermutlich noch nicht in der Lage, den Namen «petite rose» mit dem ehemaligen Freudenhaus in Verbindung zu bringen.

«Ja, das Bordell, in dem die Mädchen gearbeitet haben, bevor sie anfingen zu nähen.»

Aus Verenas ohnehin schon blassem Gesicht entwich alle Farbe. Sie krallte sich am Rand des Tisches fest und starrte ihren Mann voller Entsetzen an. «Du hast in Indien ein Bordell gekauft?», brachte sie mit einem Krächzen hervor.

Felix nickte unglücklich. «Aber glaub mir, der Erwerb des Petite Rose ist nicht auf meinem Mist gewachsen. Es war Christians Idee, das Bordell zu kaufen. Denn mit einem Wechsel des Besitzers würde Mr. Patel, der ehemalige Inhaber, keine Handhabe mehr gegen die Mädchen haben.»

Verena wollte sich erheben, aber ihre Beine machten nicht mit. Felix kam ihr zu Hilfe.

«Rühr mich nicht an», schrie sie. «Wie kannst Du es wagen, mir eine solche Lügengeschichte aufzutischen, nur um Deine Haut zu retten? Erst erzählst Du mir, du seist Jesus Christus begegnet und dann soll dieser Messias dich zum Kauf eines Bordells überredet haben? Wieso hat er es denn nicht selbst gekauft?»

«Weil er Jesus ist und Jesus nichts kaufen kann, und schon gar nicht ein Bordell.»

Verenas Entrüstung ließ sie ihre Beine wieder unter Kontrolle bringen. Sie stand auf und postierte sich drohend vor ihren Mann. «Ich gebe Dir genau eine Woche Zeit, um deine Sachen zu packen und für immer aus diesem Haus zu verschwinden.»

Er wollte etwas entgegnen, aber da hatte sie bereits die Küche verlassen und die Tür hinter sich zugeknallt.

Während der nächsten Tage schlich Felix bedrückt durch das Haus. Er ging in jedes Zimmer und verweilte dort eine lange Zeit, so als wollte er sich die Räume genau einprägen, um sie für immer in seinem Gedächtnis festzuhalten. Hie und da blieb sein Blick an diesem oder jenem Gegenstand hängen, die sie im Laufe ihrer Ehe zusammengetragen hatten und die in ihm Erinnerungen an glückliche Zeiten wachriefen. Mit dem Zeigefinger strich er wehmütig über einen der kleinen Glasvögel, die auf dem runden Beistelltisch standen. Er hatte sie Verena vor über zwanzig Jahren geschenkt. Anlässlich einer Städtereise nach Stockholm waren sie nach Skansen gefahren, wo Verena die Vögel erblickt und sich sofort in sie verliebt hatte. Er sah sie noch vor sich, wie sie mit vom Wind zerzausten Haaren und geröteten Backen, ihn verliebt angeschaut hatte, bevor sie ihm mit einer stürmischen Umarmung für das kleine Geschenk überschwänglich gedankt hatte. Immer wieder fragte er sich, wie es zu ihrer Entfremdung hatte kommen können und gelangte zum Schluss, dass nur er allein an der Zerrüttung seiner Beziehung schuld war. Wie hatte er nur so egomanisch sein können und mit seiner krankhaften Selbstbezogenheit alles aufs Spiel gesetzt?!

Nachdem er am sechsten Tag sogar von der Küche und der angrenzenden Speisekammer Abschied genommen hatte, stieg er mit schweren Schritten die Treppe hinauf und holte den Koffer aus dem Abstellraum hervor, der an das gemeinsame Schlafzimmer grenzte. Er legte den Koffer auf das breite Ehebett und nahm seine Unterwäsche aus der Kommode hervor. Dann ging er an den Kleiderschrank und holte seine Hosen und Sakkos heraus. Er hatte keine Ahnung, wie er sie zusammenlegen sollte, denn bis jetzt hatte immer Verena für ihn gepackt. Mit einem tiefen Seufzer setzte er sich neben den Koffer. «Das ist es also gewesen», murmelte er und wischte sich mit dem Hemdsärmel seine Tränen ab, die ungehindert über seine Wangen flossen.

Nach einer Weile stand er wieder auf und begann seine Hosen mehr schlecht als recht zusammenzulegen.

«Bitte geh nicht», kam es von der Tür.

Er drehte sich um und nahm durch einen Tränenschleier Verenas Gestalt wahr.

«Wie, ich soll nicht gehen?», fragte er.

Sie nahm seine Hand, führte ihn ins Wohnzimmer und drückte ihn in einen Sessel. Dann entkorkte sie die Flasche, die auf dem Couchtisch neben zwei Gläsern stand und füllte sie bis zum Rand mit dem *Château La Fleur-Petrus*, den sie für eine besondere Gelegenheit aufbewahrt hatte. Sie zwang ihn, einen Schluck des kostbaren Tropfens zu nehmen, ehe sie zu ihm sprach: «Ich habe lange über das Petite Rose nachgedacht und bin zu dem Schluss gekommen, dass wir damit gemeinsam etwas anfangen könnten.» Verena hielt kurz inne und führte ihr Glas an die Lippen. Als sie es wieder abstellte, fuhr sie fort: «Ich habe mir gedacht, dass wir das Petite Rose in ein Schutzhaus umwandeln könnten, in dem die Mädchen, die der Prostitution entfliehen wollen, zunächst einmal Zuflucht finden. Wenn sie aus Scham nicht mehr zu ihren Familien zurückkehren wollen, könnten sie eine Zeitlang dortbleiben. Vielleicht könnten wir ihnen ja auch eine Ausbildung ermöglichen, so wie Du, Fred und Christian es mit dem Schneideratelier gemacht habt.»

Verena schaute ihren Mann erwartungsvoll an, über dessen Gesicht dicke Tränen rannen.

«Ist das dein Ernst?» fragte er mit erstickter Stimme.

Sie stand auf und setzte sich zu ihm auf die Sessellehne. Dann legte sie einen Arm um seine Schultern. «Wir haben zu lange neben einander her gelebt und sind uns mit nichts als Kälte und Abscheu begegnet. Ich war an der Entwicklung nicht ganz unschuldig. Ich habe dein Fremdgehen akzeptiert, ohne mich dagegen aufzulehnen. Mit einem gemeinsamen Projekt könnten wir wieder zueinander finden und etwas Neues angehen. Du hast mit Deinen Bildern so viel Geld gemacht, dass wir es uns leisten könnten, etwas für die Ärmsten der Armen zu tun.»

Felix war unfähig, auch nur ein Wort hervorzubringen. Er fasste nach ihrer Hand, die noch immer seine Schulter umklammert hielt und drückte sie so fest, als wolle er sie nie wieder loßlassen. Er ließ seinen Blick im Wohnzimmer umherschweifen, und plötzlich sah er Christian auf dem Sofa sitzen. Er lächelte ihn an, und zwischen Daumen und Zeigefinger hielt er ein Senfkorn.

In dieser Nacht schliefen Verena und Felix seit langem wieder miteinander. Sie kamen sich so nah wie nie zuvor, und als sie am nächsten Morgen erwachten, lag Verena in seinen Armen.

Langsam löste sie sich aus seiner Umarmung und murmelte etwas von Frühstück. Wie gerne hätte er sie nochmals geliebt, aber er wollte nichts überstürzen und es langsam angehen lassen. Und da war Verena auch schon aus dem Bett geschlüpft und in die Küche gegangen.

Nach einer Weile stand auch er auf. Er stützte sich dabei auf den Nachttisch ab, auf dem die Zeitung des Vortages lag. Neugierig warf er einen Blick auf die erste Seite, auf der eine in großen, fetten Lettern gedruckte Überschrift seine Aufmerksamkeit erregte. Er las den nachstehenden Artikel und lächelte. Als er die letzte Zeile gelesen hatte, kniete er vor dem Bett nieder und faltete seine Hände. «Herr, vergib mir meinen Unglauben. Ich werde keinen Tag länger an Dir zweifeln, denn ich weiß jetzt, dass Du immer in meiner Nähe bist.»

EPILOG

21. Oktober

Bis zum 18. Oktober berichteten die Medien rund um den Globus über nichts anderes als über *den* einen Vorfall, der bereits als das herausragendste Ereignis der vergangenen Jahre eingestuft worden war.

Sogar im Nahen Osten schaffte es der Papst am 16. Oktober auf die Titelseiten sämtlicher Morgenzeitungen.

Papst spurlos verschwunden,

lautete die dominierende Überschrift in sämtlichen Medien.

Die Bekanntmachung traf die Bürger Roms besonders hart, ganz zu schweigen vom Vatikan, der seit dem Verschwinden Seiner Heiligkeit alle Fenster des apostolischen Palastes mit lilafarbenen Tüchern hatte verhängen lassen.

In der Ewigen Stadt herrschte während Tagen tiefe Betroffenheit. Nachdem die erste Bestürzung abklang, begannen die Menschen sich jedoch zu fragen, was es mit dieser knappen Information auf sich hatte, zumal Medien und Kirche sich über den Verbleib Seiner Heiligkeit ausschwiegen.

Der *Corriere di Roma* mutmaßte, das Verschwinden des Heiligen Vaters sei auf seine angeschlagene Gesundheit zurückzuführen, die *Frankfurter Welt* schrieb die Abwesenheit Seiner Heiligkeit den Spannungen innerhalb der Kurie zu und *Der Morgen* ging sogar soweit, das Verschwinden des Papstes mit einem Rücktritt gleichzusetzen.

Nachdem der Vatikan auch nach vier Tagen das Geheimnis über das Verschwinden des Heiligen Vaters noch immer nicht gelüftet, oder dafür einfach keine Erklärung gefunden hatte, begannen die Bürger Roms zum Petersplatz zu pilgern.

Am späten Nachmittag des 18. Oktobers war die Menschenmenge vor dem Petersdom auf weit über vierhundertfünf-
zigtausend Personen angestiegen. Der im Stakkato aus den
Mündern stampfender Menschen herausgeschriene Satz
«Papst ans Fenster, Papst ans Fenster», schwoll zu einer gewaltigen und tosenden Woge an, die den Vatikan und alles
wofür er stand, unter sich zu begraben drohte.

Am Tag danach berichteten die Zeitungen ausschließlich
über die Ausschreitungen auf dem Petersplatz, die drei
Tote und siebenundvierzig Verletzte, darunter dreizehn
Schwerverletzte gefordert hatten.

Lediglich der *Kirchenanzeiger* fühlte sich bemüßigt, über
einen eigenartigen Vorfall zu berichten, der sich in Jerusalem am 19. Oktober zugetragen hatte. Auf der *Via Dolorosa*
in Jerusalem wurde ein junger Mann Anfang dreißig gesichtet, der einen schweren Querbalken auf dem Rücken trug.
Er wurde von einem Greis mit langem Bart und einem älteren weißgekleideten Mann begleitet. Als sie die Grabeskir-
che erreichten, kniete der Jüngere nieder und setzte den Balken bei einem zirka 2,20 m hohen Kreuzstamm mit einem
Sitz in der Mitte ab. Daneben stand eine Kiste mit langen,
wuchtigen Nägeln. Als der junge Mann sich auf den Balken
legte und seine Arme ausstreckte, traten vier starke Männer
aus dem Schatten der Kirche heraus und machten sich an
der Kiste zu schaffen. Der weißgekleidete Begleiter ging neben dem jungen Mann auf die Knie und strich ihm über das
verschwitzte Haar. Und dann geschah plötzlich das Unvorstellbare: Der Greis gab den Männern ein Zeichen, sich zu
entfernen, gebot dem jungen Mann aufzustehen und verschwand mit ihm und dem weißgekleideten Mann in den
Gassen der Altstadt.

Als am 20. Oktober der Papst noch immer nicht wiederaufgetaucht war, pilgerten die Menschen erneut zum Petersplatz und stimmten, halb singend, halb weinend, An-
drea Bocellis *Time to say goodbye* an, welches die Medien in

eine trauernde, betroffene und verängstigte Welt hinaustrugen.

Die letzten Noten waren noch nicht verklungen, als ein Fenster im apostolischen Palast aufging und der Heilige Vater in der Öffnung erschien: «Urbi et Orbi», rief er mit kräftiger Stimme der unter ihm stehenden Menge zu, die seinen Segen mit einem jubelnden *Amen* quittierte.

Am 21. Oktober verkündeten die Zeitungen erleichtert auf ihrer Frontseite:

Papst nach einer Woche der Ungewissheit wohlbehalten im Rom wiederaufgetaucht. Der Vatikan ist über das Wiederauftauchen des Kirchenoberhauptes sichtlich erfreut. Beflissene Kirchenmänner versuchen herauszufinden, wo sich Seine Heiligkeit während seines Verschwindens aufgehalten hat und was es mit dem schweren Goldring auf sich hat, der statt des vergoldeten Silberbandes jetzt seine rechte Hand ziert. Der Heilige Vater verliert darüber jedoch kein Wort. Auch über den Umstand, daß seine Beschwerden völlig abgeklungen sind und er bedeutend jünger aussieht, gibt er keine Erklärung ab.

Noch ist die Reaktion der Kurie auf seine angekündigten Reformen nicht bekannt. Rund um den Erdball und besonders in Südamerika werden die vom Heiligen Vater in naher Zukunft versprochenen Neuerungen jedoch schon heute mit Begeisterung aufgenommen.

Ende